문화문고 015

우리 설화(說話) 2

천년의 해학을 품다

김동주 편역

傳統文化研究會

우리 설화 2
문화문고 천년의 해학을 품다　　　　정가 10,000원

———————————————————————————————

2014년 10월 30일 초판 인쇄
2014년 11월 10일 초판 발행

편　역　김동주
기　획　이계황
편　집　남현희
교　정　박상수 · 하정원
출　판　김주현
관　리　함명숙
보　급　서원영

발행인　이계황
발행처　(사)전통문화연구회
　　　　서울시 종로구 낙원동 284-6 낙원빌딩 411호
　　　　전화 : 02-762-8401 전송 : 02-747-0083
　　　　사이버書堂 : cyberseodang.or.kr
　　　　온라인서점 : book.cyberseodang.or.kr
　　　　전자우편 : juntong@juntong.or.kr
등　록 : 1989. 7. 3. 제1-936호

인쇄처 : 한국법령정보주식회사(02-462-3860)
총　판 : 한국출판협동조합(070-7119-1750)

ISBN 979-11-85856-14-8 04810
　　　 978-89-91720-76-3(세트)

간행사

본회는 한국고전의 연구와 번역의 선결과제先決課題로, 동양고전의 협동연구번역과 on-off 라인을 통한 교육을 해온 지 20여 년이 되었다. 이는 우리의 역사歷史와 문화文化를 깊이 이해하기 위하여 동양의 역사와 문화를 총체적으로 조명하여야 한다는 취지에서이다.

그런데 동서양 고전에 대해서 그 중요성은 인정하고 있지만, 특히 한국과 동양의 한문고전은 지식인이나 일반인은 물론 전문가조차 해독하기 어려워 일본이나 중국의 번역본을 중역하는 상황이었고, 동양고전은 현대화가 늦어져 이제야 본격적인 작업을 하고 있다.

오늘날 각계의 교류가 긴밀히 이루어지면서 세계가 하나로 되는 상황에 이르러, 우리 국민의 역사·문화 의식이 한국에서 동양으로, 또 세계로 지향해야 하는 시급한 시대가 다가왔다.

그러나 세계로의 지향이 서구화의 다른 이름이고 우리로서는 허상일 수 있음을 주의해야겠지만, 우리와 동양의 자주성과 자존의 아집도 경계하여 새로운 그 무엇을 그려내야 할 것이다. 이를 위해서는 일차적으로 한韓·중中·일日이 삼국양립三國兩立에서 발전하여 삼국정립三國鼎立을 이룸으로써, 치욕의 역사에서 벗어나 안정과 발전의 기반을 마련해야 할 것이다.

본회는 이러한 상황에서 1차적인 준비로 '동양문화총서'를 몇

권 간행한 바 있으나, 이 계획의 충실을 기하기 위해서는 한 손에는 연구, 다른 한 손에는 보급이라는 과제를 좀 더 확실히 해결하지 않으면 안 된다. 이러한 문화 보급의 취지에서 앞으로 국민의 전체적인 수준 향상을 위하여 '사서四書'의 문고화를 시작으로, 우리와 동양에서부터 서양의 고전과 인물과 문화에 관한 '문화문고' 간행의 출발점으로 삼고자 하는 것이다.

대체로 문고는 연구서에 비하면 2차적 작품이므로, 해석과 주석 등을 본문에 녹여서 중등학생 수준의 독자가 읽어서 이해되도록 하려고 한다. 그러나 특수한 분야나 전문적인 것도 필요한 것이다. 또한 시대에 부응하여 편리하며 염가로 읽힐 수 있는 '전자출판'도 겸행할 예정이다.

구미歐美의 유명한 문고본이 끼친 세계 문화적 영향이나, 이웃 일본의 교양과 지식이 이와나미문고岩波文庫에서 나왔다는 사실을 기억해야겠다. 우리나라의 문고본은 그간 부침浮沈이 있었으나, 여러 분의 서가에도 상당수 있듯이 그 공헌은 인정하지 않을 수 없다.

앞으로 우리는 동양고전의 번역 및 교육사업과 함께 통섭적統攝的 방법으로, 국가경쟁력을 키우고 문예부흥을 개막하는 계획의 꿈도 이루기 위하여 지혜를 모아 헌신할 것을 다짐하며, 이에 각계의 관심과 지원을 기대한다.

전통문화연구회 회장 이계황

이 책에 대하여

해방 이후 학계에서 설화說話에 대한 논의가 활발하게 이루어졌다. 설화는 문학文學뿐만 아니라 역사歷史·사회社會·문화文化 등의 제반 연구에 대한 기초적인 자료로 활용할 수 있어, 지속적인 관심이 이루어져야 한다. 그러나 아쉽게도 아직까지도 다소 지엽적인 연구에 치우치는 경향이 있어서, 설화 본연의 모습을 있는 그대로 보여주고 있지 못하고, 이로 인해 설화에 대한 독자층이 전문 연구자나 관심을 갖고 있는 소수에 국한되어 있다.

이러한 이유로 필자는 여러 해에 걸쳐 설화문학자료를 섭렵하고 재정리하여, 1997년 ≪설화문학총서≫(총 5책)라는 책명으로 출간하였다. 그 당시 각종 방송국·신문사에서 ≪설화문학총서≫를 다투어 소개하고 필자를 취재해 보도하여 큰 이슈가 되기도 하였다.

≪설화문학총서≫가 출간된 지도 벌써 20년이 다 되어간다. 당시에도 한문漢文에 익숙한 독자층이 많지 않았지만, 요사이는 더욱 보기 드물어졌다. 그나마 몇몇 기관들이 한문학漢文學을 우리 국문학國文學의 귀중한 유산이라고 중시하고, 한문학을 전공하는 연구자와 학생들에게 지대한 영향을 끼쳐, 한문학의 명맥이 근근이 이어져오고 있다.

근래에 한문학을 고리타분하고 소수의 학자들만 영유하는 산물이 아닌, 친숙하게 일반 독자층에게도 다가갈 수 있도록 하는 시도가 필요하다는 의견이 대두되기 시작하였다. 이와 연관하여 ≪설화문학총서≫도 일반 독자층을 겨냥하여, 쉽고 재미있는 이야기만을 간추려 문고로 재출간하는 것이 어떠냐는 제안이 있었다. 평소 필자도 한문학이 소수 지식층의 고급문화라는 고정관념을 깨고, 일반 대중들과 호흡할 수 있는 소통의 장場이 필요하다는 생각을 하고 있어서, 흔쾌히 동의하였다.

이를 위해서 이 책에는 대중들이 좋아할 만한 이야기를 재선정하고, 옛날이야기를 전해 듣는 분위기를 살리면서도 쉽게 이해할 수 있는 문체文體로 재구성하였다. 이러한 과정을 통하여, 옛사람들이 달빛이 비취는 고요한 밤에, 사랑방에서 옹기종기 모여 주로 나누었을 법한 '진솔한 사랑이야기'와 '해학적諧謔的이고 골계미滑稽美 넘치는 이야기'를 주제로 엮어 보았다.

그런데 이 이야기들 중에는 등장인물이 실제 역사상 존재하였던 인물과 성명이나 배경 면에서 유사한 점이 있기도 하다. 그러나 구전설화口傳說話의 성격상 과장이나 허구적인 내용이 있기에 독자들이 사실로 받아들일 염려도 있다. 그리하여 자료의 출전에 대해서만이라도 부록으로 간략히 소개하였음을 밝힌다.

이 책을 읽는 독자들이 선인들의 생활상을 이해하면서 그들의 정서를 이어받아, 4천만 모두가 이야기꾼이 되어 우리문학에 꽃을 피우는 데 일조할 수 있기를 기대해본다.

일러두기

1. 본서는 동서양東西洋의 중요한 고전古典, 인물人物, 문화文化에 관한 모든 국민의 교양도서로, 미래 한국의 양식良識 기반을 구축하기 위한 문화문고文化文庫이다.

2. 본서는 본회에서 간행한 ≪설화문학총서≫(김주동金東柱 편역編譯, 전 5책) 중 유익하고 재미있는 이야기를 선별하여 2책으로 구성하였다.

    1책에는 옛사람들의 진솔한 애정을 다룬 이야기들을 수록하였고, 2책에는 선조들의 전통적인 인간상을 보여주는 내용들을 모아 엮었다.

3. 고어투古語套 표현은 현대인이 이해하기 쉽게 윤문하였고, 설명이 필요한 용어는 ( ) 안에 간략한 설명을 달았다.

4. 이 책에 수록된 이야기들의 원출전原出典들에 대해서는 부록에 간략하게 설명하여 첨부하였다.

5. 고유명사 및 주요 어휘는 독자의 문장 이해를 위하여 한자漢字를 병기하였다.

6. 본서에 사용된 주요 부호符號는 다음과 같다.

    " " : 대화, 인용

' ' : 재인용, 강조

( ) : 간단한 주석註釋

≪ ≫ : 서명書名

〈 〉 : 편장명篇章名, 작품명作品名

〔 〕 : 관용구慣用句, 보충 원문原文

목 차

1. 쓰디 쓴 처가살이

광해조光海朝 때 북인北人의 한 분파인 대북大北 중에 어떤 재상 하나는 비할 데 없이 부귀영화를 누리고, 그 아들 또한 빠르게 출세하여 요직에 이르렀다. 저택은 굉장히 화려하고 돈과 곡식은 산더미처럼 쌓였다.

그런데 그 사위인 김생은 신세가 너무도 외롭고 기구하여 처가에 붙어살았는데, 처가의 안팎 주인이나 노복들은 모두 그를 싫어하여 쌀쌀하게 대하였다. 마부나 어린애까지도 모두 만만하게 '김생'이라 부르고 그를 존중하여 받드는 자가 없었다. 그러나 그 부인만은 가엾게 여기고 늘 사랑하였다.

김생은 새벽에 나갔다 아침에 들어오거나 아침에 나갔다 저물어서야 들어오곤 하였다. 그런데 김생은 집에 들어오면 감히 장인 장모나 처남 앞에 나서지 못하고 눈을 피해 작은 문을 거쳐 곧장 부인의 방으로 들어갔다. 부인은 매일 방문에 기대서서 기다리다가 김생이 들어오면 마루에 내려서서 팔을 끼어 올리고 친히 도포를 벗겼으며, 몸소 밥상을 올리곤 하였다.

재상의 하인이나 비복들은 모두 진수성찬을 배불리 먹었으나, 김생에게는 오직 쓴 나물 몇 그릇뿐이었다. 부인은 때때로 분노하여 김생을 보며 눈물을 흘렸으나, 김생은 쾌활하게 웃으며 말했다.

"남에게 붙어서 얻어먹는 주제에 이것도 과분한데 무얼 속상해하시오."

하루는 김생이 늦게 돌아와 방에 들어오니 부인이 보이지 않았다. 혼자 오랫동안 앉아 있는데, 부인이 갑자기 담뒤로 몸을 숨겨서 들어오는 것이었다. 김생이 그 까닭을 캐묻자 부인이 말했다.

"아침에 어머니께서 저를 호되게 꾸짖으시기를, '너는 입고 먹는 것을 모두 부모에게 의지하면서, 영접하고 전송하는 일을 김생에게만 아침저녁으로 은근스럽게 하니 정이 대단하구나. 저 김생이란 놈은 나이가 40이 넘었으면서도 우리 곡식만 축내고 네 평생을 망쳐 놓았으니 너무도 추물스럽고 밉살스럽다. 생각만 하면 머리카락이 곤두서고 치가 떨린다. 그런데도 너는 도리어 그 놈을 부모보다 열배나 섬기는구나. 네가 끝까지 그러려거든 그놈을 따라 나가서 잘 먹고 잘 살아라.' 하셨습니다. 이 때문에 저는 감히 문으로 곧장 들어와 다시 어머니의 꾸지람을 부르지 못하겠고, 오늘 해가 이미 져 낭군께서는 벌써 돌아오셨으리라 생각되어서 임기응변으로 뒷간에 간다고 핑계하고 몰래 도망하여 이에 이르렀습니다. 그러니 서방님께서는 너그러이 용서해주시기 바랍니다."

"허허, 장모님의 분부가 그러하셨다는데 당신은 왜 오셨소?"

잠시 후에 계집종이 저녁밥을 내왔다.

"내 여기 있다고 하지 말라."

부인이 그 계집종에게 신신 당부하므로 계집종은 대답하고 나갔다.

김생은 급히 밥을 먹었다. 밥상에 닭다리 한 개가 놓여 있었는데, 부인이 말했다.

"낭군께서는 그 닭다리를 들지 마십시오."

"왜 그러오?"

"아까 닭 한 마리를 솥에 삶을 때 고양이가 훔쳐가 몸통 살은 다 뜯어 먹고 다리 한 개만 뒷간 곁에 떨어뜨려 놓았습니다.

계집종들이 서로 그 일을 말하자 어머니가, '그 고기는 김생에게 주는 것이 좋겠다. 꼭 김생의 밥상에 놓아서 그놈 입을 잠시나마 즐겁게 해주어라.' 했는데 과연 이것을 놓았군요. 너무도 더러운 것이니, 입에 가까이 해서는 안 됩니다."

"장모님이 고기를 주신 것은 특별한 은혜인데 감히 먹지 않을 수 있겠소?"

말을 마치자 김생은 그 닭다리를 다 먹어버렸다. 식사를 끝내고 김생이 몸을 일으켜 나가려고 하자 부인이 가로막았다.

"날이 어두웠거늘 낭군께서는 어디를 가시렵니까?"

"오늘밤 삼경에 당신은 동산에 올라가서 멀리 궁궐 밖을 바라보시오. 반드시 시끄럽게 싸우는 소리가 날 것이니, 만일 싸움이 오래가거든 꼭 자결해 죽으시고, 삽시간에 진정되거든 목숨을 아껴 사시오."

김생의 말에 부인은 흔쾌히 응낙하였다. 잠시 후 김생은 비틀거리며 나갔다.

부인은 이날 밤에 삼경 무렵까지 잠자지 않고 있다가 남들이 잠든 틈을 타서 몰래 동산에 올라가 장안을 바라보았으나 사람소리 하나 없이 고요하였다.

'그 양반 참 실없는 사람이네.'라고 속으로 되뇌며 막 동산을 내려오려고 할 때, 횃불이 하늘을 밝히고 사람의 고함소리와 말의 울음소리가 요란하게 궐문으로 달려가는데 그 기세가 마치 비바람이 몰아치는 것과 같았다.

몇 분 동안 법석거리다가 한 번 에워싸고 들어간 뒤로는 궁성 안과 단풍숲 밖에 간간이 불빛만이 보일 뿐 심히 소란하지는 않았다.

이때 재상 부자가 다 궁궐에 숙직하러 가고 집에 남자라고는 한명도 없었다. 그래서 그 까닭을 알 길이 없었으므로 집에 돌아와서 그저 궁금하게 생각하고만 있을 뿐이었다.

이튿날 새벽에 하인이 재상의 아침밥을 가지고 대궐로 들어갔는데, 궁중의 가도街道 위에 수많은 기병騎兵들이 주둔하여 채찍과 곤봉을 휘두르며 사람의 통행을 금하고 있었다. 하인이 주인의 권세를 믿고 다짜고짜 그 앞을 통과하려 하자 기병이 채찍으로 후려쳤다.

하인이 크게 소리 지르며 대항했다.

"나는 아무 동 아무 대감댁 사람인데 하찮은 군졸이 어찌 감히 나를 박대할 수 있느냐?"

그러자 여러 군졸들이 껄껄 웃어대면서 말했다.

"네 주인은 바로 흉역凶逆의 괴수인데 네가 감히 그 권세를 빙자하느냐?"

그리고는 마구 발길질을 해서 몰아냈다.

하인이 겨우 위험을 벗어나 피투성이가 되어 집에 돌아와서 그 사실을 고하자, 집에서는 깜짝 놀라며 반신반의하였다.

대감의 부인이 말했다.

"우리집은 상감의 총애를 흠뻑 받고 또 음모를 꾸민 일도 없는데, 어찌 하루아침에 쉽게 망할 리 있겠느냐? 필시 무뢰한 김생이 역모한 일이 발각되자, 국문하는 자리에서 무함으로 우리집을 끌어들여 묵은 감정을 푼 것일 것이다. 그런데도 너의 남편이 좋으니, 좋아?"

김생의 부인도 매우 의아하여 머리를 숙이고 대답이 없었다.

얼마 후에 낭관郎官 몇 명이 집으로 달려와서 혹은 문서를 조사하고 혹은 창고를 수색하였다. 온 식구들이 대성통곡하며 낭관을 향해 그 까닭을 물었으나, 낭관은 굉장한 비밀인 것처럼 숨기고 응답하지 않았다.

할 수 없이 집에서 곧 노숙한 하인을 시켜 몰래 나가서 소식을 알아보도록 하였더니, 한참 후에 하인이 돌아와서 고하였다.

"어젯밤에 새 임금이 즉위하고 옛 임금은 폐위되어 귀양 갔으며, 조정 대신들은 대비大妃를 유폐시킨 일을 가지고 역률逆律로

논죄한다 합니다. 쇤네는 대감께서 이 화를 면치 못하실까 싶어서 속히 달려가 염탐하였는데, 대감과 작은 영공께서는 혹독한 형벌을 받아 골수가 다 쪼개졌고, 며칠 안으로 능지처참을 당하신다 합니다. 참으로 가련합니다. 마님과 아가씨는 다 관적官籍에 들어갈 것이고 쇤네도 어떤 곳으로 떨어질지 모르겠습니다."

대감의 부인은 크게 소리 내어 절규하더니, 그만 정신을 잃고 땅에 쓰러졌다. 남녀노복들도 모두 모여 대성통곡하며 쓰러졌다.

하인은 갑자기 눈물을 씻고 일어나서 대감의 부인을 연거푸 부르며 고했다.

"아까 너무 황급하다보니 한 말씀 빠뜨렸습니다."

"어서 말해보아라."

"쇤네가 대문 틈으로 호두각虎頭閣(의금부에서 죄인을 심문하는 곳) 위를 엿보았더니, 나이 젊은 한 분이 붉은 관복에 금관자를 붙이고 앉아 있는데 김생과 흡사하였습니다. 혹 그자가 어떤 연줄로 하여 그 벼슬을 얻었는지도 모릅니다."

"세상에 얼굴이 같은 사람은 자고로 한없이 많으니라. 그놈이 어떻게 붉은 관복에 금관자를 붙이는 높은 벼슬을 얻을 수 있겠니?"

김생의 부인이 일렀다.

"천하만사는 미리 헤아릴 수 없는 것이니, 시험 삼아 다시 가서 보고 오도록 하십시오."

그러자 대감의 부인이 한탄하였다.

"너는 그것만 믿더니 망상을 하는구나. 나의 마음이 너무나 괴

롭다."

"쇤네가 다시 가 보겠습니다. 만일 아니면 그만두지요."

하인이 담을 넘어 쏜살같이 금오문金吾門에 이르렀는데, 관아의 하인 두 명이 제복을 입고 큰 길에서 사람의 통행을 금하여 길을 치우고, 이어서 기수旗手 열 명이 두 줄로 늘어서서 길을 인도하였다. 한 대의 높은 초헌軺軒에 한 나이 젊은 재상이 앉았는데, 의복이 매우 화려하고 추종들이 구름처럼 따랐다.

하인이 주목하여 보았더니, 김생이 분명하였다. 그래서 계속 뒤를 밟아갔다. 앞서서 인도하는 사람은 곧장 궐문으로 들어가고, 그 재상도 따라서 들어갔다가 잠시 후에 나와서 한 직방直房으로 들어가는 것이었다.

하인이 관아의 하인에게 물었다.

"저 분이 누구요?"

"판서 김 아무올시다."

"본관은 어디요?"

"아무입니다."

"현재 어떤 직위에 있소?"

"이조판서吏曹判書에 지의금부사知義府事·금위대장禁衛大將·어영대장御營大將·동지춘추관사同知春秋館事·동지성균관사同知成均館事와 사복시司僕寺·장악원掌樂院·사역원司譯院·내의원內醫院의 제조提調를 겸하였습니다."

하인이 크게 기뻐하며 돌아와 그 일을 다 고하고, 또 김생의 이름과 본관과 나이를 김생의 부인에게 물었다. 역시 관아의 하인들 대답과 일일이 서로 부합되었다.

대감의 부인이 이에 화평한 얼굴로 김생의 부인을 돌아보고 말했다.

"내가 귀인을 몰라보고 이렇게 냉대하였구나. 그만 두 눈을 빼버릴 만큼 사죄하고 싶다. 그러나 화가 매우 급박한데 구할 사람이 없으니, 네 아버님과 네 오라버니가 함께 칼을 받는 것이 가련하구나. 네가 혹 생육生育의 은혜를 생각하여 우선 냉대한 허물을 용서해 준다면 마른 뼈에 다시 살이 붙을 수 있고, 언 풀뿌리가 다시 봄을 만날 수 있을 것이니, 너는 한 번 생각해 보아라."

"그이가 귀하게 되고서도 아버님과 오라버니의 화를 구할 수 없음을 분명히 안다면, 마땅히 칼에 엎어져 죽을 것이니 제발 걱정을 푸세요."

김생의 부인은 이내 종이를 찾아서 남편에게 편지를 썼다.

"제가 죽음을 참고 이렇게 살아 있게 된 것은, 제가 죽은 뒤에 낭군께서 더욱 쓸쓸하여 마음을 위로할 바가 없을 것을 염려했기 때문입니다. 그래서 곰곰이 생각하여 오늘에 이르게 된 것입니다. 그런데 지금 들으니, 하늘이 복을 내려 높은 벼슬에 올라 몸이 영화롭게 되었다 하니, 옛날 그처럼 처량하고 비통하던 운세가 이제 어찌 이렇게도 빛이 나는 것입니까? 저는 이제부터 낭군에게 누를 끼치지 않을 것입니다.

저는 운명이 기구하여 집안의 재앙이 더욱 혹독해졌으니, 한

번 죽지 않고서는 이 착잡한 심정을 보상할 길이 없습니다. 장차 아버님과 오라버니의 실낱 같은 목숨과 더불어 시종을 함께 할 것을 맹세하니, 현재 업보業報의 인연은 이미 뜬구름과 흘러간 물이 되었습니다. 혹시 유마거사維摩居士가 알고 계신다면 내세에 약간 이 빚을 청산할 것입니다.

부디 바라옵건대, 보증하시어 고대광실高臺廣室 높은 집에 좋은 전방석을 깔고 앉으시더라도 쑥대와 가시덤불로 지붕을 이은 가난한 집에 살던 것을 잊지 마시고, 붉은 색의 차바퀴에 아기牙旗를 높이 세운 고귀한 수레를 타시더라도 피곤하게 걷던 때를 잊지 마시고, 비단 도포와 깁 바지를 입으시더라도 해진 옷과 누더기 도포를 입던 때를 잊지 마시고, 낙타의 등과 곰의 발바닥 같은 좋은 음식을 드시더라도 나물만을 먹던 시절을 잊지 마셔서, 지하에서 바라는 저의 기대를 저버리지 마시옵소서."

편지를 다 쓰자, 하인을 시켜 김생에게 속히 전하게 하였다. 김생은 이때 관아에 앉아서 사무를 처리하다가 갑자기 이 편지를 보고는 흐느껴 울면서 눈물로 가슴을 적시었다. 그리하여 김생은 이튿날 아침에 조회가 파하자, 관을 벗고 엎드려서 아뢰었다.

"신臣의 훈명勳名을 반납하고 빈한한 생활을 보전할 수 있게 해주시옵소서."

임금이 그 이유를 물었다. 김생이 자세히 대답하자, 임금은 감동하고 특별히 김생의 장인을 용서하여 잠깐 가까운 지방으로 귀양을 보냈다.

　김생은 수레를 성대하게 꾸며가지고 그 부인을 친히 맞이하여, 임금이 하사한 저택에 함께 들어가서, 마치 오리가 마름을 희롱하는 것처럼 부부간에 백년해로하였다. 부인의 어머니도 김생의 집에 붙어서 여생을 마쳤다.　　　　　　　　　≪청구야담靑邱野談≫

김홍도金弘道 〈안릉신영도安陵新迎圖〉

2. 원수끼리 맺어진 사랑

세조대왕이 보위寶位에 오르고 나서 종실宗室과 백관百官들을 모아 잔치를 베풀고 축하를 받았다. 세조가 거나하게 취해 좌우를 돌아보며 말했다.

"과인이 덕으로 나라를 다스려 지금 보위에 올라 경들과 술자리를 같이하며 실컷 즐기니, 어찌 경사스러운 일이 아니겠는가?"

백관들이 우러러 아뢰었다.

"전하의 덕은 후세에 법이 될 만하옵니다."

세조가 물었다. 나의 공덕은 어떠하오?"

"전하의 공덕은 주공周公에 비할 만하니 부끄러워하실 필요가 없습니다."

여러 신하들이 찬양하자 세조는 크게 기뻐하였다. 이때 나이 겨우 10여 세 된 공주公主 하나가 세조의 곁에 있다가 쏘아 붙였다.

"전하殿下는 잔인하고 각박한 짓을 하였는데 무슨 공덕이 된다고 축하를 받습니까? 제 생각에는 공덕이 아니고 참덕慙德으로 여겨집니다."

세조는 파르르 경련을 일으키며 크게 노하여 소리쳤다.

"너는 요물妖物이다. 참으로 나라를 망칠 년이니 다시는 내 앞에 나타나지 말라."

그러고는 공주를 당장 쫓아내버렸다.

공주가 풀이 죽어 문 밖으로 나갔는데, 어디로 갔는지 알 수가 없었다.

그 뒤에 세조는 후회하고 공주를 다시 불러오려고 하였으나, 어느 곳에 있는지 알 수가 없었다.

세조는 부처를 숭상하고 또 산천에 기도하기를 좋아하여 두세 시자侍者를 거느리고 미복微服 차림으로 출행하였다. 이리저리 가다가 어느 한 곳에 이르렀는데, 바로 인적이 이르지 않는 심산벽지深山僻地였다. 거기에 초가삼간草家三間 한 채가 있었는데, 쑥대로 엮어 만든 사립문 밖에서 한 소녀가 절구질을 하고 있었다. 쑥대머리에 맨발을 하고 옷은 다 떨어진 누더기를 걸친 모습이 너무도 불쌍해 보였다. 그녀의 얼굴을 쳐다보니, 바로 몇 해 전에 쫓아낸 공주였다.

세조가 속으로 반기고 또 불쌍해하며 물었다.

"내 딸이 어찌하여 여기에서 고생을 하는가?"

이에 수레를 멈추고 앞으로 가서 손을 잡았다. 공주가 우러러보니 바로 부왕父王이었다. 역시 반갑고 서러운 마음으로 물었다.

"전하께서 어인 일로 여기를 오셨습니까?"

공주는 그간에 겪은 고생한 일들을 자세히 아뢰었다. 세조는 몹시 불쌍해하며 물었다.

"너는 누구와 짝을 지어 살고 있느냐?"

"김도령이란 사람과 우연히 서로 만나서 그대로 부부의 연을 맺고 삽니다."

"김도령은 어디에 갔느냐?"

"나무하러 갔으니 저녁때 돌아올 것입니다."

"내가 환궁還宮한 뒤에 너의 부부를 데려갈 것이니, 그리 알고 김도령에게 전하여라."

"마땅히 분부分付대로 따르겠습니다."

세조는 이내 수레를 돌려 환궁하였다. 김도령이 돌아오자 공주가 그 일을 말하였더니, 김도령은 눈살을 찌푸리며 반겨하지 않았다.

"그것은 매우 불가한 일이오."

그리고 그날 저녁 가족을 데리고 다른 데로 옮겨갔는데 어디로 갔는지 알 수 없었다.

며칠 후에 세조가 교마轎馬를 보냈는데, 집이 텅 빈 채 사람이 없었다. 이 사실을 돌아와 보고하자, 세조는 후회하고 깊이 탄식하였다. 그 두 사람은 어디에 정착하였는지 알 수 없다.

김도령은 절재공節齋公 김종서金宗瑞의 셋째 아들인데, 계유년癸酉年 화를 입을 때 망명도주하여 산 속에 숨어 살다가 우연히 공주를 만나 작배作配하게 된 것이었다. 어찌 기이한 일이 아니겠는가? 이것이 야사로 전하기 때문에 기록하는 것이다.

《계압만록溪鴨漫錄》

3. 사랑방 손님과 청상과부

영남에 사는 한 선비가 향시鄕試(각 도道에서 보이던 초시初試)에서는 거의 열대여섯 차례나 합격을 했으나 회시會試에서는 매번 시관의 비위를 맞추지 못하여 낙방했다. 게다가 가세도 기울어져 형편이 없었다.

같은 고을에 사는 김씨 성을 가진 사람이 점을 잘 쳐 회시를 보러 갈 때마다 찾아가서 그에게 점괘를 물어보면 그때마다 좋지 못하다고 하였다. 처음에는 믿지 않았지만 결국은 그의 말대로 되었다.

만년에 정시庭試가 열린다는 소식을 듣고 또 김씨에게 성패 여부를 묻자 김씨가 괘를 뽑아서 풀이하였다.

"이번 과거의 득실에 대한 결과는 고사하고, 생명에 큰 액운이 닥쳤으니 이거 야단인걸!"

깜짝 놀란 선비는 애원하며 말했다.

"당신은 미래를 귀신처럼 꿰뚫어 아시니, 흉凶을 길吉하게 바꿀 방법도 있을 것입니다. 나를 위하여 한 번 봐주십시오."

김씨는 한동안 묵묵히 생각하더니 말했다.

"당면한 액운을 자세히 헤아려보니, 이번 과거는 틀림없이 합격하겠지만 액운을 면할 길이 없으니 어찌할꼬."

한참 후에 김씨는 또 말했다.

"당신이 화를 벗어나 영화로운 데로 나아갈 방법을 내 이미 생각해냈소. 당신은 과거 볼 행장行裝을 챙기지 말고 이 길로 곧장 서울로 떠나시오. 오늘 50리를 가서 자고, 내일 새벽에 동쪽으로 큰 고개를 넘어서 긴 골짜기를 거쳐 내려가면 시냇가 버드나무 아래에 소복한 여인이 있을 것이오. 목숨을 걸고 그 여자와 관계를 가져야 하오. 그 사이 위험할 일이야말로 다 설명할 수 없겠지만, 그리고 나면 이번 과거는 자연 합격하리다."

선비는 김씨와 작별하고 나와서 견마牽馬잡이 하인에게 말했다.

"이 길로 당장 과거 길을 떠나자꾸나."

하인은 불끈 화를 내며 말했다.

"천리나 되는 과거 길에 돈 한 푼 안 가지고 나서면 사람과 말, 세 식구의 양식을 어떻게 하시려고요? 집에 가서 행장을 챙겨가지고 천천히 떠나시죠."

선비는 하인에게 말하였다.

"내 지난번 과거 볼 때마다 김생원의 점괘占卦가 조금도 틀리지 않았다. 이번 김생원의 점괘가 오늘 당장 떠나면 과거에 오를 수 있으나, 그렇지 않으면 틀림없이 죽을 액운이 있다는구나. 이 말이 정녕 터무니없는 소리는 아닐 것이다. 내가 죽게 될 판인데 어느 겨를에 행장 챙기는 일을 논하겠느냐?"

그러면서 강행하였기 때문에 하인은 억지로 따라갔다.

저녁에 50리 거리의 객점에 도착해 사람과 말이 함께 끼니를

거른 채 빈속으로 투숙하였다. 이튿날 새벽에 동쪽으로 고개를 넘
어가보니, 지세地勢가 과연 김씨가 말하던 대로였다. 비록 배는 몹
시 고팠지만 마음은 무척 기뻤다.

골짜기를 따라 내려가니 큰 마을 앞 시냇가 버드나무 그늘 밑
에서 노파가 빨래를 하고 있었다. 그 옆에 모습이 단정하고 아름
다운 소복 차림의 젊은 여인이 있었는데, 말 위를 슬쩍 쳐다보고
는 당황하여 노파를 재촉해서 빨래를 이고 마을로 들어가는 것이
었다. 선비가 급히 말을 달려 쫓아갔지만, 소복 차림의 여인은 중
문中門으로 뛰어들어 문을 닫아버렸다.

신윤복申潤福 〈계변가화溪邊佳話〉

선비는 사랑 앞에 이르러 말에서 내렸는데, 명색이 사랑채란
곳이 인적은 없고 마루에 먼지만 가득했다. 선비가 말을 뜰 옆의

나무에 매어두고 먼지투성이 마루로 올라앉았지만 응접應接하는 사람이 없었다.

한참 후에 한 노인이 이웃집에서 와서 말했다.

"어디서 오신 손님이 이 빈 사랑에 드셨소? 여긴 혼자된 내 며느리 집이오. 주인 노릇할 남자가 없으니 내 거처로 가서 머물렀다 가시오."

선비가 말했다.

"저는 사람이나 말을 접대하는 일로 이 댁에 폐를 끼칠 생각은 없소이다. 다만 이 한쪽 마루를 빌려 머물다가 내일 아침에 떠나려 하오. 뜻이 정해진 바라 노인장을 따라가기 원치 않소이다."

노인이 거듭 여기서 머물 수 없다는 뜻으로 말했지만, 선비가 끝내 따르지 않았기 때문에 노인은 불평하는 기색을 보이고 돌아갔다.

드디어 해가 저물어 밤이 되자 선비가 하인에게 말했다.

"나는 어느 구멍으로든지 이 집 내실로 들어갈 것이다. 내가 들어간 뒤에 떠들썩한 소리가 나면 이로써 내 목숨은 끝날 것이다. 너는 함께 죽을 이유가 없으니 급히 도망치거라."

그 집은 담이 높고 견고하며 중문에 열쇠를 채워 들어갈 길이 없었다. 선비는 담 밑을 수없이 빙빙 돌다가 드디어 조그만 개구멍을 발견하였다.

옷을 걷고 몸을 움츠려 간신히 뚫고 들어갔는데, 방이 겹겹이어서 사람을 어리둥절하게 만들었다. 한 창문 옆에 마구를 지어

놓고 거기에 준마 한 필을 매어놓았는데, 말이 사람을 보고 소리를 질렀기 때문에 또 하나의 두려운 존재가 되었다.

선비가 말 앞을 스쳐지나 벽을 끼고 돌아나가니 방 안의 등불빛이 창틈으로 새어나왔다. 그래서 문에 구멍을 뚫고 들여다보니, 횃대에는 소복이 걸려 있고 침상에는 흰 금침衾枕이 펴 있었으나 사람은 없었다. 이곳이 바로 과부의 침실이었는데 등불만 켜 있을 뿐이었다.

선비는 또 건너 채의 다른 방으로 가서 엿보았다. 어떤 여인이 몇 명의 아이들을 데리고 시시덕거리고 있었고, 과부도 거기에 가서 말참견을 하고 있었다. 그 방주인은 바로 과부의 시누이였다. 선비는 그 과부가 반드시 그녀의 방으로 들어올 것이라 생각하고, 먼저 그 방으로 들어가서 등불을 끄고 가만히 누웠다.

얼마 후에 과연 과부가 돌아와서 방문을 열었다. 그 순간 섬뜩한 듯이 뒤로 물러나며 혼잣말로 말하였다.

"등불이 저절로 꺼지지 않을 텐데 꺼져 있네. 이상도 해라."

그렇게 네댓 번 중얼거리면서 방으로 들어오지 못하고 서성거리며 혀를 찼다. 선비는 어둠 속에서 몹시 초조해했다. 이윽고 그 과부가 들어와 이불 위에 한숨을 푹 내쉬며 드러누웠다.

선비는 인기척을 하며 말했다.

"사람이 여기에 와 있소."

과부가 깜짝 놀라 일어서며 말했다.

"이 밤중에 누가 감히 과부의 방에 들어왔소?"

선비는 소리를 낮춰 애걸조로 말했다.

"나는 정욕情慾에 끌려 들어온 사람이 아니오. 딱한 사정이 있으니 주인은 큰 소리를 내지 말고 조용히 내 이야기를 들어주시오.

"그럼 말해보세요."

선비는 자기의 전후 사정을 이야기했다. 과부가 다 듣고 나서 말했다.

"이건 하늘이 시킨 일이군요. 어찌 하늘을 어길 수 있겠어요. 저는 어느 고을 부유한 백성의 딸로 16세에 이 집의 큰 아들에게 시집와서 17세에 혼자되었습니다. 창 밖에 있는 말이 바로 제 남편이 사랑했던 말이었기에 제가 손수 기르면서 죽은 남편을 대하듯 하며 지냈지요. 올해 19세로, 죽을 때까지 정조를 굳게 지키리라 결심했는데, 어젯밤 꿈에 집 앞 냇물에 황룡黃龍이 서쪽으로부터 내려오더니 사람으로 변하였습니다. 그러자 곁에 있던 한 사람이 저를 보고 '저 사람이 바로 네 남편인데 귀하고 길하리라……' 하였습니다. 깨고 나서도 또렷이 다 기억이 났습니다. 그래서 오늘 아침에 꿈의 허실虛實을 확인해보려고 할멈을 시켜 빨래를 이고 냇물가로 나갔던 것입니다.

이윽고 말 탄 손님이 오시기에 눈을 들어 얼핏 보니 꿈속에서 황룡이 변한 사람과 터럭만큼도 틀림없더군요. 하도 놀랍고 이상해서 얼른 들어와버렸지만, 종일 마음이 놓이지 않았습니다. 여기에 와 계신 손님은 필시 아침나절의 말 탄 손님이시겠지요. 아까 시누이 방에서 들어올 때 불이 꺼져 있음을 보고 갑자기 마음이

설레는 것이 누군가가 방에 들어와 있다는 생각이 들었습니다. 방에 들어오지 않고 주저주저하는 사이에 만약 소리라도 질렀다면 호랑이같이 무서운 3, 4명의 시동생들이 금방 달려와서 손님은 아마도 육장肉醬이 되고 말았을 것입니다. 그런데 이를 참고 소리를 지르지 않은 것은 아마 무엇이 도왔던 모양입니다. 지금 손님의 말씀을 듣고 보니 점이 몽조夢兆와 일치하는데, 이 어찌 하늘이 점지해준 것이 아니겠습니까?"

그리하여 과부는 선비와 은밀히 잠자리를 같이 하고 나서, 곧 일어나기를 재촉했다.

"낭군의 과거는 이미 결정된 일이라 반드시 급제하실 것입니다. 그러나 과거 보러 서울로 가는 데 노둔老鈍한 말로는 안 될 것입니다. 또 반드시 노자를 두둑이 마련해야 큰일을 성사할 수 있을 것이니, 제가 행장을 차려서 낭군을 보내드리겠습니다."

그녀는 곧 등불을 들고 벽장으로 올라가서 포목과 비단과 돈을 수북이 꺼내어 한 짐을 꾸리고 마구간의 준마를 끌어내어 잠겼던 대문을 열고 견마잡이 하인에게 내다주며 말을 달려 어느 주막에서 기다리라고 하고 나서, 그녀는 또 말했다.

"말에 짐을 실려 하인을 먼저 보낸 다음, 낭군은 사랑 마루의 처음 앉았던 자리에 그냥 앉아 계시다가 위험한 고비를 겪으신 연후에 늦게 천천히 출발하시는 것이 좋겠습니다."

선비는 그녀와 함께 말의 등에 짐을 실었다. 대문을 열고 나갔다 다시 중문을 걸어 잠그고 들어온 그녀는 즉시 담의 한 모퉁이 허술

한 곳을 허물어서 도적이 말을 훔쳐나간 것처럼 꾸며놓았다.

날이 새자 그녀는 통곡을 하며 넋두리를 하였다.

"아이고, 내 이 말을 남편처럼 여기며 보았는데 어떤 도둑놈이 훔쳐갔느냐? 내 슬픈 심정이 남편의 초상 때와 같구나!"

과부의 시아버지와 시동생 여러 명이 곡성哭聲을 듣고 일제히 달려와서 선비에게 화를 내며 꾸짖었다.

"이놈이 우리 집으로 안 가겠다고 기어이 버틸 때 벌써 일을 낼 줄 짐작했었다. 그런데 지금 과연 남의 명마名馬를 훔쳐갔구나. 이런 도둑놈은 마땅히 때려 죽여야 해."

마침내 몽둥이를 들고 덤벼들었다. 선비는 머리를 숙이고 공손히 말했다.

"내가 만일 말을 훔쳤다면 밤을 타 멀리 도주하는 것이 이치에 맞거늘, 어찌 이런 곤경을 당하겠소?"

시동생들이 무섭게 말했다.

"네 하인은 어디 갔느냐?"

"잠든 사이에 도망쳐서 어디 갔는지 모르오. 말을 타야겠는데 견마잡이가 없어졌으니 어찌 할 바를 모르겠소. 그러고 보니 종놈을 시켜 말을 훔쳐 달아나게 했다는 말을 듣는 것도 당연하구려. 죽고 사는 건 처분대로 하겠소."

노인이 말했다.

"손님 말씀이 옳다. 말을 훔쳤으면 곧장 달아났을 것인데, 어찌 가만히 앉아 있을 리가 있겠느냐?"

그리고 이어서,

"말은 이미 잃어버린 것이다. 손님, 어제부터 계속 굶으셔서 견디기 힘드실 것 같은데, 우리 집에 가서 조반이나 드십시다."

하며 이끌고 가서 잘 대접하였다.

선비가 노인에게 감사하고 바로 출발하여 40리 길의 객점에 이르러 보니, 하인이 과연 말을 가지고 먼저 가 있었다.

하인은 과부의 집에서 밤중에 잠에 곯아 떨어졌다가 상전이 깨우는 소리를 듣고 주인이 혹시 화를 당했나 싶어 와락 겁이 났다. 즉시 정신을 차리고 보니, 인연이 맺어지고 비호 같은 말까지 손에 들어오게 된 것을 알게 되자, 근심이 즐거움으로 변했다. 그래서 곧 그 말을 타고 호환虎患도 생각지 않은 채 신나게 달려 객점에 와서 기다리고 있었던 것이다.

상전과 하인은 만나서 기일에 맞춰 상경하여 하늘과 사람의 도움으로 마치 지푸라기 줍듯이 홍패紅牌를 따냈다.

창방唱榜(과거급제자에게 증서를 줌)이 된 뒤에 선비는 귀향길에 올랐다. 어느 한 곳에 이르렀을 때 노상에 너댓 사람이 기다리고 있다가 물었다.

"신은행차新恩行次가 아무 고을에 사시는 아무 선달님이십니까?"

"그렇다오."

그 여인의 친정집이 한길에서 멀지 않기 때문에 친정집으로 아주 돌아와서 신은행차 맞을 준비를 해놓고, 도중에 사람을 보내 신은을 맞이한 것이었다.

풍악을 울리며 그 집에 들어가보니, 차일이 높이 쳐져 있고 마치 사위를 맞이하는 듯 친족이 구름같이 모여 기쁨이 집에 가득하였다.

10여 일 전 밤중에 만난 여인이 화려한 옷을 입고 나와 맞이하였다. 어찌 그 기쁨을 헤아릴 수 있겠는가. 그들은 종신토록 화락하고 부귀를 누렸다고 한다.　　　　　　　≪동패낙송東稗洛誦≫

4. 이용묵李容默과 청상과부

서울의 남촌南村에 한 유학자儒學者가 살고 있었다. 성은 이李요 이름은 용묵容默으로, 지조를 지키고 세속과 영합하지 않으며 청렴 정직하고 남에게 얽매이기 싫어하며 술을 좋아하고 문장을 잘하였다.

젊은 나이로 일찍이 진사進士에 올라 명성이 높았기 때문에 장차 대과에 급제하여 장안에 활보할 가망이 있었다. 친한 명사들이 북촌北村에 많이 살고 있으므로 용묵은 매일 그들과 교유하러 아침에 갔다가 저물녘에 돌아오곤 하였다.

김홍도金弘道 〈오원아집소조梧園雅集小照〉

하루는 때마침 한여름이라 북촌에서 돌아오는 길에 갑자기 소나기를 만나 급히 길가 자그마한 집으로 들어가 대문에 기대서서 비를 피하였다. 그런데 비는 계속 쏟아지는 것이었다.

이때 젊은 여종이 안채에서 나와 물었다.

"손님은 집이 어디신지 모르겠으나 비가 아직도 개일 기색이 보이지 않으니, 오래 대문 밖에 서 계실 수 없습니다. 잠깐 대청으로 들어오셔서 편히 쉬면서 비가 개이기를 기다리시는 것이 어떻겠는지요?"

"무방하지."

용묵은 곧 여종을 따라 들어갔다. 깨끗한 빈 방 하나가 있었는데, 용묵은 그 방으로 들어가 앉았다.

조금 후에 여종이 술과 안주를 내와 권했다.

"우리 집 낭자가 손님이 무료할까 안타깝게 여겨 이 술상을 마련한 것이니, 사양 마시고 한잔 드십시오."

용묵은 의아해하며 거절했다.

"너의 집 낭자는 전에 나와 한 번도 만난 적이 없는데, 지금 이렇게 방을 빌려주어 비를 피하도록 한 것도 이미 과하거늘, 더구나 또 술과 안주를 내오니 이 얼마나 과한지 모르겠다. 나는 결코 감히 받지 않겠노라."

"이것은 바로 우리 집 낭자가 손님을 공경하는 마음을 보이는 것이니, 사양하실 필요가 없습니다."

여종이 두세 번 강권強勸하자, 용묵은 마지못해 억지로 몇 잔을 마셨다.

조금 후에 미모의 젊은 부인 하나가 소복을 단정히 차려입고서 문을 열고 들어와 곁에 앉았다. 용묵은 깜짝 놀라 벽을 향해 등지고 앉아서 물었다.

"낭자는 어떤 사람이기에 감히 외객外客과 서로 마주 대하는 것이오?"

그러자 그 부인이 말했다.

"소첩이 하소연할 일이 있습니다. 공에게 말씀드리겠으니, 공은 당돌하다고 나무라지 말고 자세히 살펴주소서.

소첩은 양가良家의 여자입니다. 집안이 부유하여 13세에 출가하였는데, 14세에 남편이 죽고 이제 3년이 되었습니다. 친정 부모님께서는 소첩의 신세를 불쌍히 여기시어, 데려다가 슬하에 두고 사윗감을 골라 재가시키려 하였습니다.

소첩은 속으로 '15세도 되기 전에 청상과부가 되었으니, 남녀 음양陰陽의 이치를 몰라 생명을 아끼는 하느님의 미덕을 저버리는 것보다는, 차라리 재가하여 아들딸 낳고 일생을 즐겁게 지내 천리天理와 인정人情에 합치되게 하는 것이 나으리라.'고 생각하였습니다. 그래서 부모님께 '부모님의 명령을 어기지 않겠습니다. 그러나 어차피 개가할 바에는 제가 꼭 배우자를 직접 골라서 시집갈 것입니다. 길가에 집 한 채를 사서, 제가 거기에 살면서 사람을 살펴보기에 편하도록 해주십시오.' 하였더니, 부모님께서는 수긍하고 여기에 집을 마련해주신 지 이제 이미 여러 달이 되었습니다.

아침저녁으로 문안에 몸을 숨기고 내왕하는 사람들을 엿보던 중인데, 공은 몇 달 전부터 아침에 가시고 저물녘에 돌아오실 때 꼭 이 길을 이용하시더군요. 소첩은 공의 늠름한 자태와 단아한 용모를 보고 마음속으로 몹시 사모思慕하였는데, 이제 마침 하느님이 소나기로 공을 인도하여 저의 집으로 들어오게 하셨으니, 이 어찌 속세俗世의 기이한 인연이 아니겠습니까?"

"낭자의 말씀은 혹 괴상히 여기지 않을 수도 있겠으나, 다만 나는 아직 과거 급제를 하지 않은 수재秀才(과거 응시생)입니다. 그리고 집은 가난하고 부모는 연로하여 첩을 들일 방도도 없으니 어찌하겠소?"

"급제를 안 했으면 반드시 장차 급제하시게 될 것이요, 집이 가난하면 제게 수만금 재산이 있으니 한평생 넉넉하게 살 수 있습니다. 걱정할 필요 없으니 공은 다시 생각해주소서."

그러자 용묵은 '내 지금 명망名望이 한참 높은데 출세하기 전에 먼저 절개를 고치는 여자에게 손을 댄다면 끝내 반드시 허물이 될 것이니, 물리치는 것만 못하다.' 생각하고 이에 큰 소리로 꾸짖었다.

"부녀가 되어 외객外客을 가까이하여 거리낌 없이 시집가기를 청하니, 이 무슨 예법禮法이냐? 다시는 그런 마음을 먹지 말고 죽음을 맹세코 수절守節하여 예법을 온전하게 하는 것이 옳다."

말을 마치자, 용묵은 곧 문을 박차고 나와 비를 무릅쓰고 돌아와버렸다.

그 이튿날 아침에 또 북촌을 가면서 그 집 문전을 지나는데, 그
집 여종이 달려 나와서 용묵의 옷소매를 잡고 통곡하며 말하였다.

"우리 집 낭자는 공이 돌아가신 뒤로 원한을 이기지 못하고 어
젯밤 3경에 스스로 목을 매어 돌아가셨습니다. 유서를 남겨놓았
으니, 공은 들어가보시고 시신을 거두어 장사하여, 조금이나마 그
원한을 풀어주소서."

용묵은 부끄럽다 못해 화를 내며 크게 꾸짖었다.

"너의 집 낭자가 죽은 것이 나와 무슨 상관이 있느냐? 너는 천
한 계집종 주제에 길에서 사대부土大夫의 옷소매를 잡으니, 이것
은 또한 무슨 도리이냐?"

용묵은 결국 옷소매를 떨치고 가버렸다. 여종은 큰 소리로 울
며 들어와 말하였다.

"박절하네. 그 인간! 내 반드시 네가 성공하지 못하는 것을 눈
으로 똑똑히 볼 것이다."

이 뒤로 용묵의 명망은 공연히 떨어졌다. 과거를 담당한 재상
이 비록 그를 선발하려고 하였으나, 매번 과장에서 먹이 튀어 시
권試券을 버리기도 하고, 혹은 과장에서 갑자기 병이 나서 과거를
보지 못하고 나오기도 하여 끝내 과거에 급제하지 못하였고, 만년
에는 몰락하여 강호江湖를 떠돌았다. 용묵은 젊은 부인에게 원망
을 쌓아 이렇게 몰락하게 된 것이라 생각하고, 마음속으로 몹시
분해하다가 울화병鬱火病을 얻어 죽었으니, 어찌 박절한 자의 경
계가 되지 않겠는가.   ≪양은천미揚隱闡微≫

5. 권필權鞸과 어린 과부

어느 날 석주石洲 권필이 산길을 가다가 해가 저물어 큰 기와집에 투숙하게 되었다. 대문에 들어서도 사람이 보이지 않았다. 밖에서 소리쳐 부르자 한참 만에 여종이 나와서 어떤 분이며 성씨는 누구인데 무슨 일로 오셨는가 등을 묻고 들어갔다. 그러고 나서 이내 다시 나와서 사랑방을 열고 그를 맞아들였다.

자리에 앉자, 여종이 주안상을 내와서 술을 마시고, 조금 뒤 저녁상이 나와서 저녁을 들었다. 이윽고 이부자리를 폈다. 석주는 아무것도 사양하지 않았다.

밤이 깊어졌다. 석주는 아직 자리에 눕지 않고 시를 읊었다. 이때였다. 노년老年·중년中年·소년少年의 세 부인이 여종에게 등불을 들려 좌우로 세우고 사랑방으로 들어오는 것이 아닌가. 석주는 당황하여 자리 밑에 엎드렸다.

노년 부인이 말했다.

"괴이하게 생각지 마십시오. 우리는 권씨의 부인들이오. 공 또한 권씨이니 마주하는 것이 어찌 반드시 예에 맞지 않다 하리오. 편히 앉아 제 말을 들어주십시오.

내가 권씨 가문에 시집온 지 30년 동안 일가가 있다는 말을 듣지 못했습니다. 독자로 10대를 내려와서 나 역시 독자를 두었고,

자식의 처는 이 중년의 며느리인데 또한 독자를 두었는데, 그 독자가 이 어린 손녀며느리와 갓 혼례를 지내고는 미처 합침合寢도 못하고 갑작스레 병으로 죽었답니다. 저 어린 손자며느리가 인도人道를 모르는 것도 불쌍하고 또 후사를 달리 구할 데가 없으니, 공은 아무쪼록 애련哀憐히 여기시어 오늘밤 손자며느리와 동침하여 인도를 알게 하고, 하늘이 도와 아들을 얻게 되면 권씨로 권씨를 잇는 것이니 남보다 낫지 않겠습니까?"

석주는 정색正色을 하고 그 불가함을 말했다. 그러자 노년 부인이 한숨을 쉬며 눈물을 흘리는 것이었다.

"불가한 줄 모르는 바 아니오나, 이 어린 손자며느리를 위해 불가함을 무릅쓸 뿐입니다."

석주가 완강히 거절하고 듣지 않자, 소년 부인이 먼저 일어서고 중년 부인과 노년 부인도 뒤따라 일어나면서 거듭 간청했다.

"그래도 허락하지 못하겠습니까?"

그러나 석주는 끝내 응하지 않았다.

세 부인이 모두 안으로 들어왔다. 소년 부인이 흐느끼며 말했다.

"할머님께서 꾸미신 일이 대단히 아름답지 못하여 저만 욕을 당하였습니다."

그리고 나서 결국 자결했다.

석주가 누차 과거에 급제하지 못하고 끝내 시화詩禍(광해군의 처가인 유씨들의 득세를 풍자하는 〈궁류시宮柳詩〉로 입은 화)로 죽으니, 세인들은 이 여자의 앙갚음 때문이라고들 한다. ≪삽교만록霅橋漫錄≫

6. 장님이 본 사주관상四柱觀相

영남에 한 선비가 있었는데 이웃에 사는 나이 같은 장님과 정
이 두터웠다. 그 장님은 사주관상을 잘 보아 맞지 않은 적이 없었
다. 장님이 일찍이 선비에게 말했다.

"자네는 반드시
장원급제하여 직위
가 병조판서에 이
를 것이네."

선비는 이 말을
믿고 자부하며 과
거 공부에 열중하
여 문명文名을 크게
떨쳤다.

그런데 초시初試
(3년마다 실시하는 식년
式年의 전해 가을에 보

김홍도金弘道 〈풍속도첩風俗圖牒 점괘〉

이는 시험)에는 수십 차례나 합격하였지만 나이가 70이 되도록 생
원·진사도 되지 못하고 가산만 탕진하였다.

하루는 노인이 평생을 뒤돌아보다가 장님이 자신을 속인 것에

너무나 화가 치밀었다. 그래서 몽둥이를 끌고 장님의 집으로 가서 큰 소리로 꾸짖었다.

"내가 복술ト術에 속아 이 지경으로 낭패를 당하였는데 네가 감히 그 죄를 피할 수 있겠느냐?"

"올 가을에 정시庭試(경과慶科의 하나로 대궐 안마당에서 보이던 과거)가 있다고 하니 만일 이번 과거에 떨어지면 내가 죄를 받겠네."

"네가 또 나를 속이는구나. 그렇다면 한번 더 너에게 속아 너의 죄를 더 올려놓겠다."

장님이 술로 위로하자 선비는 분을 풀고 결국 취해 돌아왔다.

과거 날이 닥치자 노인은 빚을 얻어 행장을 꾸려가지고 어렵게 상경했지만 또 낙방이었다. 이에 그의 슬픔과 탄식은 이루 말할 수 없었다. 마침 은대銀臺(승정원承政院)에 있는 관원 하나가 바로 노인의 친척 동생이었다. 노인은 그 사람을 찾아가서 말했다.

"내 노망하여 장님의 말을 믿고 이처럼 망령된 행동을 하였네. 이후로는 영원히 서울과 작별을 할 셈이네. 외인外人도 혹 연줄로 대궐의 후원에 들어가서 구경하고 나온다고 하던데 그대가 나를 위해 잘 주선하여 후일 죽고 나서 유감이라도 없게 해주었으면 좋겠네."

친척 동생은 이 말을 듣고 매우 불쌍히 여겨 은대의 하인 한 명을 시켜 길을 인도하여 대궐의 후원에 들어가게 하였다. 때는 8월이라 경치가 매우 구경할 만하였다. 노인이 두루 구경하며 배회하다가 초립草笠을 쓰고 유리병을 든 어떤 소년과 붉은 여뀌 꽃

너머로 서로 만나게 되었다. 소년이 노인에게 물었다.

"여기는 금원禁苑인데 어른께서 어떻게 들어오셨습니까?"

노인은 영남 사투리로 평생 겪은 일에서부터 금원에 들어오게 된 사연까지 자세히 이야기해 주었다. 그러자 소년은 측은한 듯이 말했다.

"어른의 사정이 참으로 애처롭습니다. 잠깐 앉아서 술이나 드시지요."

그러면서 호박琥珀잔에 향긋한 술을 부어 권하는 것이었다. 노인은 연거푸 몇 잔을 마셔 얼굴이 붉게 달아올랐다. 소년이 말했다.

"지금 어른을 우연히 만났으니 이와 같은 경치에 대해 시라도 지어보는 것이 어떻겠습니까?"

노인은 잔뜩 취한 채 대답했다.

"자네가 만일 운자韻字를 부른다면 어찌 한번 읊지 않겠는가?"

소년이 운자를 부르니 노인은 부르는 즉시 시를 지어냈다. 그 시는 다 기억할 수 없으나 끝 구절 하나만은 다음과 같다.

'대궐 후원의 붉은 여뀌꽃 흐드러지게 붉구나.〔御苑紅蓼爛漫紅〕'

소년은 두세 번 반복하여 읊고는 칭찬해 마지않았다. 소년이 또 말했다.

"듣자하니 모레 후정시後庭試를 보인다 하는데 아마 성상께서 이번 급제자 중에 시골 선비가 포함되지 않았기 때문에 다시 보이는 모양입니다. 어른께서는 필시 두 번 걸음하시기가 어려울 것이니 우선 며칠 더 머물러 계시다가 후정시를 보시는 것이 어떻겠습니까?"

노인은 탄식하며 말했다.

"자네 말이 참으로 좋으나 여비도 다 떨어졌으니 어떻게 하겠는가?"

"제가 자세히 알아봐서 후정시가 분명히 있다면 여비와 시험 볼 도구를 마련하여 보내드릴 것이니 꼭 머물렀다가 과거를 보도록 하십시오."

"자네의 호의가 이처럼 매우 두터운데 어떻게 보지 않을 수 있겠는가?"

노인은 사례謝禮하며 서로 작별하고 돌아왔다. 해질 무렵에 어떤 하인 하나가 와서 동네 이서방의 말을 전하였다.

"대궐에서 우연히 만난 것은 많은 위로가 되었습니다. 후정시를 보이는 것이 확실하니 약간의 시험 볼 도구를 보내드립니다."

보내온 물품을 보니 매우 풍족하여 노인은 기뻐하며 곰곰이 생각했다.

'누가 서울 풍속이 야박하다고 하는가? 나는 영남 사람이지만 이렇게는 못할 것이다.'

노인은 이렇게 답하였다.

"호의가 이와 같으니 감사하기 그지없네. 그대 뜻에 따라 과거를 보겠네."

이튿날 과연 나라에서 후정시를 보인다는 소식이 들렸다. 노인이 과장에 들어가서 글 제목을 보았더니 바로 '어원홍료난만홍御

苑紅蓼爛漫紅'이라고 적혀 있었다.

　노인은 이에 어제 만난 소년이 바로 임금의 미행微行임을 깨닫고 곧 층첩법層疊法으로 6백여 구를 지었는데, 과장에 모인 여러 선비들은 그 뜻을 이해하지 못하여 글을 짓지 못하고 모두 흰 종이 채로 가지고 나갔다. 그중에 한 사람은 노인이 어려움 없이 방대하게 지은 것을 보고 마음속으로 의심하며 노인의 글을 훔쳐보고 부賦 40여 구를 지어 올렸다.

　이리하여 두 사람이 함께 급제하게 되었다. 합격이 발표된 뒤에 성종 임금은 노인을 불러 만나보았다. 엿새 만에 직위가 병조판서에 이르렀으며 이내 치사致仕(나이가 칠십이 되어 벼슬에서 물러남)하니 임금이 봉조하奉朝賀(종2품의 벼슬아치가 치사한 뒤에 임명 받던 벼슬)를 제수하고 백금 3천 냥을 하사하였다. 노인은 금의환향錦衣還鄕하여

김준근金俊根 〈맹인호점盲人呼占〉

하사받은 백금 중 절반을 장님에게 나누어주었다. 그리고 80세까지 살고 세상을 마쳤다고 한다.　　　　　≪동패집東稗集≫

7. 차작차필借作借筆과 빌린 제문祭文

옛날 한 양반이 있었는데, 글도 못하고 글씨도 시원치 못한 데다 집안도 가난했다. 더러 과거科擧 시험을 치러보았지만 자신이 한 접接(과장科場에 거벽巨擘·사수寫手 등과 시험치를 자리를 잡는 일, 또는 그 자리)을 차릴 형편이 못 되어 겨우 친우親友들의 뒤를 쫓아다니며 쓰고 남은 문필文筆을 얻어다가 정권呈券(답안지를 시관에게 제출함)을 할 수 있었다. 그러다가 요행으로 감시監試(진사進士를 뽑는 시험)는 합격하였는데 곧 회시會試(초시初試의 급제자가 서울에 모여 다시 보는 복시覆試)가 임박하게 되었다.

그는 아예 문필이 없는 사람이라 회시를 볼 배짱이 없었지만 그렇다고 앉아서 그만둘 수도 없었다. 그래서 정초지正草紙 한 장을 들고 혼자서 시험장에 들어갔으나 사고무친四顧無親한 터에 차작차필借作借筆할 길도 전연 없었다. 막연하게 서성거리고 있던 중, 국중國中에서 유명한 평안도 거벽巨擘(과거시험을 전문적으로 대신 지어주던 사람)을 만나게 되었다. 어떤 사람을 대신하여 글을 지어주기 위해 과장科場에 들어온 것이었다.

그는 전에 그 거벽과 다른 좌석에서 안면이 있어 즉시 그 접接으로 다가갔다. 서로 인사를 나눈 다음 정색을 하고 나무랐다.

"엄숙한 과장에 어려움 없이 함부로 들어오다니! 내가 만약 한

번 입을 열면 일이 어떻게 되지요?"

그 말에 거벽과 과거 보는 사람은 얼굴이 대번 붉어지고 당황하여 벌벌 떠는 것이었다.

이에 그는 이때다 싶어 말했다.

"나에게 시 한 수를 성의껏 잘 지어주면 말을 않으리다."

그러자 거벽은 두말 않고 종이를 펼치고 붓을 휘둘러 선뜻 시한 수를 지어서 주었다.

글은 얄궂게 변통을 하였지만 다음에 글씨를 얻을 일이 난감했다. 초고를 들고 한참 두리번거리고 있는데 또 글씨는 잘 쓰지만 글이 짧은 사람을 만났다. 이 선비는 누구와 서로 글과 글씨를 교환하기로 약조를 하였는데 서로 만나지 못해 낭패가 되어 붓을 들고 낑낑대고 있었다. 그는 그 선비의 자리로 다가가 우선 초면 인사를 하고 나서 동접同接이 낭패를 보게 된 일에 대하여 위로를 했다. 그리고 자신이 문재文才는 있지만 필재筆才가 없으니 솜씨를 서로 바꾸자고 청하면서 들고 있던 초고를 보였다. 그 선비가 글은 비록 못하였지만 과문科文의 체격體格임은 알아볼 수 있어 과시科詩를 가져다 보니 과연 잘하는 솜씨 같았다. 아주 곤란하던 터에 그렇게 다행일 수 없어 당장 허락하였다. 선비는 그의 정초지를 펼쳐놓고 먹을 갈아서 붓을 휘둘러 써내려가다가 자주 머리를 돌려 다짐하는 것이었다.

"나는 지금 공력을 들여 쓸 테니, 형씨도 내가 다 쓸 동안에 성심껏 시 한 수를 지어놓고 기다려야 하오."

"그야 염려 마오."

그는 종이를 펼치고는 글을 짓는 척했다. 쓱쓱 글을 써서는 다시 글자 위에 먹으로 동그라미를 그려 다른 사람이 알아보지 못하도록 해놓았다. 선비가 정초지에 시를 다 베끼자 그는 그 시권試券을 걷어쥐고 먹칠한 초고를 말아서 선비에게 던지며,

"정권呈券을 하고 내 곧 돌아올 테니 잠깐 기다리오."

하고 시권을 안고 대상臺上으로 갔다. 그리고 그는 일부러 그물(출입을 막는 그물)을 쳐놓은 안으로 뛰어들었다. 시관이나 군졸들이 보고 죄를 범했다고 하여 얼른 과장 밖으로 내쫓으려고 하였다. 그는 얼른 돈푼을 집어서 군졸에게 찔러주며 부탁하였다.

"내가 한사코 동접同接에게 돌아가야 한다고 하겠지만, 절대로 들어주지 말고 한시도 장내에 못 붙어 있게 좀 내쫓아주시오."

그 군졸은 뇌물까지 받은 데다가 시관試官의 분부도 지엄한 터에 어찌 잠시나마 느슨할 수 있겠는가. 앞에서 잡아끌고 뒤에서 밀어 기어이 몰아내는 것이었다. 그는 짐짓 군졸에게 애원하는 모양을 꾸몄다.

"내게는 지금 대단히 긴한 볼 일이 있소. 잠깐 늦춰서 나의 동접들에게 가게 해주시오."

군졸들이 그 말을 들어줄 리가 있겠는가? 네 번 다섯 번 끝까지 간청을 하였지만 막무가내로 끌어냈다. 그가 끌려가다가 글씨 잘 쓰는 그 선비가 앉아 있는 곳을 지나갈 때에 먼발치로 소리쳤다.

"일이 이렇게 되어서 어찌할 도리가 없구려……."

그는 결국 과장科場 밖으로 밀려 나왔다. 방榜이 나붙었는데 과연 우등으로 합격되었다.

그는 이렇게 소과小科에 급제하고 보니 다시 벼슬하고 싶은 생각이 들었다. 그러나 무세무력無勢無力하여 이끌어줄 사람이 없었으므로 도리가 없는 일이었다.

때마침 이조판서가 나이 30이 다된 외아들의 상을 당하고서 사람이 그만 바보인지 실성했는지 알 수 없는 지경이 되어 영달에는 전혀 뜻을 두지 않고 공무만 집행하고 있었다.

그는 마음속으로 꾀를 하나 생각해내었다. 이조판서 자제의 나이와 성품과 재질과 문식文識은 어떻고 평소에 교유하던 자는 누구누구이며, 글은 어느 곳에서 읽었고, 유람은 어디로 다녔던가 등을 탐문하여 자세히 알아냈다. 그리고 남산골의 글 잘하는 선비를 찾아가서 간청하여 제문祭文 한 통을 받았다. 극히 애통해하는 내용으로, 죽은 아들과는 모처에서 서로 알게 되었고, 어느 집에서 시를 수창酬唱하였으며, 어느 절에서 함께 글을 읽었고, 몇 년의 나이 차이는 있지만 우정이 매우 깊었음을 운운하였다. 또 세의世誼를 말하며 자기 집의 세덕世德을 상세히 써서 보는 사람으로 하여금 나이는 몇이고 누구의 자손인지 알 수 있도록 하였다.

그리고 닭을 잡고 술을 받아 이조판서가 출근한 틈을 보아 문상을 갔다. 하인을 시켜 궤연几筵을 열게 한 다음 제수祭需를 차리고 술을 따르고 나서 제문祭文을 읽는데 목이 메어 읽는 소리가 제대로 나오지 못했다. 곧바로 목을 놓아 통곡을 하며 한참 애통해하다가 돌아왔다.

그날 저녁 이조판서가 들어오자 부인이 말했다.

"아까 어느 고을의 아무 진사라고 하는 선비 한 분이 죽은 아이와 절친한 친구라며 찾아와서 제수와 제문을 갖추어 한참을 통곡하고 갔습니다."

이조판서는 대단히 이상하게 여기고 즉시 제문

김준근金俊根
〈생부죽으매양부사라스니상투웃돌이만풀고〉

을 가져오게 해서 읽어보았다. 여러 폭에 걸쳐서 쓴 글귀가 수백 행이 넘는데 글이며 글씨가 모두 주옥珠玉이 아닌가. 이조판서는 감탄하였다.

"아들의 친구로 이렇게 절친하고 준수한 선비가 있었다니……. 내가 왜 아직까지 모르고 있었을까? 문벌을 보니 근본이 있는 사족士族이요 나이도 40에 가까우니 꼭 벼슬을 할 나이로구먼. 또한 재상이 집에 없는 틈을 보아서 자식의 영연靈筵을 다녀가다니! 그 지조 역시 더욱 아름답구나."

이조판서는 드디어 도정都政(도목정사都目政事)에서 모든 난관을 물리치고 그를 천거하여 벼슬길로 나아가게 하였다.

≪청구야담靑邱野談≫

8. 상진尙震의 칠순통七純通

상진은 호가 송현松峴으로 조선 명종 때에 영의정까지 지낸 분이며 성품이 순후하고 너그러웠다. 그의 아버지 상보尙甫가 늦도록 아들이 없자 몸소 성주산聖住山에 기도하여 상공尙公을 낳았다.

신윤복申潤福 〈문종심사聞鍾尋寺〉

상공은 다섯 살 때 어머니를 잃고 7, 8세 때 아버지를 여읜 뒤 매부妹夫인 하산군夏山君 유몽정柳夢井의 집에서 자랐다. 기질이 호방豪放하여 15세가 지나도록 학문에는 뜻을 두지 않고 말이나 타고 활이나 쏘러 다녀 친구들에게 괄시恝視를 받았다. 그러자 상공은 곧 학업에 분발하여 몇 해 지나지 않아 공부가 크게 성취되었다.

상공은 식년과式年科(3년마다 보이는 정식 과거)에 합격한 뒤에 친구들과 산사山寺에 가서 회시會試 공부를 하였다. 이때 상공은 황룡이 불탑佛榻에 둘러 있는 꿈을 꾸고는 매일같이 새벽에 세수하고 불탑 앞에 가서 분향하며 과거급제를 기원하였다. 이렇게 하기를 하루도 거르지 아니하던 어느 날이었다. 한 친구가 장난을 치려고 먼저 가서 불탑 뒤에 숨어서 상공이 와서 기도하기를 기다렸다가 부처의 목소리처럼 꾸며 말했다.

"너의 정성이 갸륵해 회시에서 낼 강장講章(전강殿講에서 응시생들이 외도록 시험관이 지정한 경전의 장章)을 미리 너에게 알려주리라."

그리고는 칠서七書 중에서 각각 1장씩을 들며,

"너는 다만 전력하여 이것을 외운다면 과거 급제는 염려할 것이 없으리라."

하였다. 그러자 상공은,

"말씀을 받자오니 감사하기 그지없습니다."

하고 이후로는 오직 밤낮으로 7장만을 외며 그치지 않으므로 그 친구는 속으로 웃었다. 그러면서도 그가 진짜 부처의 가르침인 줄 알고 철석같이 믿고 있다가 과거에 자기 때문에 낙방이라도 할까 봐 염려되어 넌지시 말하였다.

"자네가 단지 7장만 외우는 데는 무슨 곡절이 있는가?"

상공은 부처가 알려준 대로 대답하였다.

"참으로 어리석구만. 부처가 영험이 있는 것을 어떻게 알 수 있젰는가? 이 장들이 과거시험에 출제되지 않는다면 어찌 실패를 보지 않겠는가?"

그 친구가 나무라자 상공은 웃으면서 말했다.

"성의가 투철한 바에 신명도 감응하여 이러한 계시가 있었을 테니 어찌 영험이 없을 리 있겠는가?"

그 친구는 할 수 없이 속으로 민망히 여기고 실토하였다.

"이것은 내가 잠시 장난친 것인데 자네의 믿음이 이렇게까지 독실篤實할 줄 미처 생각지 못하였네. 어찌 그리도 사리에 어두운가?"

그러자 상공은 진지하게 말했다.

"그렇지 않네. 나의 일편정성은 천지신명이 다 아시는 바인데 비록 강장을 가르쳐주려 하나 자세하게 직접 가르쳐 줄 수 없기 때문에 자네를 통해 대신 가르쳐주게 한 것이니 이것은 바로 옛날에 제사 지낼 때 신위神位 대신으로 그 자리에 앉히던 어린 시동尸童이 신神의 말을 전하는 뜻과 같네. 이런 의미에서 본다면 자네의 이 일은 아무리 장난에서 나온 것이라고는 해도 자네가 스스로 한 것이 아니고 실은 하늘이 시킨 것이고 신이 명한 것인데 내가 어떻게 독실히 믿고 전력하지 않을 수 있겠는가?"

뒤에 상공이 회시장會試場에 들어가니 출제한 칠서의 강장이 과연 전력한 대목과 하나도 다르지 않았다. 상공은 단숨에 마치 병속의 물을 쏟듯이 술술 외니 여러 시관들은 크게 칭찬하였다. 상공은 드디어 칠순통七純通(7장을 하나도 틀리지 않고 욈)으로 과거에 급제하였다.

《동야휘집東野彙輯》

9. 정승부인과 꽃다운 기생

심沈씨 부인은 어느 정승의 아내였다. 질투심이 강하여 암팡스럽게 떠들어댔기 때문에 정승은 아내를 호랑이처럼 무서워하여 감히 외도를 하지 못하였다.

하루는 새벽에 일어나서 조정朝廷에 가려고 할 때 젊은 여종이 손대야를 들고 나왔는데, 그녀의 새싹처럼 부드러운 손이 하도 예뻐서 잠깐 어루만졌다. 조정에 와서 있을 때였다. 집에서 아침밥을 가져와서 밥을 먹으려고 뚜껑을 열었더니, 그릇 속에 밥은 없고 잘려진 손 하나가 담겨져 있는 것이 아닌가. 정승은 크게 놀라 질색을 하였다. 아마 심씨 부인이 남편이 여종의 손을 어루만진 것을 넌지시 알고 그 손을 잘라 보낸 것이리라. 온 식구들은 조마조마하여 불안에 떨었다. 특히 여종들은 서로 조심하여 정승의 앞에 얼씬거리지 말도록 경계하였다.

정승의 백씨伯氏인 모 재상이 평안도관찰사로 있을 때, 정승은 마침 임금의 명을 받들고 가서 연광정練光亭과 부벽루浮碧樓에서 머무는 동안 몰래 한 기생을 가까이하였다. 심씨 부인은 이 소식을 듣고 노발대발怒發大發하며 즉시 행장을 꾸려 그 아우를 대동하고, 곧장 평안도 감영監營으로 향하여 그 기생을 쳐 죽이려 하였다. 이에 대한 급보가 먼저 날아들자, 정승은 이 소식을 듣고 놀라

혼이 나갔고, 관찰사도 크게 놀라 허둥대었다.

"이 일을 장차 어찌할꼬? 우선 기녀를 피신시키고 차차 선후책先後策을 찾아보세."

이 말을 들은 기생이 말하였다.

"소첩이 비록 피신하더라도 부인은 그 같은 기질로 반드시 그냥 돌아가지 않을 겁니다. 혹시 큰일을 벌이면 온 감영이 벌벌 떨 것입니다. 소첩의 목숨은 아까울 것이 없지만, 부인의 지나친 행동은 일찍이 없던 일이라 이야깃거리로 전해질 것이니, 참으로 민망스럽습니다. 소첩에게 한 가지 계책이 있기는 합니다만 집이 가난해서 할 수 없습니다. 만일 천금千金만 있다면 시험해볼 만합니다."

"네게 해결책이 있다면야 천금이 뭐 아깝겠느냐?"

관찰사는 급히 말하여 이내 천금을 주도록 하였다. 그리고 한편으로는 비장裨將을 중도에 보내서 부인의 마음을 즐겁게 만들기에 힘쓰도록 하였다. 그런데 심씨 부인은 황주黃州에 도착하니, 영접을 하여 안부를 묻고 음식 대접하는 것을 보고 비웃으며,

"내가 무슨 고관대작高官大爵이나 봉명사신奉命使臣이 된다고 문안하는 비장裨將이 있단 말이냐? 또 나는 노자를 가졌는데 어찌 음식 대접을 받을 필요가 있겠느냐?"

하고 모두 물리쳤다. 중화中和에 이르러서도 이와 같이 물리쳤다. 돌아서 재송원裁松院을 지나자 때는 봄과 여름이 교차하는 무렵이라, 10리나 되는 도로변의 가로수는 녹음을 이루고 아름다운 꾀꼬리는 요란하게 울어대 굽이굽이 마치 그림 속 경치와 같았다.

긴 숲이 끝나는 지점엔 한 가닥 맑은 강이 성곽을 안고 흐르는
것이 보였는데, 모래는 백옥白玉처럼 희고 물은 거울처럼 맑았다.
석회를 바른 성가퀴의 그림자는 물구비에 거꾸러지고 채색으로
꾸민 배는 물가에 빽빽이 늘어섰으며 화려한 누각들은 반공에 솟
아 있어 모든 광경이 눈을 부시게 하였다. 참으로 경치로 이름난
중국 명승인 항주杭州의 십경十景과 같았다. 심씨 부인은 가마의
주렴을 걷고 쳐다보면서 탄복하였다.

"과연 뛰어난 명승지로다! 이름이 헛되지 않았구나!"

그리고 멀리 백사장 가
의 길을 바라보았는데, 꽃
한 송이가 바람에 나부껴
날아오는 것이었다. 정승
과 가까이 지내던 기생은
천금을 들여 몸을 화려하
게 꾸몄다. 머리를 장식
한 금봉채金鳳釵(봉황을 수놓
은 금비녀)를 위시하여 비
단옷이며 패옥佩玉 등이

김홍도金弘道 〈미인화장도美人化粧圖〉

휘황찬란하였으니, 소상육폭瀟湘六幅과 영롱칠보玲瓏七寶도 족히 그
화려함을 비유할 수 없었다. 기생은 비단 안장을 얹은 총이말(회색
털 말)을 타고 서서히 다가와 심씨 부인의 가마 앞에 내려서서, 꾀
꼬리 같은 목소리로 고하였다.

"아무 기생이 감히 뵈옵니다."

심씨 부인은 갑자기 그 이름을 듣자, 분노가 3천 길이나 치솟아 한 주먹으로 결단을 내지 못하는 것을 한탄하며, 곧 큰 소리로 질책하였다.

"너 같은 기생이 무슨 일로 나를 보러 왔느냐?"

기생은 용모를 가다듬고 수줍어하며 심씨 부인의 말 앞에 섰다. 심씨 부인의 두 눈은 아까 나부끼던 기이한 꽃에 현란한 상태였기 때문에, 자신도 모르게 한참 동안 물끄러미 바라보았다. 눈썹은 먼 산처럼 둥그스름하고 눈동자는 가을물처럼 맑고 앵두 같은 입술과 복사빛 같은 뺨에 몸매는 날씬하여 마치 바람 앞의 수양버들처럼 간들거리는 등 세상에 뛰어난 요염한 자태의 광채가 사람을 비추었다. 심씨 부인은 속으로 찬탄하며 기이함을 칭찬하고, 그녀의 나이를 물었다. 그 기생이 대답하였다.

"열여덟 살입니다."

그러자 심씨 부인은 말했다.

"너는 과연 미인이구나. 옛날 이웃 처녀가 양성陽城과 하채下蔡(춘추시대 초楚나라 귀족들의 봉읍)의 귀공자들을 미혹시켰다더니 옛말이 참으로 맞구나. 내가 여기에 온 것은 너를 선연동嬋妍洞(기생들의 공동묘지) 속의 넋으로 만들어 이 분함을 조금이나마 풀려던 것이었는데, 지금 너를 보니 참으로 경국지색傾國之色이구나. 설령 내가 남자라 하더라도 너를 한번 보면 당연히 사랑할 마음을 먹겠는데, 하물며 늙은 놈이야 오죽하겠느냐?

옛날 중국 환사마桓司馬의 처 남군주南郡主가 남편의 첩인 이세李勢의 딸을 시기하여 칼로 베어 죽이려 하였다가, 그 얼굴이 뛰어나게 예쁜 것을 보고 곧 칼을 내던지고 그녀를 안으면서 '나도 너를 보고 사랑하는데, 더구나 늙은 것이야 오죽하겠는가.' 하였다는데, 내가 너에게 역시 그렇구나. 너는 가서 우리 집 영공令公을 모시도록 하라. 그러나 영공은 손님이다. 네게 빠져 병이 생기게 된다면, 그때는 네가 죽게 될 것이니 각별히 조심하라."

심씨 부인은 말을 마치자, 즉시 말머리를 돌려오던 길로 돌아갔다. 관찰사는 이 소식을 듣고, 급히 비장을 보내 글로써 말하였다.

"제수씨께서 이미 성 밖까지 오셨다가 즉시 돌아가시는 것은 무엇 때문입니까? 잠시 성 안으로 들어와 쉬셨다가 떠나십시오."

심씨 부인은 크게 웃으며,

"제가 구걸하는 사람이 아니거늘 감영에 가서 무엇하겠습니까?"
하고 뒤도 돌아보지 않고 가버렸다.

관찰사는 기생을 불러 물었다.

"너는 무슨 담력으로 곧장 호랑이의 입으로 향하였다가 벗어날 수 있었느냐?"

"부인께서는 편벽된 성질을 가지셨습니다. 비록 질투심이 강하시나 천리 걸음을 하신 것이 어찌 구구한 아녀자兒女子가 할 수 있는 일이겠습니까? 말[馬]도 발로 차고 이로 물어뜯는 놈은 반드시 잘 달립니다. 그 전진이 빠르면 그 후퇴도 빠릅니다. 사람도 이와 같기 때문에 화려하게 단장하고 가서 절을 하였던 것입니다.

만일 상해를 입는다면 어쩔 수 없는 일이지만, 그렇지 않다면 어여쁨을 받아 살아날 것을 기대했을 뿐입니다."

관찰사도 역시 기이하게 여길 수밖에 없었다.

≪동야휘집東野彙輯≫

10. 유응부兪應孚와 의매義妹

총관總管을 지낸 유응부兪應孚는 사육신死六臣의 한 사람이다. 어릴 때 강한 활과 쇠뇌를 가지고 무과武科를 보러 가는 길에 어느 산길을 지날 때였다. 갑자기 노루 한 마리가 길을 가로 질러 뛰어 갔다. 유공兪公은 더욱 화를 주체하지 못해 뒤쫓았지만 노루는 바로 눈앞에서 잡힐 듯 말 듯하였다. 유공은 더욱 화를 못 이겨 자신도 모르게 몇 십 리를 따라갔지만, 노루는 사라지고 길도 잃어버리고 해는 이미 저물었다. 방황하며 사방을 바라보다가 갑자기 산 밑에 한 채의 기와집을 발견하고는 대문을 두드리니, 젊은 여종이 나와서 말했다.

"이 집에는 남자가 없으니 손님을 받아들일 수 없습니다."

"과거科擧를 보러 가는 길에 우연히 길을 잃고 해가 저물어서 여기에 이르렀으니 되돌아갈 수 없다. 나는 배고픔도 잘 참고 추위도 잘 견딜 수 있으니, 밥도 필요 없고 불 땐 방도 필요 없다. 다만, 바깥사랑舍廊을 잠시 빌려 하룻밤 자고 가기를 바랄 뿐이다."

젊은 여종은 안으로 들어갔다가 한참 후에 다시 나와서 바깥사랑 문을 열어 책상을 청소하고 이불을 정리한 다음 맞아들여 좌정하게 하고, 또 정결한 밥과 좋은 술을 제공하였다. 잠시 후에는 창 밖에서 등불그림자가 어른거리더니 소복素服 입은 한 처녀가

문을 열고 들어왔는데, 꽃을
무색無色케 할 미모와 물고기
를 놀라게 할 자태에 나이는
십칠팔 세 가량 되어 보였다.
유공은 급히 일어나 몸을 피
하면서 나무랐다.

"남녀가 유별有別한데 이 웬
처녀요?"

그러자 처녀는 말했다.

"부모의 원수를 갚지 못하
고 여자의 예법禮法도 지키기
어려워 이렇게 찾아왔습니다.
저희 아버지는 천성天性이 한
적한 곳을 좋아하고 또한 산
수를 사랑하므로 이곳에 집
을 지어 세상과 인연을 끊고
살았습니다. 저희 집은 본래
부유하고 또한 노복奴僕들도
많이 두었는데, 그중 힘세고

신윤복申潤福 〈미인도美人圖〉

흉악한 종놈에게 우리 부모형제가 모두 살해당하고 이제 제 한
몸만 남았습니다. 그놈이 저와 혼인을 하려고 하기에 저는 상복을
아직 벗지 못한 몸이라고 핑계하였는데, 그것은 3년 안에 혹시 원

수怨讐를 갚아줄 사람이 있을까 하는 기대 때문이었습니다. 이래서 죽지 목하고 살아 있는 것이고, 그놈 또한 감히 강제로 가까이 하지 못하는 것은 제가 죽을까 겁이 나서입니다. 그래서 오늘까지 미루어온 것입니다. 이제 복을 벗을 날이 얼마 남지 않았는데, 하늘이 도와 당신을 만났으니 당신은 저를 위하여 원수를 갚아주소서. 원수만 갚으면 죽어도 한이 없겠습니다."

말을 마치자마자, 그녀는 오열嗚咽하며 눈물을 흘렸다.

유공이 말했다.

"그놈은 언제 옵니까?"

"매일 밤이 깊으면 뒷문으로 들어와 동정을 엿보는데, 지금 3경三更이 되어가니 머지않아 올 것입니다."

"그놈이 오면 반드시 횃불을 밝히시오. 그러면 내가 어둠 속에서 쏘아 죽이기 좋을 것이오."

이렇게 말하고 유공은 드디어 활에 화살을 먹인 다음, 뒷문 안의 굽은 담 옆에서 기다리고 있었다.

조금 후에 그놈이 와서 문을 두드리니, 처녀가 여종과 함께 대낮처럼 불을 밝히었다.

'이런 놈은 암살暗殺하는 것이 마땅치 않다.'

유공은 이렇게 생각하면서 이내 크게 호통쳐 그 죄를 따졌다.

"나는 바로 정의로운 기개를 가진 남자 유응부兪應孚이다. 너의 죄는 하늘에 알려졌으니 하늘이 용서하지 않을 것이다. 이제 너를 쏠 터이니, 네가 만일 나의 화살을 세 번 막아 화살이 명중하지 않으면 내 마땅히 너에게 죽을 것이다."

그놈은 껄껄 웃으며 대꾸했다.

"세 화살은 고사하고 3백 화살인들 나를 어찌하겠느냐? 네 마음대로 쏘아보아라."

유공이 기회를 엿보아서 화살을 한 발 쏘았지만, 그놈은 우뚝 서서 움직이지 않고 화살을 잡아 두 동강이를 내버렸다. 유공이 또 화살 하나를 꺼내 평생 기력을 다하여 쏘았으나 그놈은 역시 화살을 잡았다. 유공이 소리쳤다.

"너와 나의 죽고 삶이 이 화살에 달려 있는데 너는 다시 받을 수 있겠느냐?"

"네 마음대로 다 쏘아보아라. 내가 어찌 너를 무서워하겠느냐?"

유공은 드디어 지혜를 짜내서, 활촉을 뽑았다가 다시 꽂아 쉽게 빠지도록 만든 후 재빨리 쏘았다. 그놈이 앞서처럼 화살을 잡으매 화살은 손에 잡히고 활촉은 가슴을 뚫고 지나갔다. 그러자 그놈은 마치 산이 무너지듯 푹 쓰러졌다. 그놈이 죽자, 처녀는 그 배를 갈라 간을 꺼내어 부모의 영전靈前에 바치고 유공을 맞아들였다. 그러나 유공은 거절하고 들어가지 않으면서 말했다.

"남녀의 예법을 어지럽힐 수 없소."

"부모의 원수를 당신 덕분에 갚았고 여자의 절개도 당신 덕분에 보존하게 되었으니, 당신을 시중드는 첩이 되어 길이 모시며 한평생 은혜를 갚고자 합니다."

유공은 엄한 말로 거절하며 말했다.

"노루를 좇아 이곳에 왔다가 당신의 원수를 갚게 되었으니, 이 것은 효심孝心이 하늘을 감동시킨 소치所致요, 나에게 무슨 공로 가 있겠소? 설사 약간의 공로가 있다 하더라도 만일 그런 마음을 먹는다면 천지에 용납되기 어려울 것이오. 날이 밝기 전에 떠나 겠소."

"패역한 놈은 비록 죽었으나 잔당이 아직도 남아 있으니, 당신 이 가시면 저는 이내 죽을 겁니다. 원수를 이미 갚았으니 죽은들 무슨 한이 되겠습니까? 다만 큰 은혜를 갚지 못하고 이 몸이 갑자 기 죽으면 어찌 한스럽지 않겠습니까?"

처녀는 이내 목이 메어 울부짖었다. 그러자 유공이 말했다.

"사람이 서로 사랑하는 것은 어찌 꼭 부부여야만 하겠소? 남매 관계를 맺으면 은혜와 의리가 다 온전할 수 있는데 어떻게 생각 하오?"

처녀는 강요하기 어려움을 알고 부득이 허락하였다. 그래서 유 공은 드디어 의매義妹를 데리고 돌아와 배필을 골라 혼인시켰다.

뒤에 유공이 절의節義를 세울 때 그 의매도 따라서 통곡하고 자 결自決하였다.   ≪양은천미揚隱闡微≫

11. 김석주金錫胄와 여비

조선 숙종 때 청성부원군淸城府院君 김석주는 문장文章과 훈업勳
業이 당시에 으뜸이었으므로 당시 사람들이 마치 태산泰山과 북두
北斗처럼 우러러보았다.

김공金公은 본래 관상을 잘 보았다. 문족門族이나 종당宗黨 그리
고 친구들의 자제까지 관상을 보아 조정에 천거하였는데, 천거된
사람들은 다 과거에 급제하여 벼슬을 하게 되었으므로 김공의 감
식안이 크게 칭송받았다.

어느 날 아침에 김공이 잠자리에서 일어나니, 아직 비녀를 꽂
지 않은 열여덟이나 열아홉쯤 된 여종 하나가 세숫대야를 들고
나와 김공의 앞에 놓는 것이었다. 김공이 눈을 들어 그 여종의 안
색을 보니, 전면이 화려하고 골격이 청수하여 매우 귀하게 될 상
이었다.

'이 같은 귀상貴相을 노비로 두는 것은 나의 잘못이다. 쫓아내
제 마음대로 가서 그 귀상을 발휘하도록 하는 것이 좋겠다.'

김공은 한참 동안 생각하고 나서 갑자기 큰 소리로 꾸짖으며
소리쳤다.

"천한 계집이 버릇없이 감히 내 자리를 범하다니 네 죄를 용서
할 수 없다."

김공은 급히 건장한 하인에게 명하였다.

"문 밖으로 끌어내 제 갈 데로 가게 하라."

그 여종이 황급히 용서를 빌며 이 집에 있게 해달라고 애원하였으나, 김공은 끝내 들어주지 않고 끝까지 쫓아내게 하였다. 집 안사람들도 영문을 모르고 김공에게 한 번 용서해주기를 권하였으나 김공은 허락하지 않았다. 그리고 김공이 드디어 엄하게 하인들을 단속하여 사사로이 그녀를 거두지 못하게 하자, 하인들은 김공의 위엄을 두려워하여 결국 그녀를 길로 끌어냈다.

그 여종은 어찌할 도리가 없어 눈물을 머금고 대문을 나갔으나 갈 곳을 몰라 종일 길거리에서 서성거렸다. 해가 지자 서대문에서 경구교京口橋 위로 나와 하룻밤 지낼 곳을 찾으려고 길에서 방황하니, 그 사정이 몹시 불쌍하였다.

이때 서대문 밖에 이창후李昌後라는 한 늙은 선비가 살고 있었다. 그는 본래 양반씨족으로 집이 몹시 청빈淸貧하였다. 나이 50에 아내를 잃고 아들도 없이 홀몸으로 지내면서 자리를 짜서 생활을 하였기 때문에 사람들은 그를 자리장수 이생원이라고 칭하였다.

이생원은 이날 짠 자리를 가지고 종로에 가서 팔아 몇 꿰미 돈을 얻어 몇 사발 술을 사 마시고 저녁밥을 짓기 위해 바삐 집으로 돌아가던 참이었다. 경구교에 이르렀을 때는 이미 황혼이었는데 한 여자가 방황하고 있는 것을 문득 발견하였다. 속으로 매우 괴상히 여긴 끝에 술기운을 빌려 대담하게 물었다.

"너는 어떤 사람인데 황혼에 거리에서 서성거리고 있느냐?"

그 여자는 머리를 숙이고 대답하였다.

"소녀는 시골에서 처음으로 서울에 올라와 길을 잃고 하룻밤 쉴 곳을 찾으려고 하는데, 인도해주는 사람이 없어서 여기에 이르러 서성거리고 있는 것입니다."

"그렇다면 내 집이 여기에서 멀지 않으니 네가 나와 같이 가면 편히 하룻밤 잘 수 있다."

그러자 그 여자는 기뻐하며 고마워했다.

"대인께서 이처럼 큰 은혜를 베푸시니 몹시 감사합니다."

이생원은 매우 기뻐하며 그녀와 함께 손을 잡고 집으로 돌아왔다. 등불을 켜고 보니, 그녀는 아직 비녀 꽂지 않은 처자였다. 얼굴은 그리 아름답지 않았으나 자태는 청수하였다. 그래서 또 궁금해서 물었다.

"너는 뉘 집 처자인데 무슨 일로 서울에 왔으며, 무슨 일로 밖에 나와 길을 잃었느냐?"

"소녀는 양반집 규수가 아니고 상민의 딸인데, 부모는 다 작고하고 또 가까운 친척이 없어 의탁할 곳이 없으므로 이리저리 떠돌아다니다가 여기에 이르게 되었습니다. 그런데 다행히 대인을 만나 하룻밤 편히 쉴 수 있게 되었으니 감사하기 그지없습니다."

이생원은 의탁할 곳이 없다는 말을 듣고 슬며시 웃으며 그녀를 넌지시 떠보았다.

"너는 아직 시집가지 않은 처녀이니, 헛되이 규중閨中에서 늙을 것이 아니라 반드시 시집가 부부의 즐거움을 누려야 할 것이다. 나는 노쇠하여 아내를 얻지 못하고 아들딸도 없으니 나 역시 의탁할 곳이 없다. 가세는 비록 가난하지만 조석끼니는 이을 수 있으니, 네가 만일 나의 노쇠함을 싫어하지 않고 부부의 연을 맺어 아들딸 낳으며 백년을 해로한다면 어찌 아름다운 일이 아니겠느냐?"

그 여자는 꿇어앉아 말하였다.

"대인께서 소녀를 천히 여기지 않고 아내로 삼으려 하시니, 제가 어찌 감당하겠습니까? 그러나 대인께서 이미 그렇게 마음을 먹으시니 소녀도 종신토록 대인께 의탁하여 시중을 드는 것이 실로 행복일 것입니다. 다른 것을 어찌 바라겠습니까? 대인의 마음대로 하십시오."

이생원은 크게 기뻐하며 곧 그녀와 함께 저녁밥을 지어 서로 마주 앉아 먹었다. 저녁이 끝나자 초석草席과 이불을 깔고 함께 잠자리에 들었는데, 운우雲雨의 즐거움은 말하지 않아도 알 만하다.

이후부터 이생원은 열심히 신을 삼고 자리를 짜 매일 얻어지는 돈이 매우 많았고, 그 아내는 조리 있게 살림을 하며 길쌈이나 삯바느질을 하여 모아진 돈 역시 적지 않았

김홍도金弘道 〈풍속도첩風俗圖牒 자리짜기〉

다. 절약하여 쓰고 남은 돈은 빚을 놓아 이자를 받았다. 이렇게 2, 3년을 하자 집안이 마침내 넉넉해졌다.

또 연달아 두 아들을 낳았는데, 모두 이목이 청수하고 용모가 뛰어났다. 이생원은 크게 기뻐하며 드디어 자리 짜는 일을 걷어치우고 두 아들을 어루만지며 길렀다. 두 아들이 점점 자라자 글을 가르쳤다. 20년 사이에 두 아들은 다 장가를 들어 가정을 이루었고, 이생원은 나이 70에 아무런 근심 없이 베개를 높이 베고 편안히 태평을 누리니, 당시 사람들은 그 늦복을 마냥 칭찬하였다.

이생원이 갑자기 노환으로 자리에서 일어나지 못하자, 아내와 아들들은 애통해하며 예법禮法대로 초상을 치렀다.

3년 뒤에는 두 아들이 이미 문학에 정통하고 과거공부를 익히었다. 두 아들은 드디어 과거를 보아 모두 급제하여 어머니를 영광스럽게 봉양하였는데, 그 어머니는 매양 남편이 미처 이 영광을 보지 못한 것을 한스럽게 여겼다. 그리고 항상 두 아들을 경계하여 임금을 충성스럽게 섬기고 직무를 성의껏 행하게 하였고, 두 아들도 어머니의 훈계를 따라 항시 조심하고 임무를 성실히 행하였으므로, 대간臺諫의 벼슬이 항상 몸에서 떠나지 않았다.

그 어머니는 매번 두 아들이 조정에서 물러나온 뒤에는 오늘 조정에 무슨 일이 있었는가를 물었고, 두 아들 또한 일이 있든 없든 숨김없이 이야기하였다. 이야기할 때 혹시 '김청성金淸城'이라는 세 글자가 나오면 그 어머니는 문득 자세히 물었다. 그러나 그 아들들은 어머니의 물음을 이상하게 여기지 않았다.

하루는 두 아들이 조정에서 물러나와 집에 오자마자 바로 밀실로 들어가 형제가 마주 앉아 귓속말로 은밀히 의논하더니, 한참 만에 형은 입으로 문자를 부르고 아우는 붓을 쥐고 쓰는 것이었다. 그 어머니는 매우 의아스러워 곧 밀실로 들어가 두 아들에게 말했다.

강희언姜熙彦 〈사인휘호士人揮毫〉

"오늘 조정에서 무슨 일이 있었기에 너희 형제가 이처럼 황급히 글을 쓰느냐? 나도 듣고 싶구나."

"별다른 일은 없고 김청성이 멋대로 날뛰어 정권을 농락하여 조정의 의논이 분분하므로, 우리 형제가 대간의 직책에 있으면서 입을 다물고 조용히 보고만 있을 수 없기 때문에 바야흐로 소장을 지어 규탄糾彈하려는 것뿐입니다."

그 어머니는 정색을 하고 눈물을 흘리며 이야기했다.

"너희는 네 어미의 일을 알지 못할 것이다. 내가 너희 아버지에게 시집온 뒤로 아직까지 나의 본색을 말하지 않았으니, 너희들이 어떻게 알겠느냐? 오늘날 나는 늙고 너희는 또 출세하였는데 임금을 섬기고 일을 의논하는 마당에 너희들이 만일 혹시라도 우매愚昧하여 불의를 범한다면 어미 된 도리를 잃는 것이다. 이제 내 장차 말할 것이니, 너희들은 놀라거나 괴이하게 여기지 말아라. 나는 본시 김청성댁의 여종이었느니라."

그 어머니는 이어서 어떻게 쫓겨났으며 어떻게 부군을 만났고 어떻게 혼인을 하게 되었으며 어떻게 살림을 하게 되었는지 그리고 어떻게 치부致富를 하였는가 등등을 자세하게 이야기하고 또 말을 이었다.

"오늘날 너희들의 현달顯達은 모두 김청성의 덕분이다. 김청성이 만일 나를 쫓아내지 않았더라면 내가 어떻게 너희 아버지를 만날 수 있었겠느냐? 이것은 김청성이 사람의 관상을 잘 보았기 때문에, 나의 귀상貴相을 알고 내가 죄를 범한 일이 없는데도 강제로 내쫓아 내 스스로 시집가 귀상을 발휘하도록 하였던 것이다. 내가 이 가문에 들어와 일찍이 너희들을 낳아 드디어 큰 집을 이룩하였으니, 어찌 청성의 덕분이 아니겠느냐?

오늘날 청성은 권세가 높으므로 남의 질시疾視를 받고 탄핵을 당하나, 다른 사람은 되어도 너희들은 안 되느니라. 너희들이 만일 다른 사람과 함께 탄핵하는 소장에 이름을 적는다면 이것은 네 어미를 무시하는 것이다. 너희들이 만일 그 덕을 생각한다면 도리어 청성을 구제하는 소장을 지어야 옳을 것이다. 내가 할 말은 이미 다 하였으니 너희들은 조심하여 명문대가名門大家에 죄를 얻는 일이 없도록 하여라."

두 아들은 어머니의 말씀을 듣고 나서 크게 깨닫고 곧 생각을 고쳐 청성을 구제하는 소장을 올렸다. 드디어 그들은 노론老論의 일당이 되고 현달한 벼슬을 얻었다. 대개 그 어머니의 현철함은 세상에 드문 것이고, 그 아들이 또 어머니의 명령에 따라 생각을 고쳐 청성을 구제하는 소장을 올려 드디어 공업이 이루어지고 몸이 편하게 되었으니, 어찌 아름다운 일이 아니겠는가. 또 청성이 관상 잘 보는 것으로 말하면 당시에 명성이 자자했었거니와, 또한 능히 여종을 내쫓아 적선積善하여 후일의 우익羽翼이 되게 하였으니, 또한 어찌 기이한 일이 아니겠는가.

청성이 관상 잘 보는 것이 첫째 기이한 것이요, 이씨 어머니가 그 근본을 잊지 않는 것이 둘째 기이한 것이요, 이씨 형제가 모족母族의 천함을 싫어하지 않고 각별히 어머니의 명령에 따라 생각을 고쳐 청성을 구제한 것이 셋째 기이한 것이다. 세상 사람들이 칭찬하여 전하는 것은 참으로 당연한 일이다.

≪양은천미揚隱闡微≫

12. 김우항金宇杭과 강계江界 기생

정승을 지낸 김우항은 호가 갑봉甲峰으로 젊을 때 딸을 시집보
내려 하였지만, 집이 가난하여 혼수를 마련할 길이 없었다. 그 이
종姨從 사촌 중에 무변武弁(무관武官)으로 강계부사江界府使가 된 자
가 있었다. 그의 도움을 기대하여 친구에게 말 한 필을 빌려 타고
먼 길을 어렵게 달려 관아의 문 밖에 이르렀는데, 문지기에게 저
지당하여 들어가지 못하였다. 여러 날을 머뭇거리는 동안에 여비
가 다 떨어져 여관 주인에게 곤욕을 당하여 말까지 팔아 빚을 갚
아야만 했다.

때는 엄동설한嚴冬雪寒이라 추위와 굶주림이 뼈에 사무쳤다. 처
지가 이렇게 되니 진퇴양난進退兩難이었다.

부사가 환곡還穀을 받으러 창고에 나가는 틈을 타 김공金公은
길가에 서 있다가 비로소 부사의 얼굴을 보고 문지기에게 저지당
하여 머뭇거리고 있는 상황을 상세히 이야기하였다. 그제야 부사
는 비로소 김공을 책실冊室에 들어가 기다리게 하고, 석양에 돌아
왔다.

조금 후에 저녁밥이 나왔는데, 부사의 밥상은 진수성찬珍羞盛饌
이고 김공의 밥상은 나물반찬 몇 그릇뿐이었다. 김공은 춥고 배가
고파 원통한 마음을 품고 앉아 있다가, 이것을 보고 크게 화가 나

밥상을 엎으며 소리쳤다.

"그대가 어찌 나를 이렇게까지 멸시하는가?"

그러자 부사는 크게 노하여 뜰 아래로 끌어내리게 하고, 곧바로 관속官屬들을 시켜 끌어내 관할 밖으로 쫓아내게 하였다.

밤은 이미 어두워졌고 눈보라는 얼굴에 휘몰아쳤다. 김공은 기운이 빠져 여러 번 땅에 쓰러졌다. 관아의 하인들은 애처롭게 여겨 큰길에 이르자 김공을 풀어주며 가도록 하였다.

김공이 비로소 정신을 차리니 온몸은 얼어 터지는데 갈 곳이 없었다. 멀리 바라보니 한 점 불빛이 수풀 사이로 새어 나왔다. 그쪽을 향해 기어가서 보니, 짚신 장수의 집이었다. 급히 화로를 가져다 손을 쬐고 있는데 한 미인이 등불을 들고 뒤에는 시녀가 술과 안주를 가지고 왔다. 그 미인은 걸음을 멈추고 물었다.

"아까 관가에서 쫓겨난 행차行次는 어느 곳에 계십니까?"

김공은 그가 호의로 묻는다는 것을 알고 대답하였다.

"내가 바로 그 사람이오."

그러자 그 미인이 말했다.

"저는 강계부의 기생입니다. 마침 동헌東軒 수청방에 있다가 그 광경을 목격하였는데, 행차께서는 참으로 훌륭한 남자였습니다. 행차께서 무한한 곤경을 겪으시는데, 이 같은 엄동설한에 동상凍傷이 있을까 염려되어 술과 안주를 약간 준비해 왔습니다. 제 집이 여기에서 멀지 않으니 가시겠습니까?"

김공은 몹시 고마워하며 몸을 일으켜 그 집으로 따라갔다. 기

생은 부엌으로 들어가 특별히 저녁밥을 지어 내왔는데 진수성찬
이었다. 김공은 여러 날 굶어 배가 비어 있었으므로 허겁지겁 배
불리 먹었다.

그녀는 동침을 자원하면서 김공에게 말했다.

"천리나 머나먼 눈길에 행차께서 지금 추위를 무릅쓰고 여기에
오신 것은 무엇 때문입니까?"

"부사와 나는 이종간이기 때문에 딸을 시집보내기 위하여 혼인
에 쓸 비용을 도움 받으려고 추위를 무릅쓰고 여기에 왔소이다."

기생은 웃으며 말했다

"본관 사또는 천성이 말할 수 없이 인색합니다. 부임 초부터 날
마다 탐욕과 포학을 일삼아 고을 사람들이 모두 원망하는데, 어찌
이종이라고 반갑게 돌봐주겠습니까? 제가 약간 혼수婚需를 도와드
릴 것이니, 날이 밝는 대로 행장을 꾸려 속히 가시는 것이 좋을
것입니다. 만일 여기에 오래 머물러 계시다 사또가 알게 되면 행
차와 저는 뜻밖의 화를 당할까 두렵습니다."

"그대의 높은 의리가 이와 같으니 내 장차 어떻게 갚아야 할
는지?"

"제가 행차의 기상을 보니, 오래 고생하실 분이 아닙니다. 후일
에 부귀하시거든 잊지 말아주십시오."

그녀는 앉은 채로 아침이 되기를 기다렸다가, 말 한 필을 세내
고 상자에서 명주와 삼베 각각 10여 필씩을 꺼내 짐을 싸고, 아울
러 노자 50냥까지 주었다. 김공은 감사하고 연모戀慕의 정에 끌려

일어나지 못하다가, 기생이 연이어 재촉하자 비로소 작별하였다. 서울 집으로 돌아오니, 이미 새해가 되었다.

이때 숙종肅宗 임금이 불시로 알성과謁聖科를 보였는데, 김공은 장원으로 뽑혀 특별히 교리校理에 임명되었다. 강연講筵에서 숙종 임금과 문답할 때 숙종 임금이 민간의 고통에 대해 언급하자, 김공은 강계부江界府의 일을 가지고 아뢰었다. 그러자 숙종 임금은 곧 봉서封書를 내주며 집에 가서 뜯어보도록 하였다. 김공이 왕명을 받고 즉시 집으로 돌아와 봉서를 뜯어보았더니, 바로 김공을 특별히 강계부의 암행어사暗行御史로 파견하여 부사를 봉고파직封庫罷職시킨 뒤에 그 기생을 데리고 올라오라는 내용이었다.

김공은 곧 밤도 잊은 채 서둘러 내려가 중도에서 해진 의관으로 바꾸어 입고 야심한 뒤에 그 기생의 집으로 갔다. 그러자 그 기생은 깜짝 놀라며 물었다.

"행차께서 돌아가신 지 겨우 달포 남짓한데, 이제 갑자기 내려오신 것은 무엇 때문입니까?"

김공은 탄식하며 말했다.

"그대가 준 물건은 중도에서 도적을 만나 다 빼앗기고, 겨우 생명을 보존하여 절에서 겨울을 지내고, 그대를 보기 위하여 다시 이렇게 왔다오."

그러자 기생은 탄식하며 위로했다.

"행차께서는 참으로 운이 없습니다. 그러나 사람의 궁달窮達은 하늘에 매여 있는데, 어찌 통달通達할 때가 없겠습니까?"

그리고 술과 밥을 마련해 내오는 등 조금도 싫어하거나 야박한 기색이 없었다.

김공은 그 아량에 탄복하고 이내 그녀와 함께 베개를 나란히 베고 누웠다. 기생은 우연히 마패馬牌가 속적삼에 간직되었음을 보고 깜짝 놀라 기뻐하면서 얼른 일어나 앉아서 말했다.

"행차께서는 어찌 저를 속이시나이까? 어제의 궁한 선비가 오늘 갑자기 암행어사가 되셨으니, 어찌 신기한 일이 아닙니까?"

김공은 미소를 지으며, 과거에 오른 뒤에 옥당玉堂으로 대궐에 들어가 임금의 물음에 응하다가, 특별히 임금의 분부를 받고 암행어사로 여기에 오게 된 까닭을 대충 말해주었다. 그러자 기생은 무척 기뻐하며 말했다.

"남자가 세상에 태어나 어찌 다시 이와 같이 통쾌한 일이 있겠습니까? 관가官家(시골 사람이 그 고을 원을 일컫는 말)가 불법으로 자행한 일들을 소첩이 일찍이 여기에 기록해두었습니다. 행차께서는 장차 어떻게 관가를 처리하시렵니까?"

"봉고파직할 것일세."

"그렇게 처리하심은 너무도 가벼우니 내일 출두出頭하여 봉고파직시킨 뒤에 행차께서 동헌東軒에 앉아 관가를 뜰 아래로 끌어내리게 하고, 곧바로 관속들을 시켜 끌어내 관할 밖으로 쫓아내신다면 지난번의 수치가 어찌 통쾌하게 씻겨지지 않겠습니까?"

김공은 웃으며 허락하였다. 이튿날 역졸驛卒들에게 관문關門 밖에서 대기하도록 약속하고, 김공은 곧장 동헌으로 올라갔다. 기생은 벌써 와서 앉아 있었다. 부사가 김공을 보고 크게 꾸짖으며 소리쳤다.

"이놈이 어찌 다시 왔느냐?"

그리고 곧 관속들을 불러 끌어내도록 하였는데, 그 말이 미처 끝나기도 전에 역졸들이 일제히 관청 뜰에 들이닥쳐 크게 암행어사출두를 부르니, 온 고을이 크게 놀라고 부사는 미처 신도 신지 못한 채 뒷문으로 달아났다.

김공은 동헌에 앉자 관속들에게 호령하여 부사를 뜰 아래로 잡아오게 하여 탐욕하고 포악한 죄를 묻고 관할 밖으로 내쫓게 하니, 곁에서 지켜보던 자들은 모두 통쾌하게 여겼다.

김공이 보고서를 작성한 뒤에 그 기생을 데리고 같이 돌아오려고 하자, 기생은 말했다.

"불가합니다. 공께서는 비록 상감上監의 분부를 받으셨으나, 어사로서 기생을 태우고 서울로 돌아간다면 사람들의 비난이 없겠습니까?"

김공은 칭찬하며 그의 말을 따랐다.

"그대의 말이 참으로 옳네."

그리고 곧 서울로 돌아와 보고하고 기생이 한 말을 아뢰니, 숙종 임금은 가상히 여기며 칭찬하였다.

"천한 기생 중에 이처럼 기특한 여자가 있을 줄은 미처 몰랐다."

숙종 임금은 곧 감사에게 명하여 그 기생을 호위하여 올려 보내게 하였다.   ≪금계필담錦溪筆談≫

13. 이완李浣과 적괴賊魁의 형제결의

이완이 어릴 적에 산으로 사냥을 가서 사슴을 쫓아 깊은 숲속
으로 들어갔다가 그만 해가 떨어진 줄도 몰랐다. 그러다가 날이
어두워지자 마음이 몹시 다급해졌다. 돌아갈 길을 찾아 구렁텅이
를 거쳐 산이 갈라진 곳에 이르니 희미하게 나뭇길이 나 있었다.

그 길을 따라 차츰 앞으로 가니 주문갑제朱門甲第(권세 높은 벼슬아
치의 우람한 집) 비슷한 큰 기와집 한 채가 보였다. 그 집 대문을 두
드렸지만 대답이 없었다. 잠시 후에 한 여자가 치마를 살짝 걷고
문에 기대서서 말하였다.

"여기는 손님이 잠시도 머무를 곳이 아니니 속히 가십시오."

이공이 그 여자를 보니, 나이는 스물 남짓한데 꽤 미색이었다.

"산은 높고 골은 깊으며 게다가 또 날은 어두워서 맹수猛獸는
횡행橫行하고 인가는 아득한데 어찌 한 귀퉁이 몸 붙일 곳이 없어
서 이처럼 거절하는 거요?"

"여기 있으면 죽습니다. 일석지一席地(자리 하나 갈 만한 좁은 땅)를
아끼려는 것이 아니고 천금 같은 몸을 버릴까 염려되어서입니다."

"문 밖에서 맹수에게 죽느니 차라리 향분지옥香粉地獄에서 죽
겠소."

이공은 드디어 문을 밀치고 들어갔다. 여자는 막을 수 없음을

알고 방으로 맞아들였다. 촛불을 켜고 마주 앉은 후에 이공이 영문을 물으니 그녀는 조심스럽게 말을 꺼냈다.

"여기는 도적의 소굴입니다. 저는 양가良家의 딸로서 도적에게 잡혀 여기에 온 지 여러 해인데 자결도 못하고 지금까지 구차하게 살고 있습니다. 비록 기라綺羅와 주취珠翠 속에서 살고 있다 해도 감옥에 있는 것이나 다름이 없습니다. 제 소원은 바른 마음 가진 사람을 만나서 이 감옥을 탈출하게 되면 종신토록 받들어 모실 생각이건만, 하늘이 소원을 들어주지 않아서 그럭저럭 오늘날까지 살고 있으니 어쩌면 좋겠습니까?"

"도적은 어디 있소?"

"마침 사냥 나가서 아직 돌아오지 않았습니다. 밤이 깊으면 반드시 올 것이니 손님이 여기에 계신 것을 알면 저와 손님은 그의 칼에 머리를 내주어야 할 것입니다. 제가 죄 없이 죽는 것은 아까울 것이 없지만, 손님은 뉘집 귀공자貴公子이신지 모르겠으나 맹수의 굴에 들어와서 맹수에게 물리면 어찌 공연한 죽음이 아니겠습니까? 속히 피하시어 스스로 슬픔을 남기지 마십시오."

"죽을 시간이 임박하였더라도 허기虛飢는 못 참겠으니 속히 밥을 준비해 오시오."

그녀는 곧 부엌으로 가서 밥을 지어오니, 산나물과 채소, 곰구이와 멧돼지구이 등으로 걸게 차려졌다. 그녀는 또 술을 따라 권하였다. 이공은 이미 술을 취하게 마시고 음식을 배부르게 먹고 나서 그녀의 무릎을 베고 누웠다. 그녀는 불안해서 어쩔 줄을 몰라 했다.

"이러시다 후환後患을 어찌하시렵니까?"

"이 지경이 되었으니 어차피 모면하지 못할 것이오. 아무도 없는 고요한 밤에 남녀가 한 방에 같이 있는데 어찌 혐의를 면할 수 있겠소? 비록 사실이 없다 하더라도 누가 믿겠소? 죽고 사는 것은 운명인데 겁낸다고 무엇이 나아지겠소?"

이공은 손으로 그녀의 가슴을 만지며 벌떡 누워 태연히 있었다.

조금 후에 뜰에서 '탁 탁' 하고 물건을 던지는 소리가 났다. 그녀는 갑자기 벌벌 떨며 얼굴이 사색死色이 되었다.

"적괴賊魁가 왔네요. 어찌합니까?"

이공은 듣고도 못 들

신윤복申潤福 〈건곤일회도乾坤一會圖〉

은 척하고 가만히 문 밖을 살펴보니 사슴과 멧돼지가 뜰에 그들먹하였다. 이윽고 건장한 사내 하나가 뚜벅뚜벅 걸어 들어왔다. 신장은 8척이고 얼굴은 사납게 생겼는데 손에는 장검長劍을 들고 낯빛은 약간 취기를 띠고 있었다. 그는 누워 있는 이공을 보고 큰소리로 꾸짖었다.

"너는 어떤 놈인데 감히 이곳에 왔느냐?"

이공이 태연하게 말했다.

"짐승을 쫓아 산에 들어왔다가 날이 어두워져서 여기에 왔느니라."

적괴는 또 성내며 꾸짖었다.

"너는 담이 말[斗]만큼이라도 되느냐? 어찌 그렇게도 대담하냐? 기숙하려면 바깥사랑에 있을 것이지 감히 안방에 들어와 유부녀를 간범奸犯하였으니 이미 죽을죄를 지었는데, 또 너는 손님으로서 주인을 보고도 예의를 차리지 않고 벌떡 누워서 쳐다보니 이 무슨 도리냐? 죽음이 두렵지 않느냐?"

이공은 웃으며 말했다.

"깊은 밤에 남녀가 한 자리에 붙어 앉아 있는데 비록 깨끗한 마음이라 한들 너는 믿겠느냐? 사람이 이 세상에 태어났으면 반드시 한 번 죽게 마련인데 내가 무엇을 두려워하겠느냐? 네가 하는 대로 맡겨두겠다."

적괴는 이에 큰 새끼줄로 이공을 묶어서 들보 위에 달아매고 여자를 돌아보며 말했다.

"문 밖에 사냥해온 짐승들이 있으니 깨끗이 씻어서 삶아오너라."

그녀는 벌벌 떨며 밖에 나가서 노루와 사슴의 털과 창자를 제거하고 솥에 넣어 무르도록 익혀가지고 큰 소반에 차려서 들여왔다. 김이 모락모락 나고 고기는 연하여 썰기 쉬웠다. 적괴는 또 술을 가져오게 해서 큰 사발로 한 동이를 다 기울이고 허리에서

서슬이 시퍼런 칼을 뽑아서 고기를 썰어 먹으면서,

"어찌 사람을 곁에 두고 혼자 먹을 수 있겠느냐? 너는 곧 죽을 놈이지만 맛이라도 알게 해주마."

하고 사슴고기 한 덩어리를 칼 끝에 꽂아서 들보 위를 향해 주는 것이었다. 이공은 입으로 칼 끝에 꽂힌 고깃덩이를 받아먹으면서도 조금도 의심하거나 두려워하는 기색이 없었다. 적괴는 뚫어지게 쳐다보고는 말했다.

"장사壯士로구나."

이공이 화를 냈다.

"네가 나를 죽이려거든 얼른 죽일 것이지 어찌 놀리느냐? 옛날 항우項羽가 번쾌樊噲를 장사라고 칭찬하였는데 너는 이 말을 써서 자신은 초패왕楚霸王(항우를 높여 부름)에 비유하고 나는 푸줏간에서 칼이나 두드리는 무리로 얕잡아보느냐?"

적괴는 크게 웃으며 칼을 던지고 일어나서 이공의 결박을 풀고 손을 잡아 자리에 앉혔다.

"당신 같은 천하의 기남자奇男子를 이제야 처음으로 보게 되었구려. 장차 세상에 크게 쓰여 나라의 간성干城이 될 것인데 내가 어떻게 죽일 수 있겠소? 나는 몇 마디 말을 듣는 순간에 이미 지기지우知己之友로 허락하였소. 저 여자는 비록 내 아내이기는 하지만 본래 혼인한 아내가 아니며 그대가 한밤에 사랑하였으니 이미 정이 통한 것이오. 지금부터는 그대에게 붙여 시중을 들게 하고 또 창고 속에 있는 재물을 모두 당신이 쓰게 하겠소. 장부가 세상에서 일을 하려면 수중手中에 돈이 없어서야 어떻게 하겠소? 굳이 사양하지 마시오. 나는 여기에서 떠날 것이오."

적괴는 또 술 한 동이를 가져오게 하여 대작하며 형제兄弟의 의 義를 맺었다.

"후일에 나는 반드시 큰 액이 있어 목숨이 당신의 손에 달릴 것이니 이날의 정을 잊지 말기 바라오."

말을 마치자 적괴는 훌쩍 떠났는데 어디로 향하였는지 알 수가 없었다. 이공은 곧 마구간에 있는 말을 끌어내어 여자를 태우고 재물을 실어가지고 돌아왔다.

그 뒤 이공이 현달顯達하여 훈련대장訓鍊大將으로 포도대장捕盜大 將을 겸하고 있을 때 지방에서 큰 적괴 한 명을 잡아 올렸다. 조사 하려 할 적에 그 얼굴을 자세히 살펴보니 바로 산중에서 만났던 적괴였다. 이공은 매우 기이하게 여기고 곧 지난 일을 임금에게 자세히 아뢰어 너그럽게 용서를 받게 하였다. 그리고는 석방시켜 장교의 대열에 배속配屬시켰다. 그자가 용력勇力과 재간을 갖추어 직무를 잘 수행하므로 이공은 깊이 신임하였다. 그는 뒤에 무과에 오른 다음 차례로 승진하여 곤수閫帥(병사兵使·수사水使)에 이르렀다 고 한다.   ≪동야휘집東野彙輯≫

14. 왕명王命에 앞선 인정

통제사統制使를 지낸 유진항柳鎭恒이 소시에 선전관宣傳官으로 대궐에 입직했을 때의 일이다. 때는 흉년이 든 영조 임오년(1762)으로 금주령이 매우 엄하던 시기였다.

하루는 달 밝은 밤에 갑자기 임금으로부터, '입직한 선전관은 입시入試(대궐에 들어가 왕을 뵘)하라.'는 분부가 있었다. 진항이 분부를 받고 입시하자, 임금이 장검長劍 한 자루를 내어주면서 전교하였다.

"내 들으니 여염집에서 아직도 술을 많이 빚고 있다 하니, 너는 이 칼을 가지고 나가서 사흘 내로 잡아들이도록 하라. 그렇지 않으면 와서 네 머리를 바쳐야 할 것이다."

진항은 분부를 받고 물러나와 집으로 돌아와서 옷소매로 얼굴을 가리고 힘없이 누워 있었다. 그러자 애첩愛妾이 물었다.

"어찌하여 이처럼 맥없이 누워 계십니까?"

"내가 술을 좋아하는 것은 네가 알지 않느냐? 술을 끊은 지 이미 오래라 목이 말라 죽을 지경이구나."

"날이 저문 뒤에 마련해볼 것이니 우선 기다려보세요."

밤이 되자 애첩은 말했다.

"제가 술 있는 집을 아는데 제가 직접 가지 않으면 사올 수 없습니다."

그리고 애첩은 술병을 차고 치마로 얼굴을 가린 채 문을 나가는 것이었다. 진항이 몰래 그 뒤를 밟았더니 동촌東村의 한 초가로 들어가서 술을 사가지고 왔다. 진항이 달게 마시고 다시 사오게 하니 애첩은 또 그 집에 가서 사오는 것이었다.

진항은 술병을 차고 일어났다. 애첩이 괴상히 여기고 묻자 진항은 문을 나가며 핑계를 둘러댔다.

"아무 곳 아무 친구는 바로 나의 술 친구이다. 이 귀한 것을 얻었는데 어찌 혼자만 취할 수 있겠느냐? 그 친구와 함께 마셔야겠구나."

그 집을 찾아가 방문을 들어가니 두어 칸 두옥斗屋이 비바람을 제대로 가리지 못하였는데, 한 유생儒生이 등불을 켜고 글을 읽다가 진항을 보고 괴상히 여기며 일어나서 맞이하였다.

"어디서 오신 손님인데 깊은 밤에 여기를 오시나이까?"

진항이 자리에 앉고는 말했다.

"나는 바로 봉명어사奉命御史요."

그리고 허리에서 술병을 내놓으며 말했다.

"이것은 바로 댁에서 사온 술이오. 일전에 전교가 여차여차하였는데 그대가 이렇게 잡혔으니 함께 가야겠소."

그 유생은 한참 동안 말이 없다가 이윽고 입을 열었다.

"이미 금법禁法을 범하였는데 무엇으로 핑계할 수 있겠소? 그러나 집에 노모가 계시니 하직하고 가게 해주시오."

진항은 허락하였다.

"그렇게 하시오."

유생이 안으로 들어가서 나지막한 목소리로 어머니를 불렀다. 그 노친이 깜짝 놀라며 물었다.

"진사進士는 어인 일로 자지 않고 왔는가?"

"전에 이미 말씀드리지 않았습니까? 사대부士大夫는 비록 굶어 죽는다 하더라도 법을 범할 수 없다고요. 그런데 어머니께서 끝내 듣지 않으시더니 이제 잡혀 소자는 금방 죽게 되었습니다."

그 노친은 목을 놓아 통곡하였다.

"이게 웬일인가? 내가 몰래 술을 빚은 것은 재물을 탐해서가 아니라 너의 죽거리라도 만들려고 한 것인데 지금 이와 같이 되었으니 이것은 나의 죄이다. 이 일을 장차 어이할꼬?"

이러고 있을 때에 그 처妻도 놀라 일어나서 가슴을 치며 통곡을 하였다. 유생이 천천히 말했다.

"일이 이미 이 지경이 되었는데 울면 무슨 소용이 있겠소? 다만 나는 아들이 없으니, 내가 죽은 뒤에 당신은 내가 있을 때처럼 노모를 봉양해주고 아무 동네 아무 형은 아들 여러 명을 두었으니 아들 하나를 데려다 기르며 잘 지내도록 하시오."

유생은 신신당부를 하고 밖으로 나왔다.

진항은 밖에서 그 말을 듣고 몹시 가여운 생각이 들었다. 유생이 나오자 물었다.

"노친의 춘추春秋가 얼마시오?"

"70여 세입니다."

"아들은 있소?"

"없습니다."

"이 같은 정상情狀을 사람 치고 어찌 차마 볼 수 있겠소? 나는 아들이 둘이나 있고 또 시하侍下(부모나 조부모를 모시는 사람)도 아니니 내가 그대 대신 죽을 테니 그대는 마음을 놓으시오."

그리고 술병을 내오라고 하여 유생과 함께 대작對酌하고 나서 술병을 깨뜨려 뜰에 묻었다. 진항은 작별할 때 또 말했다.

"늙은 부모를 모시며 집안형편이 말이 아니니 내가 이 칼로 한때의 정을 표할 것인즉 이 칼을 팔아서 노친을 공양하시오."

진항은 말을 마치자마자 이내 차고 있던 칼을 풀어주었다. 유생이 애써 사양하였으나 진항이 뒤도 돌아보지 않고 떠나려 하자 유생이 물었다.

"성명이 뉘시오?"

"나는 선전관이오. 성명을 물어 뭐 하시겠소?"

진항은 간단하게 대답하고 표연히 가버렸다.

이튿날은 바로 범인을 잡을 기한이 다 된 날이었다. 진항이 대궐에 들어가서 대죄待罪하자 임금이 물었다.

"과연 범인을 잡아왔느냐?"

"못 잡아왔습니다."

임금은 화를 냈다.

"그렇다면 네 머리는 어디 있느냐?"

진항은 엎드린 채 아무 말이 없었다. 그러자 한참 후에 임금은 삼배도三倍道(하루에 보통 사람의 세 갑절의 길을 걸음)로 제주에 귀양을 보냈다.

진항은 제주에 귀양간 지 몇 년 만에 풀려났다. 10여 년 동안 불우하게 지내다가 뒤늦게 복직되어 초계군수草溪郡守에 임명되었다. 그는 몇 년 동안 재임하면서 자신을 살찌우는 이익만을 일삼았으므로 백성들의 원성이 자자하였다.

하루는 암행어사가 출도하여 진항을 봉고파직하고 곧장 정당政堂으로 들어가서 수향首鄕·수리首吏 및 창색倉色 등 여러 사람들을 잡아들여 막 형장刑杖을 벌였다. 진항이 문틈으로 살그머니 엿보았더니 분명코 옛날 동촌東村 술집의 유생이었다. 그래서 이내 뵙기를 청하였더니 어사는 해괴하게 여기고 응대하지 않으면서 화를 냈다.

"본관은 무엇 때문에 보기를 청하는 게요? 과연 몰염치한 사람이구면."

진항이 곧장 들어가서 절을 하니 어사는 돌아보지도 않은 채 정색을 하고 단정히 앉았다. 진항이 이에 물었다.

"어사또께서는 저를 아십니까?"

어사는 웅얼거리고 답하지 않으면서 혼잣말로 중얼거렸다.

"그대를 내가 어떻게 알겠는가?"

"귀댁은 전일 동촌 아무 동네에 계시지 않았습니까?"

이 말에 어사는 약간 놀라며 물었다.

"어째서 물으오?"

"아무 해 아무 달 아무 날 밤 술을 금하는 일로 봉명하던 선전관을 혹시 기억하시오?"

어사는 더욱 경악해하며 말했다.

"기억하지요."

"제가 바로 그 사람입니다."

그러자 어사는 급히 일어나서 진항의 손을 잡고 눈물을 비오듯 흘리면서,

"바로 은인恩人이시군요. 오늘 이렇게 서로 만난 것은 어찌 하늘이 시킨 일이 아니겠소?"

하고 이내 형구形具를 치우고 여러 죄인들을 일체 방면하도록 명하고 나서, 밤새도록 주악酒樂을 베풀고 진지하게 회포를 논하였다. 그리고 어사는 다시 며칠을 머물고 돌아가서 곧바로 선정善政을 포장襃奬하는 계문啓聞을 올렸는데 어사 계문의 포장이 이보다 나은 것이 없었다. 임금이 그 치적治績을 가상히 여기고 특별히 삭주부사朔州府使에 제수하였다.

그 후 어사였던 사람은 지위가 대신에 이르렀는데, 가는 곳마다 그 일을 이야기하였기 때문에 온 세상이 떠들썩하게 그를 의로운 사람으로 여겼다.

그 뒤에 진항은 지위가 통제사에 이르렀다. 어사였던 그 사람은 바로 소론少論 대신이었는데 그 성명을 잊어서 기록하지 못했다.

≪계서야담溪西野談≫

15. 정승과 더부살이 사이에 핀 인정

위장衛將을 지낸 김대갑金大甲은 여산礪山 사람이다. 나이 열 살 때 부모를 모두 잃고 집에 고변蠱變이 발생하여 온 식구가 잇달아 죽었다.

대갑은 화를 피하여 서울로 달려가서 '거실대가巨室大家가 아니면 내 몸을 비호할 수 없다.'고 생각하고, 정승 민백상閔百祥을 찾아가 뵙고 자신의 신세를 이야기한 다음 그 문하에 의탁하기를 원하였다. 민공이 그의 용모를 보니 비록 초췌憔悴하였으나 말이 자못 치밀하고 명민하여 그를 허락하였다. 대갑은 마부 같은 천한 일도 마다하지 않고 부지런히 일을 하였다.

이윽고 대갑은 민공 집의 자질子姪들이 글공부하는 것을 보면 반드시 유념하여 들었고 들으면 또 기억하고 외었으며 여가로 글쓰기도 익혀 능히 고체古體를 모방하였다. 민공이 그의 재주를 기특하게 여기고 가르치게 하였다. 겨우 열다섯 살이 되었을 뿐인데도 영리하고 성숙하니 민공은 더욱 그를 아껴주었다.

뒤에 관상쟁이가 대갑의 관상을 보고는 말했다.

"저 아이가 이미 고독蠱毒에 중독되었으니 오래지 않아 불길한 징조가 있을 것이고, 그 해가 주인집에 미칠 것이니 급히 내보내야 합니다."

민공이 말했다.

"저 애는 마치 곤궁한 세기 사람에게 찾아온 것과 같은데 어떻게 차마 쫓아내겠는가?"

"공의 후한 덕이 족히 재앙을 그치게 하고 사람을 비호할 수 있겠습니다. 그러나 쫓아내지 않고 싶거든 제가 일러드리는 방술方術을 쓰도록 하십시오. 황촉黃燭 30쌍과 백지白紙 10속束과 향香 30주炷와 쌀 10두斗를 준비하여 저 아이로 하여금 깊은 산속에 있는 절에 가서 30일 동안 향을 피우고 경經을 외며 기도하게 하면 무사할 것입니다."

민공이 그 말대로 준비해주니 대갑은 절에 가서 30일 밤 동안 경을 외며 한 번도 눈을 붙이지 아니하였다. 대갑이 기도를 마치고 돌아오자 민공이 관상쟁이에게 다시 관상을 보게 하니,

"염려 없습니다."

하였다.

20년 뒤에 민공이 평안감사가 되어 대갑을 막빈幕賓(비장神將)으로 데리고 갔다. 대갑에게 창고 관리를 맡겼는데, 경영을 잘하여 만여 금이나 남았다. 민공이 감사직을 내놓고 돌아가려 할 때에 대갑이 비로소 남은 돈에 대해 아뢰자 민공이 말했다.

"내 집으로 돌아갈 때 행장에 한 가지 물건도 챙김이 없다는 것은 네가 아는 바인데, 어찌 그 물건으로 나의 행장을 더럽히려느냐? 그것은 자네가 가지도록 하라."

대갑은 물러나와 생각했다.

'내 한 몸은 모두 공께서 보호해주신 것이다. 또 큰 재물까지 주시는데 어찌 감히 혼자 먹을 수 있겠느냐?'

이렇게 생각한 대갑이 출발할 때에 병을 핑계하고 강가에서 작별할 뜻을 말하니 민공은 그렇게 하도록 머리를 끄덕였다.

대갑은 그 길로 중국 물건을 사가지고 배편으로 남쪽으로 가서 강경江景에서 물건을 팔아 3, 4만 금을 손에 쥐었다. 대갑은 그 돈으로 석천고택石泉故宅을 사서 나무를 심고 우물을 팠다. 그리고 또 좋은 전답 수십 경頃을 마련한 다음 춘추시대 월越나라의 부자 도주공陶朱公(범려范蠡)과 노국魯國의 부호 의돈猗頓이 재산을 늘리던 방법으로 농사를 지어 수천 석의 재산을 늘렸다.

대갑은 한숨을 쉬며 크게 탄식하였다.

"나는 외로운 몸으로 화를 면하여 수천 금의 재산을 가지고 안락을 누리게 되었는데, 이것은 누가 준 것인가?"

이렇게 탄식하고 대갑이 드디어 서울로 갔는데 민공의 집은 이미 영락零落한 뒤였다. 그래서 민공의 자손들에게 권하여 가족을 데리고 석천에 와서 살게 하고, 그 집의 크고 작은 모든 일의 비용을 모두 맡아 관리하였다. 그리고 또 5백 석을 수확하는 전답을 그 집에 바치니, 민공의 자손들은 그 덕분에 가난을 떨쳐버릴 수 있었다.

대갑은 나이 85세로 세상을 떠날 때까지 민씨의 집을 한집안처럼 왕래하였다고 전한다. ≪동야휘집東野彙輯≫

16. 홍부장洪部將은 행복을 누리소서

금군禁軍에 포도직捕盜職을 겸한 홍洪씨 성을 가진 사람이 동교東郊에 살고 있었다. 그가 임금을 모시고 따라가는 배호陪扈에 참여하고 돌아오는 길에 고암鼓巖 근처에 이르렀을 때였다. 어떤 완악한 중놈 하나가 한 부인의 가마를 만나 가마꾼과 배웅하는 사람을 때려 쫓은 후 부인을 끌고 솔숲이 우거진 곳으로 들어가 겁탈하려고 하였다. 배웅하는 사람은 겨우 갓을 이길 만한 아이로서 그 부인의 아들이었는데 길에서 목놓아 울고 있었다.

홍무변洪武弁이 이 광경을 보고 분노를 참지 못하고 곧장 중이 있는 곳으로 달려가서 가지고 있던 도리깨로 말 위에서 마구 때려 그 중을 죽였다. 홍무변이 그러고 나서 옆도 돌아보지 않고 갔다. 배웅하던 아이가 성명과 주소를 묻자 홍무변이 말했다.

"나는 성이 홍가인데 부장部將의 직임을 띠고 있다. 이름은 알아 무엇하겠는가?"

그러면서 홍무변은 끝내 알려주지 아니하였다. 그들 모자母子는 하는 수 없이 절을 하며 고맙다는 인사를 하고 떠났다.

그로부터 수십여 년 뒤에 홍무변이 호서湖西의 어떤 곳을 지나다가 한 집에 투숙하게 되었다. 그 집에서는 성대하게 제물을 준비하느라 집안이 시끄러웠으므로 제대로 잠을 잘 수가 없었다. 제사를 지낼 때에 창문 틈으로 엿보았더니 상에 제물을 수북하게 차려놓고는 신주神主도 내오지 않고 축문祝文도 읽지 않고 다만 남녀가 모여 앉아서 모두들 소원을 빌었다.

"홍부장께서는 자손을 많이 두고 행복을 누리소서……."

이렇게 축원하고 나서 음식을 나누어 먹고 끝내는 것이었다. 홍무변은 괴상히 여기고 이튿날 아침에 주인에게 물었더니 주인이 말했다.

"모년 모일에 여차여차한 일이 있었는데 그 이름도 모르고 주소도 모르며 단지 홍부장이란 것만 알기 때문에 이날을 당하면 제사를 베풀어 축원하여 만의 하나라도 보은報恩하는 것입니다."

홍무변도 오래된 일이라 까마득히 잊고 있다가 그 말을 듣고 비로소 기억이 났다.

"내가 바로 홍부장이올시다. 나는 그때에 크게 분격憤激하여 그 중을 때려 죽였던 것이오. 가령 다른 사람이 그 지경을 당했더라도 반드시 그렇게 했을 터인데 은혜는 무슨 은혜가 있소이까?"

이에 그 집 대소남녀들이 모두 나와 죽 늘어서서 절을 하고 '은인'이라 칭하며 노자路資를 후하게 주었다.　≪한거잡록閑居雜錄≫

17. 호환虎患과 두 장사

조선 인조 때 서울의 무변武弁 이수기李修己는 풍채와 기골이 준걸하고 힘도 세었다.

일찍이 그가 강원도에 일이 있어 양양襄陽 땅을 지나가게 되었다. 마침 해가 저물어 길을 잃고 험한 산길 수십 리를 걸었으나 인가를 찾지 못했다. 문득 멀리 불빛이 수풀 사이로 보여 급히 말을 몰아 나아갔다. 단지 집 한 채가 산봉우리에 있었는데 목와木瓦로 이은 판옥板屋이 제법 널찍해 보였다.

늙은 여자가 나와 문을 열고 맞았다. 들어가보니 다만 깨끗한 소복 차림을 한 나이 스물 남짓의 아리따운 한 젊은 부인만이 그 늙은 여자와 같이 있었다.

한 지붕 아래 방이 상하 두 칸인데 상하 칸이 벽을 사이에 두고 문이 통해 있었다. 손님을 아래 칸에 들게 하고 좋은 밥과 반찬에 향긋한 술을 내왔다. 손님을 대접하는 솜씨가 매우 은근했다.

수기는 매우 이상하여 젊은 부인에게 그 남편이 어디 갔는가 물어보았다.

"마침 출타하였는데 이제 곧 돌아올 것입니다."

밤이 깊어지자 과연 한 사내가 들어왔다. 신장이 8척이요, 생김새가 기걸奇傑스럽고 건장하였으며 굵은 목청이 마치 우레와 같았다. 그는 부인에게 물었다.

"이런 한밤중에 웬 사람이 부녀자만 있는 방에 들어와 있느냐? 아주 해괴한 일이다. 이거 가만 둘 수가 없구나."

수기는 크게 두려워하며 곧 나가서 대꾸를 했다.

"나그네가 한밤중에 길을 잃고 간신히 이곳에 도착했는데 주인은 어찌 동정하는 마음은 없고 도리어 책망하는 말을 하시오?"

사내는 껄껄 웃으며 말했다.

"손님의 말씀이 옳소. 내 다만 농담을 한 것이니 염려 마오."

사내는 마당에 관솔불을 환히 밝히고 사냥한 짐승들을 벌여놓았다. 노루며 사슴과 멧돼지들이 언덕처럼 쌓였다. 수기는 더욱 두려운 마음이 들었으나 주인은 그를 퍽 반가운 기색으로 대했다. 그러면서 멧돼지와 사슴들을 잡아 가마솥에 다 넣고 삶는 것이었다.

밤이 깊어가자 주인은 등불을 들고 방에 들어와서 수기를 깨웠다. 좋은 술이 동이에 가득하고 익힌 고기가 소반에 쌓였는데, 주인이 연달아 큰 사발을 들어 수기에게 권하는 뜻이 매우 은근했다. 수기는 주량이 큰 데다 주인 또한 한 협객俠客이거니 생각하고 허리띠를 풀고 가슴을 열어젖히고 다시 사양하지 않았다. 이윽고 술이 오르고 기분이 흐뭇해서 피차 주거니 받거니 수작이 무르익었다.

주인이 문득 앞으로 다가와 수기의 손을 잡고 말했다.

"당신의 기골氣骨을 보니 범상치 않구려. 필시 용맹과 열기烈氣

가 남다르리라 생각되오. 내가 지극히 원통해서 꼭 죽여야 할 원수가 있는데, 의기가 있고 용감하여 생사를 같이할 만한 사람을 얻지 못하면 함께 일을 꾀할 수 없다오. 당신은 능히 나를 애련히 여겨 허락해주시겠소?"

"우선 무슨 일인지 말해보시오."

주인은 눈물을 뿌리며 말했다.

"어찌 차마 말하리오. 우리 집은 대대로 이 동네에 살면서 풍족하다는 말을 들었지요. 10년 전부터 홀연 사나운 범 한 마리가 이 근방 깊은 산속 10여 리 되는 곳에 와 살며 날마다 마을 사람들을 해친 것이 부지기수라, 이 때문에 사람들이 하나도 남지 않고 다 떠나갔소. 우리는 조부모와 부모, 형제 3대가 다 호환虎患을 입었기에 마땅히 즉시 이곳을 버리고 떠나야겠지만 창졸간에 피해 갈 땅도 마련하지 못하고 열흘 동안에 잇달아 화를 입고 오직 나 혼자만 남은 것이오. 홀로 살아서 무엇하리오? 나 역시 완력腕力이 약간 있으므로 반드시 그놈의 짐승을 죽인 연후에 거취를 결정하기로 했소. 그래서 그 짐승과 서로 겨룬 지도 여러 해째이나 나와 그 짐승이 힘도 비등하고 형세도 비슷해서 승부를 끝 내 내지 못했소.

만약 용맹한 사람을 만나 한 팔만이라도 거들어준다면 그놈을 죽일 수 있을 텐데, 그런 사람을 세상에 구한 지 오래되었지만 아직 얻지 못하였다오. 지극히 마음이 아파 매일 울화鬱火로 일을 삼다가 오늘 손님을 뵈니 결코 범상한 분이 아니므로 이에 감히 입을 열었으니, 손님은 측은히 여기고 마음을 써주시겠소?"

수기는 그 말을 듣고 크게 감동했다. 나아가 주인의 손을 잡고 말했다.

"슬프다. 효자여! 내 어찌 한 번 손쓰기를 아껴 주인의 뜻을 이루어주지 않겠소. 기꺼이 주인을 따라가겠소."

주인은 벌떡 일어나 절하고 감사해하였다.

"헌데 칼을 가지고 왜 그놈을 진작 찌르지 못하였소?"

그가 묻자 주인이 대답했다.

"그놈이 워낙 오래된 노물老物이라 내가 만약 칼이나 총을 들고 가면 영락없이 숨어서 나타나지 않고 만약 내가 병장기를 들지 않으면 꼭 나와서 덤빈다오. 그래서 그놈을 죽이기 어렵고 나 역시 위험을 생각하여 감히 자주 접근하지는 못하였소."

"이미 나의 몸을 허락했으니 며칠 기운을 보충한 다음에 나가 봅시다."

수기는 그 집에서 쉬며 매일 술과 고기로 잘 대접을 받아 양껏 먹은 지 10여 일이 되었다.

하루는 날씨가 쾌청하자 주인이 말했다.

"오늘 가봅시다."

그러면서 그에게 예리한 칼 한 자루를 주는 것이었다. 주객主客이 함께 출발하여 동쪽으로 10여 리를 가서 산골로 들어갔다. 몇 고개를 넘어서니 점점 산과 물이 겹겹이 쌓이고 수목이 빽빽했다. 문득 바라보니 골짜기가 툭 트인 곳에 평지가 있었다. 맑은 시내가 굽이돌고 흰 모래가 깨끗하였으며 시내 위에 바위가 우뚝 서 검푸르게 깎아지른 듯하여 바라보기에도 음산했다.

주인은 수기를 깊은 숲속에 숨게 하고 단신 맨주먹으로 시냇가로 나가 한참 동안 긴 휘파람을 휘익 부는 것이었다. 그 소리는 비상하게 맑고 깨끗하였다. 홀연 보니 먼지와 모래가 바위 위에서 풀썩풀썩 몇 차례 일어나더니, 온 골짜기에 가득 차서 어두워졌다. 조금 뒤에 보니 바위 꼭대기에서 쌍횃불 같은 불빛이 켜졌다 꺼졌다 하며 번쩍거렸다.

수기가 숲속에서 자세히 보니 어떤 물건이 바위 사이에 걸렸는데 한 가닥 검은 비단 같았으며 한 쌍의 불빛이 그 사이에서 번쩍이는 것이었다. 주인이 그놈을 보고 팔을 번쩍 치켜들고 크게 부르짖었다. 그러자 그놈이 빠른 새같이 한 번 뛰어 날아와서 주인과 서로 붙들고 늘어지는데 한 마리 큰 흑범이었다. 머리와 눈깔이 사납고 흉칙한 것이 예사 범과 아주 달라 사람을 놀라 넘어지게 하여 바로 볼 수조차 없었다.

범이 사람처럼 일어서서 덤비자 주인은 자기 머리로 범의 가슴팍을 들이박아 그놈의 허리를 꽉 껴안았다. 범은 목이 곧아 굽히질 못하자 앞발로 사람의 등을 후벼 팠다. 그러나 사람의 등이 생피갑生皮甲이라 철갑같이 아주 단단해서 날카로운 범의 발톱도 소용이 없었다. 사람은 발로 범의 다리를 걸어 범을 기어이 넘어뜨리려 하고, 범은 두 다리로 딱 버티고 서서 한사코 넘어지지 않으려 했다. 한 발짝씩 밀고 밀리며 서로 진퇴를 거듭해서 방휼지세

蚌鷸之勢(서로 대적하여 버티고 양보하지 않음)라 어찌할 도리가 없었다.

수기는 비로소 숲속에서 칼을 치켜들고 뛰어나가 달려들었다. 범이 보고 크게 으르렁대니 그 소리에 바위가 무너질 것 같았다. 범이 비록 몸을 빼어 달아나려 해도 사람에게 꼭 안겨서 어쩌지 못하고 미친 듯 발버둥을 치니 눈에서 번갯불이 일었다. 수기는 조금도 동요하지 않고 곧장 앞으로 가서 칼로 범의 허리를 찔렀다. 연달아 몇 번을 찔러대자 비로소 범은 몸부림치며 포효하다가 이윽고 땅에 푹 쓰러졌다. 피가 샘솟듯 흘렀다.

주인은 그 칼을 가지고 범의 배를 가르고 골을 부셔서 육장을 만들고 심장과 간을 꺼내 입에 넣고 씹었다. 그러고 나서 목을 놓아 울었다.

석양이 질 무렵 주인은 수기를 데리고 집으로 돌아와서 수기에게 머리를 조아리며 눈물을 흘리고 절을 하여 무한히 감사해했다. 수기 역시 감동하여 자기도 모르게 눈물을 닦았다.

이튿날 주인은 밖에 나가서 큰 소 다섯 마리와 건장한 말 두 필을 끌고 왔는데 모두 사람이 딸려 있었다. 피물皮物과 인삼 등을 잔뜩 싣고 또 쇠로 만든 작은 상자 몇 개를 내어왔는데 거기에도 재물이 담겨 있었다. 그리고 앞서 그 젊은 여자를 가리키며 말했다.

"이 여자는 내가 사랑하는 사람이 아니오. 일찍이 값을 후하게 치르고 얻은 양민良民의 딸이라오. 내가 여러 해 동안 이 재물을 모은 것은 다만 원수를 갚아주는 분을 기다려 은혜에 보답하고

자 함이었소. 사양하지 말고 거두어주오. 나는 전장田庄이 다른 곳에도 있어 족히 생계를 삼을 만하다오. 이제 나는 그리로 갈 것이오."

주인은 말을 마치고 다시 눈물을 흘리며 절을 하는 것이었다.

수기는 의기로써 도운 것이니 어찌 재물을 받을 까닭이 있겠는가 하여 거절하였다.

"내가 비록 무변武弁이지만 어찌 이런 물건을 받겠소. 다시 말도 꺼내지 마시오."

"내가 여러 해 마음을 여기에 쏟은 것은 오직 오늘을 위해서였소. 손님은 어찌 이런 말을 하시오?"

주인은 즉시 일어나서 절하여 인사하고 그 미녀를 돌아보고 말했다.

"너는 이 물건들을 가지고 가서 은인恩人을 잘 섬겨라. 만약 딴 사람을 섬기고 재물을 허비하는 일이 있으면 내 비록 천리 밖에 있더라도 마땅히 알게 될 것이니 반드시 네 목숨을 끝낼 것이다."

주인은 말을 마치자 훌쩍 떠나버렸다.

수기가 주인을 불렀으나 돌아보지도 않았다. 수기는 어찌할 도리가 없어 결국 여자와 재물을 함께 싣고 돌아온 뒤, 적당한 남자를 골라 그 여자를 시집을 보내려 하였으나 그 여자가 한사코 마다하므로 결국 자기의 부실副室로 삼았다. ≪청구야담靑邱野談≫

18. 얼룩범이 물어온 옛 상전

옛날 백년해로百年偕老하던 어떤 재상 내외에게 어린 여종이 있었다. 그 여종은 나이 17세로 외모가 밉지 않고 성질도 온순하여 마님이 퍽 사랑하였다.

재상이 여종을 가까이하려 하였으나 여종은 한사코 순종하지 않고 마님에게 울면서 하소연했다.

"쇤네는 차라리 죽으렵니다. 대감께서 자꾸 수청守廳을 들라 하셔요. 명령을 끝내 순종하지 않다가는 필경 대감에게 매를 맞아 죽을 판이고, 명령을 따르고 보면 쇤네는 마님이 자식처럼 키워주신 은공을 입고서 도리어 마님의 눈엣가시가 되겠으니 차마 못할 노릇입니다. 제 한 몸 죽어버리는 것 외에 다른 도리가 없으니, 나가서 강물에나 빠져 죽으렵니다."

마님은 그 뜻이 측은해서 백은白銀과 청동靑銅과 비녀와 귀걸이 등과 그가 입던 옷가지를 보자기에 싸주면서 말했다.

"너는 여기서 떠나거라. 사람으로 태어나서 허무하게 죽고 말겠느냐? 이걸 가지고 아무데나 네가 가고 싶은 곳으로 가서 잘 살아라."

그러고는 새벽 종소리가 울리자 가만히 대문을 열고 여종을 내보냈다.

그녀는 재상집 안채에서만 성장하였고 한 번도 대문 밖을 나가 거나 길을 나서본 적이 없었다. 보따리 하나를 들고 어디로 가야 할지 알 수가 없었다. 큰길만 따라서 정처 없이 걷다보니 남대문 을 나와서 한강 나루터가 점점 가까워지고 있었다.

하늘은 벌써 훤하게 동이 터오는데, 그때 말방울 소리가 그녀 의 뒤를 따라왔다. 사내 하나가 가까이 다가오더니 말을 걸었다.

"아가씨는 어떤 처녀인데 이런 꼭두새벽에 혼자서 어디를 가는 거요?"

"저는 비통한 사연이 있어 강물에 빠져 죽으려고 가는 길입 니다."

"물에 빠져 죽는 것보다 나는 아직 장가를 못 든 사람이니 나와 같이 살아보는 것이 어떻겠소?"

그녀는 허락하였다. 사내는 그녀를 말에 태우고 갔다.

그 후 여러 해가 흘렀다. 그 재상 내외는 이미 다 죽었으며 재 상의 자제도 죽었고 손자가 장성하였다. 그 사이에 가세가 여지없 이 몰락하여 어려운 지경에 놓이게 되었다. 손자는 선대의 노비 중에 각처에 산재해 있는 자들이 많으니 만약 추노推奴를 가면 한 재산을 얻으리라 생각하고 단신으로 집을 나섰다.

먼저 한 고장으로 가서 여러 사람들을 불러다 놓고 호적단자戶 籍單子를 내보이며 말했다.

"너희들은 다 우리 집 선대의 노속들이다. 내가 이번에 신공身 貢(노비들이 노역 대신 납부하던 세금)을 받으러 몸소 내려왔다. 모름지기 남녀 머릿수에 따라서 빠짐없이 일일이 신공을 바치거라."

그들이 입으로는 비록 '예예' 하고 있었지만 내심은 불량한 생각을 품고 있었다. 방 하나를 정하여 거처하게 하고 저녁밥을 대접하여 안심시킨 다음, 밤에 작당해서 그 양반을 살해하기로 작정하였다.

그 양반은 그런 줄도 모르고 곤히 잠을 자다가 밤중에 문득 방문 밖에서 사람들이 웅성웅성하는 소리를 듣고 잠이 깨어 의심쩍은 생각에 가만히 귀를 기울였다. 노속들이 방문을 먼저 열고 들어가라고 다투는 것이 아닌가. 비로소 양반은 사태를 깨닫고 더럭 겁이 나서 살그머니 몸을 일으켜 뒷벽을 박차고 뛰쳐나갔다.

노속들은 더러는 칼이나 낫, 더러는 몽둥이나 작대기를 들고 혹은 방 안으로 혹은 부엌으로 돌아서 도주하는 양반의 뒤를 쫓았다. 그 양반은 도저히 살아날 길이 막막했다. 드디어 나지막한 울타리를 뛰어넘었는데 갑자기 범 한 마리가 덤벼들어 그를 물고 갔다. 그들은 양반이 범에게 물려 가는 것을 보고 서로 돌아보며 좋아했다.

"우리들이 수고할 것이 없게 되었네. 호랑이님이 물어 갔으니 이야말로 하늘이 하신 일이 아니겠어? 영원히 근심을 덜었구먼."

범이 양반을 물어 갔지만 실은 옷의 뒷단을 물고 몸뚱이를 뒤쳐 등에 업었던 것이다. 밤새 범이 얼마를 갔는지 알 수 없었다.

어느 곳에 이르자 범은 등 위의 양반을 떨어뜨렸다. 양반은 몸에 아무런 상처가 없었으나 기절하여 정신을 차리지 못했다. 이윽고 놀란 혼이 어렴풋이 돌아와 눈을 뜨고 둘러보니 어느 큰 마을 의 우물 옆집 대문 밖이었다. 범은 아직 자기 곁에 쭈그려 앉아 있었고 새벽하늘에 동이 트고 있었다.

우물 옆집 사람이 물을 길으러 대문을 밀고 나왔다. 웬 사람이 땅바닥에 쓰러져 있고 곁에 범이 버티고 있지 않은가. 질색을 하고 도망을 치며 소리쳤다.

"범이야!"

집안에서 노소 할 것 없이 우르르 몽둥이를 들고 쫓아나 왔다. 범은 사람들이 나오는 것을 보고 비로소 일어나서 기지개를 켜고 어슬렁어슬렁 가버렸다.

땅바닥에 쓰러진 사람을 보 고 모두들 물었다.

"당신은 웬 사람이오? 여길 어떻게 왔소? 아까 얼룩범이 무슨 영문에 당신을 지키고 가지 않았던 거요?"

김준근金俊根 〈범〉

양반은 자초지종을 이야기했다. 모두들 신기하게 생각하였다. 그 집 노모가 나와 보더니 그 용모를 알아보고 안채로 맞아들였다.

"손님 아명兒名이 모씨 아닌가요?"

"아, 그런데요. 할멈이 어떻게 아시나요?"

할멈은 그 양반댁의 하녀로서 어렸을 적에 마님이 도망시켜 주었던 자신의 신분을 숨김없이 이야기하고 덧붙였다.

"마님께 은혜를 입어 오늘날 이만큼 살게 되었으니 다 마님의 덕택입지요. 저는 금년에 나이 일흔이오나 어느 날인들 잊었으리까? 서울과 시골길이 멀어 문안드리지 못하였는데 오늘 서방님이 천만 뜻밖에도 여길 오셨으니 다 하느님이 제게 은공을 갚도록 하신 것이지요."

그리고는 여러 아들과 손자들을 불러들여,

"이 어른은 나의 상전이시니라. 너희들도 모두 예를 갖추어 뵈어라."

하고 다시 북쪽 창문을 열고 여러 며느리들까지 불러 뵙도록 시키는 것이었다.

그리고 성찬盛饌을 제공하고 새 옷을 마련해서 입히며 며칠 묵게 하였다.

할멈의 여러 자식들은 인물들이 모두 건장하고 특출할 뿐더러, 재산도 넉넉해서 고을을 호령하고 지내던 사람들이었다. 이제 뜻밖에 그 어미가 일개 거렁뱅이 같은 것을 상전으로 모시고 자기들로 하여금 모두 노속奴屬이 되게 하니 분노가 끓어오른 데다가 마을 사람들 보기에도 부끄러울 지경이었다. 그러나 그 어미의 성품이 엄하여 자제들은 감히 뜻을 거역하지 못하고 마지못해 순종하였다.

양반이 할멈에게 말했다.

"내가 집을 떠나온 지 오래라 급히 돌아가야 되겠으니 속히 돌아갈 수 있게 해주오."

"며칠 더 묵으신다고 무어 방해되겠어요?"

할멈은 밤이 깊기를 기다려서 아들들이 깊이 잠든 것을 보고 양반 귀에 대고 말하였다.

"서방님, 제 자식들의 기색을 살피지 못하셨습니까? 저 아이들이 어미의 명이라 부득이 면전에서는 따르는 척하지만 속셈은 헤아릴 수 없습니다. 만약 혼자 돌아가시다가 중도에 어떤 화를 당하실지 모릅니다. 저에게 한 가지 생각이 있는데 서방님 의향은 어떠신지요?"

"무슨 생각인가?"

"제게 손녀 하나가 있사온데 나이는 이팔에 가깝고 자색도 볼 만 하옵지요. 아직 정혼하지 않았으니 이 아이를 서방님께 바치면 어떠하올지요?"

양반은 너무도 의외의 말에 당황하여 어떻게 대답해야 할지 몰라 망설였다.

"제 말을 들으시면 무사히 살아 돌아가실 수 있고 제 말을 안 들으시다간 필시 비명非命의 화를 당하시고 말 것입니다. 제가 옛 상전의 은덕을 잊지 못하여 이런 꾀를 낸 것이랍니다. 서방님은 왜 듣지 않으십니까?

이에 양반은 할멈의 말을 따르기로 하였다.

이튿날 할멈은 아들들을 불러서 분부하였다.

"내가 손녀 아무를 상전님께 바치려 한다. 너희들은 오늘 밤에 혼구婚具를 준비하여라. 나의 말을 어기지 말아라."

여러 자식들은 말대답을 못하고 물러나왔다.

그날 밤 방 하나를 치워 신방新房을 꾸몄다. 양반을 모셔 앉히고 손녀를 치장하여 들여보내 드디어 성혼을 시켰다.

이튿날 아침 할멈이 들어와서 문안을 드리고 다시 아들들을 불러 명했다.

"상전께서 내일 댁으로 돌아가신단다. 손녀도 응당 데려가시지 않겠느냐? 안장말 한 필과 교자말 한 필과 짐말 두어 필을 속히 준비하고 가마도 빌려 오너라. 그리고 너희들 중에 아무아무는 서울로 모시고 갔다가 상전의 서찰을 받아 와서 나로

김홍도金弘道 〈풍속도첩風俗圖帖 신행新行〉

하여금 평안히 행차하신 기별을 분명히 알게 하여라."

여러 자제들은 명을 좇아 분주히 신행길 떠날 채비를 하였다.

드디어 서울길에 올랐다. 금침 의복이며 약간의 전냥錢兩까지

짐바리에 싣고 아무 일 없이 무사하게 상경하였다. 양반은 돌아가는 인편에 편지를 써주었다.

　그로부터 매년 시골에서 하인 한 명이 올라왔는데 할멈이 세상을 뜨기까지 계속되었다. ≪청구야담青邱野談≫

19. 돈 두 꿰미의 보은報恩

　김기연金基淵은 경주 사람이다. 집이 꽤 부유했으나 일찍 아버
지를 여의고 홀어머니 밑에서 자랐다.

　장성해서 무예武藝를 닦아 급제하고 나서는 공연히 어리석은
마음이 생겼다. 권세 있는 사람에게 뇌물을 바치면 벼슬길이 쉽게
열릴 것이라 생각하였던 것이다.

　그래서 어머니를 속여서 천 꿰미의 돈을 타가지고 상경하였다.
그리고 여관을 정하고 뇌물 바칠 집을 엿보려 했지만 찾아갈 집
이 없었다. 그래서 매일 대갓집 청지기들과 어울려 술을 마시고
도박을 하다 보니 1년이 채 못 되어 돈이 다 떨어지고 말았다.

김득신金得臣 〈밀회투전密會鬪牋〉

그는 곧 집으로 내려와서 다시 어머니를 속였다.

"아무 정승이나 아무 판서는 모두 저와 질친합니다. 다시 돈 전 꿰미만 가지고 올라가면 고을 원은 물론이고 병사兵使나 수사水使 도 얻을 수 있습니다."

어머니가 이 말을 곧이듣고 토지와 가구 등을 팔아 마련한 돈 으로 다시 상경하였다. 그러나 또 1년이 못 되어 전처럼 낭비하여 고향에 돌아갈 면목이 없게 되었다. 결국 서울에 눌러앉아서 사람 을 보내 집에 돈을 독촉하였는데, 마치 내일 모레 일산을 받치고 어디로 부임할 것처럼 꾸며대었다. 어머니는 그가 이렇게 낭비하 는 줄은 까마득히 모르고 그가 해달라는 대로 해주었다. 이렇게 하기를 몇 차례나 계속하였다.

하루는 집에서 기별이 왔는데 땅과 집과 노비를 전부 방매放賣 하고도 빚이 산더미처럼 쌓여 어머니와 처자가 이웃집 행랑에 세 들어 산다는 내용이었다. 기연은 이 말을 듣고 기가 막혀 골패짝 을 내던지고 탄식하였다.

"내 이게 무슨 꼴이람! 서울 와서 논 지 10년 동안 고관들 낯짝 이 어떻게 생겼는지도 모르고 공연히 늙은 어머니를 속여 재산만 탕진하고 말았구나."

속상한 마음에 주섬주섬 행장을 정리해보니, 아직도 7, 80꿰미 가 남아 있었다. 한숨을 쉬고 탄식하며 중얼거렸다.

"이 돈을 여기서 쓰면 며칠거리에 불과하지만, 집에 가지고 내 려가면 2, 3개월은 노친을 잘 공양할 수 있으리라."

이에 같이 놀던 도박꾼들과 일일이 손을 들어 작별하고, 하인과 말을 재촉했다. 성문을 나와 한강을 건너 정오에 거여巨余(오늘날 거여동) 객점에서 말에게 죽을 먹였다.

이때는 공교롭게도 흉년이 거듭 든 데다 날씨도 추웠는데 객점 앞 길가에 부황浮黃이 든 어떤 한 여인이 헐벗은 채 아이를 안고 움푹 패인 구덩이를 향해 웅크리고 앉아 있었다. 기연이 막 식사를 하려다가 그것을 보고 말했다.

"여보시오. 저기 앉아 있는 여인 잠깐 들어오시오."

그 여인이 돌아보더니 기어서 방으로 들어와 쭈그리고 앉았다. 기연은 남은 밥상을 물려주고 돈 두 꿰미를 내어주면서 일렀다.

"속담에 옷 입은 거지는 얻어먹어도 벌거벗은 거지는 못 얻어먹는다 했소. 이 돈으로 허름한 적삼과 떨어진 치마라도 사 입고 다니며 구걸을 하시오."

그는 또 객점주인을 돌아보며 나무랐다.

"사람이 금방 죽어가는 걸 보고도 어찌 모른 척한단 말이오."

그리고 나서 말에 올라 떠나갔다. 그 여인은 감격해 울면서 따라 나와 물었다.

"나으리, 어디 사십니까?"

"나는 나으리가 아니오. 경주 김선달이지."

"언제 다시 뵈올 수 있을는지요?"

"난 이번 걸음에 서울을 영영 떠나가오. 언제 다시 보겠소."

기연은 말을 채찍질하여 뒤도 안 돌아보고 내달아 가버렸다.

객점주인은 나그네가 이처럼 굶주린 사람을 구해주는 것을 보고 그 여인을 돌아보며 말했다.

"내 너에게 헌 옷 한 벌을 줄 테니 입고 부엌에서 쌀 일고 불 때는 일이나 거들면서 뜨물이나 남은 밥을 먹으며 살아가지 않으려느냐?"

"그러지요."

며칠 뒤에 산동 담배장수가 50발이나 되는 담배 한 짐을 지고 올라왔다. 객점주인이 시험 삼아 값을 물어보았다.

"얼마에 팔 거요?"

"두 꿰미면 놓고 가지요."

그 여인이 요청하였다.

"전번 선달님이 주신 돈으로 딱 되네요. 제게 파세요."

그런데 5월에 가서 담뱃값이 올라 50발에 거의 20여 꿰미의 돈을 받을 수 있었다. 그 여인은 빈 객점 한 칸을 세내었다. 그리고는 어물·과일·생강·마늘·치자·쪽·지초·백반 등을 벌여놓고 빈번하게 사고 팔아, 그해 겨울에 가서는 여러 곱 이득을 보게 되었고, 그 이듬해는 수입이 점점 늘어나 전포도 늘렸다. 짚신·미투리·종이·명주·비단 등 손쉽게 교역할 수 있는 것도 취급하고, 겸하여 떡이며 엿이며 청주·탁주 등의 음식물까지 팔았다.

10여 년간 매년 풍년이 들고 세상이 태평하니, 능묘陵墓 행차에 풍류놀이가 거리를 메우고 세도가에 바치는 봉물封物짐으로 말이 줄 지어 길에 늘어섰으며 봄·가을 과거에 선비들이 몰려들어 나

라의 인재들이 한창 번성한 시대를 이루었다. 이때 서울 인근의
객점들은 모두 날마다 열 곱 백 곱의 이익을 보았다.

그 여인도 돈을 많이 벌어 몇만 냥에 이르렀고, 아이도 이제 5척
소년이 되었다. 그리하여 객점 옆에 큰 집을 사서 발을 내리고 가
게에 앉아 술을 팔며 넉넉하게 살았다.

양주楊州·광주廣州의 술꾼들이 그 여인이 재산 많은 과부라는
말을 듣고 부인으로 얻어 살아보려고 객점 주인과 모의하여 그
여인과 혼인을 맺고자 하였지만 그 여인은 꿈쩍도 하지 않았다.

"나는 본래 어느 고을 양민良民
의 딸로 양민에게 출가했다가 거
듭 든 흉년에 남편은 굶어 죽고,
다행히 아들 하나를 업고 다니며
걸식乞食을 했지요. 얼고 굶주려
다 죽어갈 때 천만 뜻밖에 산 부
처를 만나 그분이 먹던 밥상을
물려주시고 노자를 떼어서 주신
덕분에 죽은 목숨이 살아나게 되
었습니다. 그뿐만 아니라 그것을
밑천으로 돈을 벌어 우리 모자가

신윤복申潤福 〈아이 업은 여인〉

의지하며 오늘까지 살아왔으니 털끝만 한 것도 모두가 다 김선달
님께서 주신 것입니다. 내 어찌 감히 남의 은혜를 받고 딴 사람을
따르겠습니까? 선달님이 오시면 나는 그분을 따를 것이지만 오시

지 않으면 죽음만이 있을 따름입니다."

그녀의 일편단심一片丹心에 그들은 모두 혀를 차며 물러갔다. 그 여인은 혼자 생각하며 중얼거렸다.

"여기 오래 살다간 필시 폭행을 면치 못할 것이다."

이에 가옥을 처분하고 흩어진 재물을 수습하여 숭례문崇禮門 밖 두 번째 집으로 이사했다. 그렇게 날마다 김선달이 오기를 고대한 지 3, 4년이 지났다.

병진년(原註 : 철종 7년) 봄에 송병일宋秉一이 우암尤菴의 후손으로서 음도蔭途로 벼슬하여 경주부윤慶州府尹이 되니, 그 신연하인新延下人(신관을 맞이하는 하인)이 올라와서 문 안의 몇 번째 집에 묵고 있었다.

그 여인이 아들을 신연하인의 처소로 보내어 경주 수존首尊(이방吏房)을 초청하자 수존이 말했다.

"네 어머니가 누군가? 내 지금 지장전支仗錢(수령을 맞아가는 데 드는 돈) 2백 꿰미를 빌릴 일이 급하므로 네 어머니의 청에 응하기 어렵다."

"우선 가시기만 하신다면 2백 꿰미는 이자 없이 취해 쓸 수 있습니다."

수존이 아이 한 명을 데리고 소년을 따라 그 집으로 갔는데 안 팎으로 드리운 주렴이 매우 화려하였다. 그 여인은 수존이 온 것을 보고 문을 열어 맞아들여 일행에게 주안을 대접하고 이어서 물었다.

"귀부貴府에 있는 김선달이란 분을 혹시 수존께선 알고 계시는 지요?"

"성이 김씨로 선달이라 칭하는 자가 한 사람이 아니고 서너 명이나 되는데 부인께서 어느 김선달을 말하시는지 모르겠소."

"저 역시 명함과 자호를 모릅니다만, 한 가지 표가 있지요. 왼편 볼에 앵두만 한 사마귀가 있습니다."

수존이 아이를 돌아보며 말했다.

"너 혹시 알겠느냐? 객사 동편 협방夾房에서 신을 팔아 살아가는 분이 바로 그분이구나."

"왜 그분이 선달입니까?"

"너는 그 선달의 내력을 모를 것이다. 10년 전에 어떤 대지팡이를 짚은 상제가 구걸을 와서 '집이 가난하여 친상親喪을 치를 길이 없다.' 하기에, 내가 꿰미돈과 말곡식으로 약간 도와주었지. 그 후 3년이 지나 상복을 벗고는 탕건을 쓰고 후탁後坼을 입고 다시 찾아온 것을 보고서 나도 그때 비로소 그가 선달임을 알았다. 사람이 맥이 없고 얼이 빠져 걸식을 업으로 삼느라, 의복이 점점 남루해져서 볼 때마다 꼴이 못해가더라."

필경엔 부부가 몸을 지푸라기로 가리고 다니기에 내가 하도 민망해서 '당신 내외는 몸이 성하고 사지가 멀쩡한데 왜 품팔이나 신삼기나 베짜기 또는 방아질은 않고서 바가지를 차고 이 마을 저 마을 걸식을 하고 다닌단 말이오? 한두 번이야 부득이하더라도 내내 구걸을 하니 나도 퍽 밉게 보이오.' 했더니, 그 사람이 듣고는 뉘우쳐 나에게 짚신이나 삼아보겠노라고 짚 한 뭇을 달라고 청하더구나. 나도 그 뜻이 고마워서 승낙했느니라. 며칠 지나지 않아 신 삼는 솜씨가 익어서 대여섯 푼 받음직한 짚신을 매일 서너 켤레씩 삼게 되었고, 그 아내도 이웃집의 바느질이나 절구질 등으로 품을 팔며 자녀를 데리고 객사에 붙어서 근근이 살아가고 있느니라. 그런데 부인께선 무슨 사정이 있어서 물으시는지요?"

부인은 이 이야기를 다 듣고 눈물이 글썽글썽해지며 울먹였다.

"아, 그렇군요. 그래서 잊으신 모양이군요. 제가 2백 꿰미의 돈을 수존께 드리겠으니, 지장전에 보태 쓰시고 본전만 선달님께 전해드리세요."

그녀는 문갑에서 간지間紙 한 폭을 꺼내 언문諺文으로 김선달 앞으로 편지를 썼다. 그 내용은 대개 이러했다.

아무 해 거여 객점 앞에서 추위와 주림으로 죽게 되었을 때 음식과 돈으로 구제받은 일, 담배를 사서 전을 벌이고 가게에 나앉아 횡재橫財한 일, 10여 년간 돈벌이를 하여 재산이 누만금에 이른 일, 술꾼들이 객점 주인과 모의하여 통혼해온 일, 감히 은인을 잊고 딴 사람을 따르지 못한 일, 숭례문 밖으로 이사 와서 날마다 선달님이 혹시 오실까 기다리던 일들을 세세히 내려 쓰는데, 간폭에 넘치도록 정을 담았으며 말미에 되풀이하여 글을 맺었다.

"사람을 살리실 때는 어떤 어진 마음이시고, 사람을 잊으실 때는 어찌 이다지도 박정하시온지요? 지금 듣자옵건대, 선달님께서 여러 해 치패致敗를 보시고 집도 없이 노숙露宿하신다니, 이 웬 말입니까? 여기 약간의 물건을 보내오니, 우선 처자를 구급하시고 속히 올라오셔서 선처善處하시기를 바라옵니다……."

수존의 무리가 신관을 맞아 돌아가서 즉시 돈을 마련하여 기연에게 전하면서,

"당신에게 서울의 연고 있는 분이 이것을 보냈으니, 받으시오." 하며 소매 속에서 편지를 꺼내주었으나, 그때는 날이 어두워졌기 때문에 글씨를 읽을 수 없었다. 아내와 함께 돈자루를 방에다 들여놓고 곰곰이 생각해보았다.

'내 돈을 먹은 사람이 퍽 많은데, 대체 누가 나의 옛날을 기억하고 있을까?'

이웃집에서 기름을 빌려와 불을 켜고 편지를 보니, 바로 거여에서 베푼 두 꿰미 돈의 공덕탑功德塔이었다. 반도 채 읽기 전에 부부가 감격해서 서로 마주보며 눈물을 흘리고 가슴을 치며 탄식하였다.

"서울에서 전후 소모한 4, 5천 꿰미는 모두 쓴 자취도 없는데 유독 두 꿰미가 이제 그 흔적을 나타냈구려."

그는 이내 부인에게 부탁하였다.

"돈 백 꿰미는 중년의 고생을 생각해서 양식과 고기를 사다가 아이들과 배불리 먹고, 남은 돈 백 꿰미는 내 의복과 관망冠網을 마련하고 말을 사서 바로 상경해보려 하오."

기연이 이내 숭례문 밖 두 번째 집을 찾아가니, 그녀는 과연 선달이 오는 것을 보고 신도 제대로 신지 못한 채 바삐 나와서 반갑

게 맞이하였다.

기연은 그 여인을 알아보지 못했으나 여인은 기연을 얼른 알아보았다. 두 사람이 만나 처음에는 손을 잡고 통곡하며 은인을 원수 보듯 원망하다가 곧 성찬盛饌을 갖추어 만남을 기뻐하였는데 마치 죽은 사람이 다시 살아난 것 같았다.

이내 그 여인이 말을 꺼내었다.

"두 꿰미 돈이 자라 지금 2만여 꿰미가 되었습니다. 1만 꿰미는 당신께 바치겠으니 당신의 처자식은 이것으로 살아갈 수 있을 것이고, 1만 꿰미는 제가 소유하겠습니다. 저 역시 전 남편의 혈육인 자식이 있으니 살아가게 하겠습니다. 그리고 저와 당신은 한집에 살며 여생을 하루같이 서로 화락하게 지내기로 기약합시다. 벼슬 한 자리는 제가 주선하지요."

기연은 드디어 짐을 챙겨 식구를 데려와서 숭례문 안 몇 번째 집을 사서 짐을 풀고 정돈하였는데, 숭례문 밖 그녀의 집과 거리가 가까웠다. 새 사람이 더욱 아름다우니 그 묵은 사람은 어떠하리오. 이집 저집 두루 오가며 드디어 한꺼번에 여러 소원을 달성하여 양주학揚州鶴(많은 소원)을 이루었다 한다.

≪차산필담此山筆談≫

20. 수박씨 씹던 날을 기억하여

옛날 유柳씨 성을 가진 진사進士가 있었는데 집이 가난하여 끼니를 제대로 잇지 못하였다. 게다가 흉년까지 만나 살아갈 길이 막막하였다. 때는 기나긴 여름이었는데 닷새 동안 줄곧 끼니를 거르게 되자 너무도 배가 고파서 바깥사랑에 널브러져 누워 있었다.

안채도 고요하고 오랫동안 사람의 소리가 들리지 않았다. 유진사는 이상히 여기고 일어나 들어가려고 하였으나 갈 기운조차 없었다. 억지로 기어서 안에 들어가보니 아내는 막 무엇을 입에 넣고 씹다가 남편이 들어오는 걸 보더니 황급히 숨기고 얼굴을 붉혔다. 유진사는 의심쩍어하며 물었다.

"당신은 어찌 혼자 무엇을 먹다가 나를 보고 숨기는 것이오?"

그러자 아내가 부끄러워하며 말했다.

"만약 먹을 만한 물건이 있었다면 제가 어찌 혼자 먹겠어요? 아까 현기증이 나 쓰러졌을 때 수박씨가 벽에 말라붙어 있는 것을 보고 떼어다가 쪼개 씹었는데 껍질이어서 막 한탄하고 있던 참이었습니다. 당신이 들어오시는 것을 보자 저도 모르게 부끄러웠던 것입니다."

그러면서 이내 손 안에서 말라비틀어진 수박씨를 내어보이는 것이었다. 그들은 서로 한숨을 쉬었다.

조금 후에 문 밖에서 여종을 부르는 소리가 들렸다. 아내가 말했다.

"어떤 사람이 문에 와서 여비를 부르는 것일까요? 어서 나가보세요."

유진사가 기어서 나가보니 한 하인이 문 앞에 서 있다가 유진사가 나오는 것을 보고 넙죽 절을 한 뒤에 물었다.

"이댁이 바로 유진사댁입니까?"

"그렇다."

"진사님의 이름이 무엇무엇이십니까?"

"그렇다."

"진사님이 아무 능의 참봉에 수망首望으로 낙점落點되었기에 망통望筒을 가지고 간신히 찾아왔습니다."

그 하인이 소매 속에서 망통을 꺼내 보였는데 과연 자기 이름이었다. 그러나 본래 전가銓家(이조吏曹)가 누구인 줄도 모르는데 이제 수망으로 낙점이 되었으니 실로 뜻밖의 일이라 꿈인가 생시인가 하여 한참을 의심하였다.

"이는 필시 나와 성명이 같은 사람일 것인데 네가 잘못 찾아온 것이다. 다른 곳으로 가서 자세히 물어보거라. 우리 집은 몹시 가난하여 세상과 서로 끊고 살았기에 온 성안을 돌아보아도 한 사람도 내 이름을 알 자가 없는데 어떻게 전조에서 수망으로 올릴 리가 있겠느냐?"

유진사가 이렇게 말하고 도로 안으로 들어오자 아내가 물었다.

"어떤 사람이 찾아왔습니까?"

유진사가 그 사람이 온 이유를 이야기하니 아내는 깜짝 놀라 기뻐하면서 말했다.

"그렇다면 연명하며 살 수 있겠군요."

그러나 유진사는 고개를 저었다.

"백방으로 생각해도 그럴 리가 만무하오. 진사가 처음 벼슬길에 나가려면 반드시 먼저 공론公論이 있은 후에야 물망에 오를 수 있는데, 이 세상에 어찌 나를 위하여 말해주는 자가 있겠소?"

서로 주거니 받거니 이야기하며 반신반의半信半疑하는 중에, 그 하인이 다시 와서 여종을 부르는 것이었다. 유진사가 또 나가서 보았다.

"소인이 이조吏曹에 가서 자세히 알아보니 분명 진사님이셨습니다. 선대의 직명과 진사가 된 연조를 역력히 확인할 수 있으니 조금도 의심할 게 없습니다."

유진사는 비로소 믿으며 말했다.

"내 비록 벼슬에 임명되었으나 지금 끼니를 거른 지 여러 날이라 움직일 수조차 없으니 장차 어떻게 사은숙배謝恩肅拜를 하겠느냐?"

그 하인이 곧장 시장으로 가서 쌀과 반찬과 땔나무를 사가지고 와서 우선 미음을 쑤어 마른 뱃속을 부드럽게 하도록 한 후에, 잇따라 많은 쌀과 한 바리의 땔나무와 약간의 반찬거리를 사왔다. 유진사는 연달아 미음을 먹고 비로소 기운이 생겨 걸을 수가 있었다. 그렇지만 또 그 하인에게 말했다.

"네가 도와준 딕분에 다행히 살 길을 얻었다. 그러나 머리끝에서 발끝까지 몸에 걸치고 갈 것이 하나도 없으니 장차 어떻게 나가서 사은숙배하겠느냐?"

그러자 그 하인은 즉시 옷가게에 가서 착용할 의관을 모두 빌려왔다. 유진사는 그 하인에게 친지의 집에 서신書信을 부쳐 관복을 빌려오게 하였다. 치하致賀하는 사람들이 차츰 찾아오고 심부름꾼을 시켜 하례賀禮하는 자가 문앞에 줄을 서니 전일에 썰렁한 것과는 너무도 달랐다.

유진사가 사은숙배를 한 뒤에 직소로 나가자 곧 돈과 쌀이 지급되었는데 경서원京書員이 쌀 열 말과 땔나무를 한 바리씩이나 집으로 들여보내는 것이었다.

이조판서吏曹判書를 탐문하였더니 바로 이공李公 아무개였다. 당색黨色이 다를 뿐만 아니라 평소에 알고 지내던 사이도 아니었지만, 마침 유진사와 함께 공부하던 친구가 이조판서와 절친하였다. 그 친구가 유진사가 굶어서 거의 죽어간다는 소식을 듣고 힘껏 전조銓曹에 소개하였다. 그리하여 전조는 그 말을 듣고 매우 측은하게 여겨 여러 사람을 제치고 수망으로 올렸던 것이다.

몇 년 후에 유진사도 크게 벼슬길이 열려 여러 좋은 관직을 거쳐 드디어 인재를 선발하는 이조판서가 되었다. 이때 마침 간성군수杆城郡守가 결원이 되었다. 간성군은 풍요로운 고을이라 위로 재상에서부터 아래로 친척에 이르기까지 간성군수를 구하는 자가 매우 많으므로 취사선택하기가 어려웠다. 그러나 다음날 인선人選을 하여야 되므로 매우 고민이었다. 부인이 그 안색을 보고 괴상히 여겨 물으니 유판서는 그 이유를 말해주었다. 그러자 부인은 말했다.

"대감께서 참봉이 될 당시의 이조판서였던 집은 지금 어떻게 되었습니까?"

"그 당시 이조판서는 이미 작고했지만 그 아들 몇 사람이 모두 조적朝籍(관원의 명부)에 올랐고 또한 음사蔭仕로라도 군수에 나갈 만한 자가 있는데도 집이 몹시 가난하다 하오."

"대감께서 만일 그 사람을 간성군수로 삼지 않으신다면 배은망덕背恩忘德이라 할 수 있습니다. 부탁한 사람이 비록 많더라도 주저하지 마시고 결단코 그 사람을 수망으로 올린 뒤에야 옛날 벼슬을 얻은 은혜를 갚을 수 있을 것입니다. 대감께서는 어찌 수박씨 씹던 일을 생각지 않으십니까?"

유판서는 그 말을 듣고 크게 깨달았다.

"옳은 말씀이오."

그리고 이튿날 인선에서 이 아무를 수망으로 간성군수에 추천하여 임금의 낙점落點을 받았다고 한다. ≪청구야담靑邱野談≫

2l. 배신자背信者와 명판관名判官

서울에 한 부자가 살고 있었다. 그 부자에게는 절친한 친구 하나가 있었는데 집이 몹시 가난하였다. 부자는 그 친구의 생계를 위해 약간의 돈을 주고 이문을 얻어 살아가게 하였다. 그리고 언젠가 그 친구에게 조용히 말했다.

"내 지금 늙어서 여생이 얼마 안 되고 또 내 자식도 아직 성장하지 못하였으니 자식이 살림하는 것을 보기 어렵고 또한 자식의 치산治産하는 규모가 나의 규모에 미치지 못할 듯싶네. 지금 10만 냥을 자네에게 줄 테니 자네는 이자를 놓아 생활하다가 내 자식의 생활이 곤란해지면 그 때에 본전本錢만 돌려주게."

"어찌 감히 지시대로 하지 않겠는가. 비록 이자와 본전을 다 돌려주라고 해도 감사하게 생각하겠네."

몇 해 안 가서 부자는 병으로 죽었다. 그 아들은 가업家業을 제대로 잇지 못하고 또 몇 해 안 가서 가산家産을 탕진하였다. 그래서 아버지의 유언에 따라 그 사람을 찾아가서 아버지가 맡겨둔 돈을 돌려달라고 요구하자, 그 사람은 핀잔만 놓을 뿐이었다.

"본래 갚을 구실이 없는데 지금 어찌 돈을 내놓으라고 하느냐?"

여러 차례 가서 달라고 하였으나 한결같이 면박面駁만 주었다. 그 아들이 끝내는 절반만 달라고 간절히 빌었으나 역시 들어주지 않는 것이었다.

그 아들은 분하여 여러 번 형조刑曹와 한성부漢城府에 소장을 냈으나 매번 패소를 당하였고, 그자는 금권金權이 있으므로 곧장 탈을 모면謀免하는 것이었다.

이때 뒤에 정승까지 지낸 정만석鄭晩錫이 경상감사慶尙監事가 되었는데 본래 명백한 판단을 하는 사람으로 일컬어졌다. 그 아들이 찾아가서 사정을 하소연하였더니 감사가 말했다.

"너는 서울 사람으로서 어찌하여 다른 도道에 와서 하소연하느냐?"

"저 피고는 권세가 있어 뇌물을 바치고 모면하니, 소인같이 권세 없는 자가 어떻게 송사를 할 수 있겠습니까? 사또께서 일처리를 명백하게 하신다는 소식을 우러러 듣고 천릿길 멀다 않고 왔사오니, 삼가 바라옵건대 사또께서는 이 일을 공정하게 판결하여 이 의지할 데 없는 외로운 자식을 보전하게 해주옵소서."

"너는 물러가서 다시 부를 때까지 기다리도록 하라."

그리고 감사는 영장營將과 은밀히 상의한 끝에 오래전부터 갇혀 있던 큰 도적에게 이렇게 이렇게 하라고 약속하고 나서, 즉시 서울로 공문을 띄워서 그자를 잡아와 크게 형구刑具를 차려놓고 분부하였다.

"네가 팔도 큰 도적의 접주接主가 되어 장물을 취득한 것이 몇십만 금인데, 과연 무사하겠느냐? 속이지 말고 일일이 이실직고以實直告하렸다."

그자는 그 말을 듣고 변명을 늘어놓았다.

"소인은 젊어서부터 늙을 때까지 이자를 놓아 생활하고 있으니 지금 의식衣食에 대한 걱정이 없는데 어찌 남의 물건을 빼앗을 리가 있겠습니까? 접주라는 말씀은 만부당한 일입니다."

감사가 갇혀 있던 도적을 불러들여 대질을 시켰다. 도적이 말하였다.

"너는 성명이 아무개 아니냐? 내가 아무 달 아무 날 몇 만금을 맡기고 아무 달 아무 날 밤에 몇 만금을 맡겼으니 전후의 것을 합하면 몇십만 금이 된다. 주고받은 것이 분명한데 지금 무슨 변명을 그렇게 하느냐? 몹시 몰염치한 놈이구나."

"소인과 저 도적은 본래 안면이 없는데 근거 없는 말을 지어내어 사람을 구렁텅이에 빠뜨리니 밝은 대낮에 어찌 이런 맹랑한 일이 있습니까?"

"존엄하신 사또 앞의 대질하는 자리에서 거짓을 꾸며 변명하면서 갈수록 어려운 줄 모르니 큰 도적이 아니라면 반드시 이럴 이치가 없을 것입니다. 예사로 다루면 범죄의 실정을 알아내기 어렵겠습니다."

감사가 크게 노하여 엄하

김준근金俊根 〈줄이틀고〉

게 주리를 틀게 하자, 그자는 고통을 견디지 못하여 사실을 털어 놓았다.

"소인이 지금 명분 없는 죄목으로 이처럼 죽을 형벌을 받으니 죽어도 눈을 감지 못하겠습니다. 어찌 접주질을 하여 가산家産을 모을 리 있겠습니까? 소인은 일찍이 아무개에게 돈 10만 냥을 빌 려서 지금까지 이자를 놓아 생활을 한 것입니다. 단연코 남의 물 건을 털끝만큼도 취한 일이 없습니다."

감사가 물었다.

"접주질을 안 하고 돈을 빌려 이자를 놓았다면 빌린 돈을 모두 갚아주었느냐?"

"지금도 갚지 않았으니 이것으로 죄를 주시면 달게 받겠으나 이밖에 다른 죄목은 없습니다."

감사가 서울 사람을 불러들여 대질케 하면서 물었다.

"저 피고를 너는 아느냐."

"저놈은 소인과 송사 중에 있는 놈입니다."

그자는 서울 사람을 보더니 머리를 떨구고 기가 죽어서 말 한 마디 못하였다. 감사가 그자에게 호통을 쳤다.

"너는 갚을 것이 있는데도 갚을 것이 없다고 말하니 큰 도적이 아니냐?"

그자는 벌벌 떨며 빌었다.

"죽을죄를 지었습니다. 죽을죄를 지었습니다."

감사가 그자에게 명령하였다.

"너는 영옥營獄(감영의 감옥)에 있으면서 3일 안으로 빌린 돈 전액을 바쳐라."

그리고는 다짐을 받은 다음 차꼬를 채워서 옥중에 가두었더니 그자가 서울의 큰 장사치인지라 각처에서 마련하여 전액을 바쳤다.

감사가 서울 사람을 불러 그 돈을 내주니 서울 사람은 전액을 가지고 상경하여 다시 가업을 일으키고 잘살았다.

≪계압만록溪鴨漫錄≫

22. 아버지를 살려주소서

홍차기洪次奇는 충주忠州의 선비 홍인보洪寅輔의 아들이다. 차기가 어머니의 뱃속에 있을 때 그 아버지 인보가 살인죄로 감옥에 갇히게 되었다. 차기가 태어나서 젖을 먹게 된 지 몇 달 만에 그 어머니 최씨崔氏는 남편이 억울하게 살인누명殺人陋名을 쓰게 된 것을 호소하기 위하여 서울로 올라갔다. 그래서 차기는 둘째 작은 아버지에게서 양육되어 둘째 작은아버지를 아버지라 부르고 자신이 인보의 아들임을 알지 못하였다.

차기가 겨우 서너 살 되던 어느 날 여러 아이들과 놀다가 깜짝 놀라며 울고 밥을 먹지 않았다. 유모가 그 까닭을 물었지만 차기는 답하지 않고 한참 후에 그쳤다. 이와 같이 하기를 한 달에 세 번을 하였다. 집안 사람들이 그것을 괴이하게 여기고 뒤에 읍내 사는 사람으로부터 차기가 울던 날 관아에 무슨 일이 있었는가를 확인해보았더니, 그날은 바로 관아에서 죄수를 심문하는 날이었다. 이 일을 들은 사람들은 기이하게 여기지 않는 자가 없었다.

집안 사람들은 차기가 상심해할까 염려하여 더욱 그 아버지의 일을 숨겼다. 그런데 차기가 10세가 되었을 때 그 아버지가 '내 늙고 감옥에서 나갈 기약이 없으니 하루아침에 갑자기 죽으면 자식의 얼굴을 볼 수 없게 될까 싶다.'라고 생각하여 이에 집안 사람

을 시켜 자기의 일을 사실대로 차기에게 알려주고 그를 옥문獄門
으로 데려오게 하였다. 그의 말대로 차기를 데리고 갔더니, 차기
는 아버지를 안고 크게 통곡하였다. 그러고는 돌아가지 않고 읍내
에 살면서 땔나무를 해다 팔아 아버지를 공양하였다.

몇 년을 지내는 동안에 최씨는 여러 번 상언上言을 하였으나 회
답을 받지 못하고 서울에서 객사하였다. 이미 반장返葬(고향으로 옮
겨와 장례를 치름)하고 나서 차기는 울면서 그 아버지에게 작별을 고
하였다.

"어머니께서 아버지의 억울함을 호소하다가 성사를 보지 못하
자 한을 품고 돌아가셨습니다. 또 장성한 아들이 없으니 제가 비
록 어리나 제가 아니면 누가 다시 아버지의 억울한 죽음을 면하
게 하겠습니까?"

그 아버지는 아들이 연약한 것을 애달프게 여기고 허락하지 않
았다. 그러자 차기는 아버지 몰래 빠져나와 걸어서 서울로 가 신
문고申聞鼓를 두드렸다. 사건이 안찰사按察使에 내려졌으나 또 회
답이 없자 차기는 서울에 머물며 돌아오지 않았다.

이듬해 여름에 큰 가뭄을 만나자 임금이 중앙과 지방에 교서敎
書를 내려서 중죄인을 다스리게 하였다. 차기는 대궐 아래 엎드려
서 조정에 들어가는 정승·판서들을 만날 때마다 눈물로 아버지
의 억울함을 호소하였다. 이렇게 10여 일을 계속하니 그를 보는
자들 중 감동하지 않는 자가 없었다. 가끔 밥을 가져다가 먹여주
는 자도 있고 머리를 빗겨서 이를 잡아주는 자도 있었다.

형조판서刑曹判書가 죄수를 의논할 일로 조정에 들어가 그 상황을 아뢰니, 임금이 측은하게 여기고 안찰사按察使에게 명하여 자세히 조사해서 알리도록 하였다. 안찰사는 옥사獄事가 오래되어 사건이 불분명하기 때문에 가부간에 처결할 것을 아뢰자, 임금은 특별히 죽을죄를 용서하여 영남으로 귀양 보내도록 명하였다.

처음 안찰사에게 명하여 조사를 하도록 했을 때에 차기는 혹독한 더위를 무릅쓰고 3백 리를 달려가서 사사使司에 나아가 울부짖으며 아버지의 목숨을 살려주기를 빌었다. 임금에게 아뢰는 안찰사의 글이 올라갈 때에 차기는 또 역마驛馬보다 앞서 빨리 달리다가 서울을 백 리 남겨놓고 병이 나고 말았다. 따라가는 자들이 조금 쉬어서 가기를 권하였으나 차기는 안 된다고 거절하였다.

결국 들것에 실려 서울에 도달한 차기는 아픈 몸을 힘써 이끌고 가서 다시 대궐문 앞에 엎드렸다. 이때 두창痘瘡이 크게 발작하여 4일 동안 인사불성人事不省이 되었으나 수시로 잠꼬대를 하였다.

"우리 아버지께서 사실 수 있을까?"

아버지가 죽음에서 풀려났을 때 곁에 있는 사람들이 차기를 깨워서 그 소식을 알려주자 차기는 깜짝 놀라 깨면서 물었다.

"정말인가? 아니면 나를 위안시키려는 것인가?"

곁에 있는 사람이 판결문을 읽어 보이자, 차기는 눈을 떠서 보고 나서는 손을 들어 하늘에 세 번 빌고 벌떡 일어나서 춤을 추며 외쳤다.

"아버지가 사셨다. 아버지가 사셨다."

그러고는 결국 쓰러져서 말도 하지 못하였다. 이날 밤에 갑자기 공중에서 차기를 부르는 소리가 들렸다.

"차기야! 너의 정성이 하늘을 감동시켜 명부에서 이미 네 아버지의 삶을 허락하고 또 네 수명을 연장하였으니, 너는 마음을 놓고 슬퍼하지 말라."

이튿날 차기는 병이 점차 완쾌되어 아버지의 유배지로 따라갔다. 몇 년 후에 그 아버지는 다시 석방되어 돌아왔다. 차기의 효행이 널리 알려져 고을 사람들이 감영에 알리고 감사가 장계로 임금에게 알리니, 임금은 부역賦役을 면제시키고 정려문旌閭門을 세우게 하였다.　　　　　　　　　　　　　≪동야휘집東野彙集≫

23. 바위에 새긴 기생의 혈서血書

조선 효종 초년에 무인武人 전태현全台鉉이란 자는 평안도 만포첨
사滿浦僉使를 제수받았다. 만포는 서울에서 천여 리나 떨어져 있어
전부터 만포첨사에 제수된 자는 식구들을 데려가지 못하고 홀로
부임했다가 임기가 끝나면 관직을 내놓고 돌아올 수밖에 없었다.

태현도 홀로 부임하여 군사를 돌보고 백성을 사랑하였으므로
만포 백성들이 편안한 마음으로 생업에 종사하며 그 덕을 칭송하
지 않는 자가 없었다. 태현은 만포에 몇 해 동안 있으면서 인심을
깊이 얻고 관가官家를 마치 자기 집인 양 생각하며 항상 혼자 정
당政堂에 거처하였기 때문에 객지의 고생이 없지 않았다. 아전과
백성들은 그가 객지에서 외롭게 지내는 것을 민망히 여기고 매번
기생을 가까이 두기를 권하였으나 태현은 듣지 않았다.

하루는 우연히 중추가절仲秋佳節의 달 밝은 밤에 아전과 백성들
과 함께 잔치를 베풀고 달을 구경하였다. 아전과 백성들이 서로
술을 권하므로 태현은 사양치 않고 받아 마셨다. 그것은 객지생활
의 회포를 잊으려던 것이었는데 자신도 모르게 대취大醉하여 자리
에 쓰러졌다. 아전과 백성들이 몰래 한 기생으로 하여금 모시고
자게 하였다. 태현은 취중에 일을 치르고 이튿날 아침 술이 깨어
후회를 해보았지만 어쩔 도리가 없었다.

결국 그 기생에게 임시로 시중을 들게 하였다. 한 해가 지나자 딸 하나를 낳았는데 용모가 출중하였으므로 진귀한 보물처럼 사랑하였다. 그리고 이름을 '관불關不'이라 하였는데, 관불이란 비록 자신의 소생이지만 자신과는 아무런 관계가 없다는 뜻이다.

조선의 옛 풍속에는 무인武人으로 나가 변경邊境을 지키는 자가 만일 천기賤妓와 더불어 자녀를 사사로이 낳았을 경우, 감히 세상에 드러내지 못하고 그 어미에게 맡겨 기르게 하며 생장하여 시집가고 장가가는 것도 그 아비가 관여하지 않았다.

태현은 비록 그 딸을 사랑하였으나 감히 드러내놓고 사랑할 수 없으므로 '관불'이라 이름한 것이다. 관불이 태어난 지 겨우 몇 해만에 태현은 벼슬을 내놓고 돌아오게 되어서 딸을 그 어미에게 맡기고 홀로 서울로 돌아왔다. 이후로 생사를 일절一切 서로 묻지 않았다. 태현은 나이가 들어 병으로 세상을 떠나고, 세월은 흘러 관불의 나이 16세가 되었는데 그 아름다운 자태는 비교할 자가 없었다.

그 어미는 딸의 이름을 기적妓籍에 올렸는데 이것은 변방의 습속習俗이었다. 관불은 기적에 들어간 이후로 비록 억지로 가무歌舞를 익혔으나 한 번도 외간 남자를 가까이해본 적이 없었다. 나이 젊은 호방豪放한 관리나 돈 많은 호탕한 남자들이 가까이하려고 하였으나 관불이 완강히 거절하였으므로 사람들은 감히 범하지 못하였다.

그 당시 만포첨사滿浦僉使가 관불의 명성을 듣고 관불의 아름다

운 모습을 사랑하여 수청守廳을 들게 하려고 하였다. 수청이란 조
석으로 시중들며 잘 때는 한 이불 속에서 같이 자고 밥 먹을 때는
같은 상에서 함께 먹는 것으로 첩과 다를 것이 없었다. 관불이 죽
음을 맹세하고 따르지 않자 첨사는 크게 노하여 위협하고 협박하
였다. 관불은 끝내 모면謀免하지 못할 것을 알고 분하게 여기며 탄
식하였다.

"우리 아버지는 비록 무인이나 역시 사환가仕宦家이다. 내 비록
천기 소생이나 근본은 양반이 아닌가? 나는 우리 아버지의 딸로서
부끄러운 일을 할 수 없다. 우리 아버지의 명예를 더럽히느니 차
라리 자결하는 편이 나을 것이다."

그러고는 이내 손가락을 물어뜯어 그 피로 관아의 뒤에 있는
바위 위에 '전관불이 물에 투신해 죽노라.'라고 쓰고는 결국 관아
의 뒤에 있는 강물에 빠져 죽었다.

첨사는 이 소식을 듣고 깜짝 놀라 관인官印을 팽개치고 돌아갔다.

이 사건이 조정에 알려지자 검옥관檢獄官에게 조사하게 하였으
나 익사하게 된 사정을 밝혀내지 못하였다. 검옥관을 일곱 번이나
교체한 끝에야 비로소 그 사정을 밝혀낼 수 있었다. 사유를 갖추
어 보고하니 그 첨사에게는 평생 군역軍役에 편입시키는 율법을
적용하였다. 또한 전관불에게는 정려문을 세워 그 정렬貞烈을 표
창하니 관불의 원한이 비로소 풀리게 되었다. 지금 수백여 년이
지났는데도 그 바위 위의 혈서가 뚜렷하여 볼 수 있다 하니 대단
히 기이한 일이다.

≪양은천미揚隱闡微≫

24. 남의 노인에게까지 미친 효성

정승까지 지낸 이경재李景在가 경상감사慶尙監司로 있을 때의 일이다. 칠곡漆谷 동면東面에 사는 김생金生이란 사람은 지체가 비록 한미하였으나 가정에 법도가 있었다. 어버이를 효성으로 섬기고 남들에게 정성으로 대하였다.

언젠가 김생이 처가가 있는 언양彦陽에 갔다가 돌아오는 길에 날이 저물어 길가에 있는 객점客店에 투숙하게 되었다.

이때 어떤 노인이 탄 교자轎子와 네 명의 하인이 잇달아 이 객점에 들어왔다. 김생은 그 노인을 자기 아버지인 양 보는 즉시 달려나가서 하인들과 함께 교자의 짐과 침구寢具를 내렸다. 그리고 그가 먼저 차지한 곳을 깨끗이 청소한 다음 그 노인을 모셔 들여 편안하게 해드리고 또 객점 주인을 불러서 좋은 술과 안주를 갖추어 올리게 하였다. 그러자 노인이 물었다.

"자네는 어떤 사람이기에 처음 보는 나에게 몸소 노역勞役을 하고 또 이렇게 술을 내오는가?"

"소생은 궁벽한 시골의 산족散族으로서 성은 김金이고 이름은 아무입니다. 우연히 나그네가 되었는데 갑자기 존장尊長을 만났으니 소년의 직분이 없을 수 없기 때문에 이렇게 하는 것입니다."

"자네는 나와 같은 성에 말도 착하구먼."

노인은 고마워하며 그 술을 받아 마셨다.

저녁이 되어 술상이 물러가자, 김생은 또 이부자리를 가져다가 노인의 잠자리를 알맞게 마련해드리고, 물러가서 자신의 숙소를 정하는 것이었다. 노인은 김생의 행동거지가 주밀하고 민첩함을 보고 예법禮法이 있는 집안의 자제임을 알았다.

그 이튿날 김생은 일찍 일어나서 세수한 다음 의관衣冠을 갖추고 들어와서 문안을 여쭈었다.

"여정旅程의 피로 끝에 어떻게 주무셨는지요?"

그러고 나서 다시 어제 저녁처럼 술을 올렸다. 노인은 김생의 뜻은 가상하게 여기면서도 씀씀이에 절도가 없는 것 같으므로 이에 깨우쳐주었다.

"궁한 선비는 한 푼이 어려운데 어찌 초면인 나에게 저녁에도 술을 주고 아침에도 술을 주는고?"

김생은 말했다.

"저희 아버지께서는 연로하신데 저는 다른 형제가 없고 살림도 넉넉지 못합니다. 음식을 대접하고 거처를 보살펴드리는 일을 저 혼자 맡고 있는데, 아버지의 타고나신 성품이 만일 먼저 술을 드시지 않으시면 진지를 한 숟가락도 드시지 않습니다. 지금 존장의 수염과 눈썹이 흰 것을 보니 연세가 저희 아버지와 같으시리라 생각됩니다. ≪맹자孟子≫에 있는 '내 노인을 노인으로 섬겨서 남의 노인에게까지 미친다.〔老吾老 以及人之老〕'는 글을 미루어 생각하면 자연 그렇게 하게 됩니다. 또 심부름하는 일로 밖에 나와서 혼

정신성昏定晨省하는 일을 비우니, 한 번 발걸음을 옮기는 동안에도 감히 부모 생각을 떨치지 못하겠고, 두 번 발걸음을 옮기는 동안 에도 감히 부모를 잊지 못하겠는데, 더구나 어버이처럼 연로하신 존장을 만났는데 어찌 남의 노인이라 하여 소홀히 대할 수 있겠 습니까?"

"자네의 말이 매우 착하네. 자네의 말이 매우 착하네. 자네는 바로 어진 부형父兄의 자제로구먼."

노인은 감탄하며 또 술을 받아 마셨다.

식사가 끝나고 떠나려 할 때에 노인은 김생을 불러 물었다.

"자네는 무엇이 하고 싶은가?"

"근검절약勤儉節約하며 어버이를 받들고 아이를 가르칠 뿐이요, 달리 하고 싶은 것은 없습니다."

"재물이 없으면 역시 근검절약하기 어렵네."

"분수分數 밖의 재물이 어찌 있겠습니까?"

"아무튼 나를 따라오게. 오늘밤에도 자네와 함께 자야겠네."

노인은 드디어 교자에 올라 떠났다. 김생은 보행객步行客이라 걸어서 그 교자를 따라갔다. 저녁 무렵에 그 교자가 대구부大邱府 안으로 들어가 감영監營의 우두머리 아전衙前 중에서 부자로 사는 자가 누군가를 물어서 그 집을 찾아가 곧장 안방으로 들어가려고 하자, 김생은 망연실색茫然失色하며 말하였다.

"감영 아전의 집은 사랑방도 매우 정결한데 하필 안방으로 들 어가 스스로 욕을 보려 하십니까?"

그러자 노인은 말하였다.

"자네는 안방이 사랑방보다 더 따뜻하다는 것을 모르는가?"

노인은 드디어 안방으로 들어가서 자리를 정돈하였다. 그러자 그 아전의 어미와 처첩, 그리고 며느리와 딸들이 모두 북쪽 창문을 차고 나가면서 눈을 흘기고 욕을 퍼부었다.

"어떤 괴물이 내외도 분간하지 못하고 이 방을 들어와 앉는 거냐?"

그리고 모두들 '독한 놈, 죽일 놈' 하며 욕을 하였는데 그 풍랑을 예측할 수 없었다. 또 연달아 하녀를 불러 소리쳤다.

"곧장 연소椽所(아전들이 있는 처소)로 가서 집안에서 일어난 변괴를 통보하고, 상찰上察(아전의 우두머리)에게 즉시 와서 보고 이 늙은 놈을 끌어다가 형벌을 가하고 감옥에 가두게 하거라."

김생은 이 광경을 지켜보고 있다가 민망히 여기고 나지막한 목소리로 고하였다.

"어찌 이 같은 화를 스스로 취하십니까? 사랑방으로 나가서 눈앞에 닥칠 액을 면하시는 것이 좋겠습니다."

"우선 여기에 앉아서 결과를 지켜보도록 하세."

이윽고 이른바 상찰上察이라는 자가 들어왔다. 그러자 여러 부녀자들의 공갈협박恐喝脅迫은 더욱 심해졌다. 이때 노인이 문을 박차고 큰 소리로 물었다.

"네가 바로 이 집 주인이냐?"

그가 대답하였다.

"그렇습니다."

그러더니 이내 그 부녀자들에게 눈짓을 하여 주의시키고는 재배하고 땅에 엎드려 어쩔할 바를 몰라했다.

아전이 이렇게 겁을 먹은 것은 그가 정승들의 동태動態를 미리 파악하여 이 행차行次가 바로 정승의 행차임을 암암리에 알고 있었기 때문이었다. 노인은 이내 물었다.

"너희 순찰사巡察使는 잘 있느냐?"

"예. 잘 있습니다."

노인은 여장 속에서 종이를 꺼내 몇 줄을 적어서 던져주면서 말했다.

"이것을 가지고 가서 너희 순찰사에게 주어라."

그 아전은 분부를 받들고 물러갔다.

잠시 후에 순찰사가 허겁지겁 달려와서 이 노인에게 절을 하는 것이었다. 노인은 앉은 채로 말했다.

"순찰사는 잘 있었는가? 내 열 아홉 살배기 손자가 정사를 어떻게 하고 있는가를 보기 위하여 일전에 울산蔚山을 갔다가 지금 돌아오는 길이네."

"장인께서는 어찌 소리도 없이 오셨습니까? 또 어찌 바로 선화당宣化堂으로 들어오시지 않고 이처럼 누추한 집을 잡아 드셨습니까?"

"내가 만일 여장을 갖추고 다니면 길에서 폐단이 많이 생길 것이네. 이 때문에 남몰래 왕래하는 것일세. 또 이 길을 경유하면서 자네를 보지 않을 수 없기에 행적을 감추기 위해 여기로 들어와

서 보기를 청한 것인데 어찌 반드시 포정사布政司로 갈 수가 있겠
는가. 나와 같이 온 손님이 있으니 나와 똑같이 음식을 차려 오도
록 하게."

그래서 순찰사는 주방장에게 명하여 그 아전의 안마당에다가
솥을 걸고 지지고 볶아 음식을 장만하고 두 상을 차려서 노인과
김생에게 올렸다. 그리고 잘생긴 비장과 곱게 화장한 기생이 분주
하게 심부름을 하였다. 그런데 아까 욕을 퍼붓던 주인집 아낙네들
은 이와 같은 광경을 보고는 처음엔 두려워하며 후원에 엎드려서
쥐구멍을 찾지 못하다가 조금 후에는 뜰가에 엎드려 죽을죄를 공
손히 기다렸다.

2경更이 되어서야 노인이 물러가도록 명하자 순찰사 이하 모든
사람들이 각자의 처소로 돌아갔다. 노인은 김생에게 말하였다.

"자네는 바깥 사랑방으로 나가서 자게."

"네."

김생은 대답하고 일어나서 곧 노인의 잠자리를 챙겨주고 나왔다.

주인집의 여러 아낙네들은 모두 김생을 따라 나와서 앞뒤로 땅
에 엎드려 애걸하였다.

"오직 낭군께서는 우리를 살펴주십시오."

김생이 말하였다.

"이게 무슨 말이요? 나는 실제로 알지 못하는 일입니다."

그러나 그들은 그 말을 믿지 않았다.

"어찌 모를 리가 있겠습니까? 우리를 살려주시면 백 명의 몸을

바쳐서라도 속죄를 할 것입니다."

"이 노인은 어제 저녁 무렵에 아무 객점에서 우연히 만나 오늘 동행하여 이 집에 이르렀는데, 노인이 곧장 안방으로 들어가 헤아릴 수 없는 욕을 당하므로 나는 마음속으로 매우 민망스럽게 여겼다오. 그러나 또한 그것이 무슨 까닭인지 알지 못하였소."

"어찌 그럴 리가 있겠습니까? 낭군께서 만약 들어가 대감께 고하여 우리의 죄를 용서하게 해주신다면 마땅히 5백 냥의 돈을 드리겠습니다."

그러나 김생은 그들의 애원을 들어주지 않았다. 밤이 으슥해지자 그들은 또 말하는 것이었다.

"8백 냥의 돈을 드리겠습니다."

김생은 그들의 정상이 딱하고 또한 가엾은 생각이 들어 드디어 일어나서 노인이 자고 있는 곳으로 들어가 그들이 두 차례 속전贖錢을 바쳐 죄를 면하려 한다는 말을 고했다. 그러나 노인은 허락하지 않았다. 김생이 다시 나와서 한참이 지났을 때였다. 그들이 다시 1천 관의 전표錢票를 올리는 것이었다. 김생이 또 들어가서 고하자 노인이 물었다.

"자네의 집이 여기서 몇 리나 되는가?"

"15리이옵니다."

"이 속전을 오늘밤 안으로 자네의 집으로 실어보내고 이 돈을 받았다는 자네 가친家親의 서찰을 받아 날이 새기 전에 나에게 보여주어야 하네. 그래야 내가 이들을 용서해주고 떠나겠네."

김생이 다시 나가서 노인이 이러저러 하더라고 말을 전하니, 아전집의 아낙네들은 기뻐하면서 말하였다.

"이것이 어찌 어려운 일입니까?"

그들은 즉시 1천 관의 돈을 모아 마소에 실려 보냈다. 김생은 곧 편지를 써서 부쳤다. 과연 날이 새기 전에 김생 가친의 답서가 왔는데 그 내용은 다음과 같다.

"내 늦게 너를 낳고 네가 어리석어 사람 축에 끼지 못함을 항상 염려하였다. 그런데 네가 집을 나간 지 6, 7일 만에 무슨 조화를 부렸기에 어젯밤 4경에 본부의 아전 아무개가 아무 곳에 있는 선영先塋에 투장偸葬한 무덤을 파 갔느냐? 여러 해 동안 끌어오던 송사가 이렇게 해결되었으니 이 늙은이 눈에 박혔던 못이 빠진 듯하다. 그리고 대구 부내 감영 아전의 처가 그 어미와 함께 와서 거적을 깔고 엎드려서 거의 죽을 목숨을 살려달라고 애원하니, 이것은 무슨 영문인지 알 수가 없구나. 또한 닭이 세 차례 울자 감영의 우두머리 아전이 아들과 며느리를 대동하고 돈 다섯 바리를 실어온 데다가 너의 편지를 가지고 와서 내놓으면서, '이 편지에 대한 답장이 있어야 저희들이 살아날 수 있다.'라고 하는 것이다. 네 편지를 보고서야 대충 그 영문을 알았다.

그런데 어떤 초면의 노인이 너를 이처럼 도와주시는 것이냐? 그분은 필시 귀척근신貴戚近臣이실 것이다. 우리 집의 일로 말하면, 투장했던 아전의 무덤을 파 갔으니 이보다 더 큰 다행이 없다. 속전은 네가 가질 것이 아니니, 내일 이른 아침에 노인에게 청하여 함께 와서 이 다섯 바리의 돈을 처리하도록 하라. 나는 네가 근신한 사람이 되기를 기대하고 조화를 부리는 사람이 되는 것을 원치 않노라."

김생이 이 편지를 가져다가 노인에게 받들어 보이니, 노인은 그 법가모범法家模範을 입이 닳도록 칭찬하였다. 그리고 그 아전의 어미와 처자들을 불러다가 크게 주의만 주고 한 대의 매도 때리지 않은 채 용서하고 조반 후에 즉시 떠났다.

김생은 노인을 모시고 길 왼편에 서서 따라가다가 자기 집에 들러주기를 요청하였다. 그러자 노인은 웃으면서 말했다.

"나는 자네의 행실이 보통이 아님을 보았기 때문에 일부러 욕 얻어먹을 짓을 범하여 그 같은 돈을 마련해 자네에게 준 것일세. 자네 집에 들어가면 뭐하겠는가? 자네는 이 다음에 혹시 서울에 구경 올 일이 있거든 장동 사는 김판서를 찾아와주게."

그 노인의 이름은 헌순憲淳인데 보국輔國에 영중추부사領中樞府事가 되었다. 순찰사 이경재는 바로 그의 사위였다.

김생은 이 돈을 얻어 살림을 윤택하게 하여 지금 천석꾼에 이르렀다고 한다.

《차산필담此山筆談》

25. 못생긴 신부

영남 어느 고을에 사는 한 선비가 나이 마흔에 둔 외아들을 잃고 혼비백산魂飛魄散한 끝에 미치광이 바보 천치처럼 실성한 사람이 되었다.

그가 어느 날 마루에 앉아 있는데 어떤 과객過客이 들어와서 함께 이야기를 나누게 되었다. 과객은 주인의 기색이 참담慘憺하고 행동거지가 수상한 것을 보고 그 까닭을 물었다. 주인이 그간의 사정을 이야기했다.

"나는 한 달 전에 외아들의 참상慘喪을 당하고 너무도 슬퍼서 마음을 진정할 수가 없소이다."

그러자 과객이 말했다.

"당신 선산先山이 어느 곳에 있소이까?"

"집 뒤에 있소이다."

"내가 산리山理를 조금 아니 한번 보았으면 좋겠소."

주인이 그와 함께 가서 산을 보여주자 과객이 말했다.

"이 산이 좋지 못해서 그런 참상을 당한 것이오."

"길지吉地를 어디서 얻을 수 있겠소? 설사 얻는다 하더라도 소 잃고 외양간 고치는 격인데 죽은 자에게 무슨 이익이 있겠소이까?"

"동구에 들어올 때 마음에 드는 곳을 하나 보아두었으니, 급히 서둘러 면례緬禮(무덤을 옮기는 일)를 행한다면 아들을 낳을 수 있을 것이오."

"우리 부부가 나이 쉰이 넘어 단산斷産한 지 이미 오래인데 이제 이장을 한다 하더라도 아들을 낳을 수 있겠소이까?"

과객이 자꾸 권하므로 주인은 과객의 말에 못 이겨 드디어 면례를 행하였다. 그런데 몇 달이 지난 뒤에 상처喪妻를 당하였다. 면례한 뒤에 또 상처를 당하였으므로 슬프기가 전보다 몇 갑절이나 더하였다.

홀아비에 자식도 없는 데다 집안일을 주관할 사람이 없으므로 장사를 지낸 뒤에 곧 재취再娶를 하게 되었다. 전번의 과객이 또 와서 먼저 물었다.

"그 사이에 상처하고 재취를 하였소이까?"

"그렇소. 당신 말씀을 듣고 경솔하게 면례를 했다가 또 상처를 당하였으니 작은 낭패가 아니오. 무슨 낯으로 또 찾아왔소?"

과객이 웃으며 말했다.

"전번의 면례는 오로지 아들을 낳기 위한 것이었소. 전번 상처의 슬픔이 있지 않고서 어찌 훗날 득남得男의 경사가 있겠소?"

과객은 그 집에서 며칠을 머물다가 날을 정해주며 주인에게 말했다.

"이날 밤에 내실內室에서 자면 반드시 아들을 낳을 것이오."

과객은 떠날 때 훗날을 기약하면서 말했다.

"기약한 달에 아들을 낳으면 그때 내 다시 와서 보리다."

주인이 과객의 말대로 하였더니 과연 득남하였다. 과객이 언약言約한 날에 또 와서 기쁜 안색으로 마루에 올라와 말했다.

"주인장은 아들을 낳았소?"

"그렇소이다."

과객은 좌정坐定하며 먼저 갓난아이의 사주四柱를 보고 말했다.

"이 아이는 반드시 장수할 것이니 잘 기르시오. 이 아이의 혼처婚處는 내가 중매를 서리다."

주인은 인사치레로 하는 말인 줄 알고 믿지 않았다. 그 아이가 자라 열너댓 살이 되자, 그 과객이 한동안 오지 않다가 갑자기 와서 말했다.

"자제를 잘 길렀소?"

주인이 곧 아들을 불러내 보이자 과객은 말했다.

"정혼定婚하였소?"

"아직 정하지 못하였소이다."

과객이 떠나려 할 때 사주단자를 청하며 말했다.

"연전에 중매 서겠다는 약속을 기억하시오?"

주인은 과객의 말이 대체로 적중하였기에 드디어 사주단자를 써주었다. 오래지 않아 과객은 또 택일을 담은 연단涓單을 전하였다. 주인은 이미 그 과객의 한결같은 성실함을 믿었으므로 조금도 의심하거나 염려하지 않고 문벌이 어떠한지, 규수가 어떠한지 물어보지도 않고서 혼구婚具를 챙겨 과객과 함께 동행하였다. 한나절을 갔는데 점점 깊은 골짜기 속으로 들어가는 것이었다. 주인이 과객을 돌아보며 언짢아했다.

"당신은 어찌 이렇게도 심하게 사람을 속입니까?"

"당신과 무슨 혐의가 있다고 속이겠습니까?"

마침내 한 집에 이르게 되었다. 산은 감돌고 길은 깊숙한데, 높은 봉우리 위에 몇 칸의 초가집이 있을 뿐이었다.

그날이 바로 혼인날이었다. 마당에는 대충 자리가 깔려 있고 노인 하나가 나와서 접대하였는데, 그가 바로 사돈 될 사람이었다. 주인은 마음이 몹시 불쾌하여 거기까지 따라온 것을 후회하였으나 과객은 자리에 앉아 수작酬酌하며 조금도 혐의하거나 부끄러워하는 기색이 없었다.

주인이 부득이 예단禮緞을 들이고 초례醮禮를 치른 뒤에 신부의 모양을 보았는데, 용모容貌와 범절凡節이 고루하고 촌스러워 한 가지도 맘에 드는 것이 없었다. 주인은 조금도 마음에 차지 않아 걱정하는 내색을 겉으로 나타냈다.

조금 후에 그 노인이 과객과 함께 신랑의 아버지에게 말하였다.

"대사大事를 다행히 잘 마쳤습니다. 딸아이가 이미 출가하였으니 친정에 있을 필요가 없습니다. 또한 우리집은 가난해서 실로 먼 길에 차려 보낼 형편이 못 되니, 존좌尊座께서는 오늘 바로 데리고 가셔야 하겠습니다."

신랑의 아버지는 못한다고 할 수가 없어서 과객이 타던 말에 그 신부를 태워 데리고 와야만 했다.

온 집안이 며느리의 모양을 보고 놀라 탄식하지 않은 자가 없었다. 아래로 비복들까지도 모두 멸시蔑視하고 박대薄待하는 눈치였다. 그러나 며느리는 조금도 변하는 기색이 없이 오로지 한 방에 거처하며 감히 집안일에 간여하지 않았다. 그런데도 친정의 소식을 자못 잘 알고 있었다. 시부모는 그 일을 두고 이상하게 여겼다.

하루는 노부부가 상의하였다.

"우리는 늙어서 미곡의 출납과 전답의 경작을 총괄하여 점검할 수가 없으니, 아들 내외에게 전담시키고 가만히 앉아서 얻어먹으며 여생을 보내는 것이 좋지 않겠소?"

그리고 곧 집안일을 모두 아들 내외에게 전담시켰는데, 며느리는 조금도 마다하지 않았다.

며느리는 마루에서 내려가지 않고서도 사내종이 농사짓고 계집종이 길쌈하는 일을 지휘하였는데 뚜렷하게 조리가 있었고, 날씨가 흐리고 맑고 바람 불고 비오고 하는 것을 미리 알았다. 한 되의 쌀과 한 자의 베도 감히 그녀 앞에서는 속이지 못하였다. 이리하여 2, 3년 사이에 가산이 점점 일어났다. 그래서 집안과 이웃 마을에서 모두 경이驚異롭게 여겨 비로소 어진 부인임을 알게 되었다. 시부모도 애지중지하였고, 그 과객이 보통 사람이 아니라는 것을 비로소 깨달았다.

하루는 며느리가 시아버지에게 말했다.

"연세가 이미 칠순이시니, 가만히 앉아서 무료하게 지내지 마시고 날마다 동네 친지들과 모여서 즐겁게 보내십시오. 당일의 음식은 이 며느리가 장만해 드리겠으니, 그렇게 재미있게 세월을 보내시는 것이 어떻겠습니까?"

"나도 그렇게 하고 싶어 한 지 오래였는데, 이제 네가 말하니
어찌 좋지 않겠느냐?"

이후로 이웃 노인들을 불러 모으니, 신발이 수북하고 웃음소리
가 넘쳐났으며, 음식은 날이 갈수록 더 푸짐하였다. 어느덧 4년이
란 오랜 세월을 계속하고 보니, 땅 한 조각 남김없이 가산을 탕진
하였다.

며느리가 그 시부모에게 말했다.

"지금 가산을 탕진하여 남은 땅이 없습니다. 이곳에서 오래 살
수 없으니, 저의 친정 동네로 이사하면 자연 풍족하게 살 방법이
있을 것입니다."

그 시부모는 며느리를 전적으로 믿고 일의 대소大小를 막론하
고 어김없이 모두 따랐다.

"우리는 이제 늙어서 네가 하자는 대로 할 뿐이다. 생전에 배고
픔이 없는 것이 상책이니, 만약 좋은 방법이 있다면 네 마음대로
하여라."

며느리가 이에 가산과 전토를 다 팔아서 가족과 노비를 거느리
고 그 친정 동네로 이사하였는데, 예전에 중매를 섰던 과객이 이
미 와서 기다리고 있었다.

며느리가 이사 온 이후로 산업을 경영하여 재력이 점점 넉넉해
졌다.

시부모는 오랫동안 산중에만 있으려니 답답함을 견디지 못하

여 고향으로 돌아갈 생각을 하였다. 그러자 며느리가 시부모에게 청하여 함께 산에 올라가니, 산 너머에서 '쿵쿵'하는 소리가 났다. 시부모가 놀라며 물었다.

"저게 무슨 소린가?"

"나라에 난이 일어났습니다. 왜적이 팔도八道에 그들먹하여 지금 저 아래 고을에서 싸우기 때문에 소리가 나는 것입니다."

"우리 동네는 어떻게 되었는가?"

"우리가 살던 집은 이미 불타버리고, 동네 사람은 도망가거나 혹은 죽거나 하였으며, 가까운 지경이 다 어육魚肉이 되었습니다."

"그렇다면 너는 난이 있을 것을 미리 알고 기회를 보아서 우리 가족을 이끌고 여기로 들어온 것이냐?"

"비록 미물微物이라 하더라도 모두 천기天機를 알고 비와 바람을 피하는데, 사람으로서 어찌 알지 못하겠습니까?"

그러자 시부모는 크게 감탄하였다.

"기이한 며느리로다. 기이한 며느리로다."

그리고 이후로는 다시 고향에 돌아갈 마음을 품지 않았다. 산중에 들어온 지 8, 9년 뒤에 며느리는 가족을 데리고 밖으로 나와 농사를 지어 다시 가산을 이루고 아들을 낳아 장가를 들였으니, 그 자손들이 지금 영남에 번성하다 한다. ≪해동야서海東野書≫

26. 이절부李節婦의 삶과 죽음

이절부는 충무공忠武公 이순신李舜臣의 후손이다. 온양溫陽에서 생장生長하여 청주淸州로 시집가서 병마절도사兵馬節度使를 지낸 민閔 아무개의 손자며느리가 되었다. 그런데 신랑을 맞아 초례를 올리자마자 신랑이 본가로 돌아가서는 세상을 떠났다. 절부는 미처 신행新行도 하기 전에 갑자기 흉보凶報를 접하자 식음을 전폐하였다.

친정 부모는 그를 가엾게 여기고 위로하였으며, 좌우에서는 그에게 불상사가 생길까 염려되어 엄하게 지켰다. 절부는 친정 부모에게 청하였다.

"저는 겨우 비녀를 견딜 나이인데 이처럼 지아비를 잃는 슬픔을 당하였으니 사는 것이 죽는 것만 못합니다. 그래서 죽기로 맹세하였었는데, 다시 생각해보니 시댁에는 시부모가 계시지만 봉양할 사람이 없고 또 남편의 초상을 치르고 제사를 받드는 일을 그 누가 하겠습니까? 제가 책임 없이 함부로 죽는다면 남의 며느리 된 도리가 아닙니다. 그러니 달려가서 치상治喪을 한 뒤에 일가붙이 중에서 양자를 구하여 시댁에 후사 끊어지는 탄식이 없게 하는 것이 제 책임이 아니겠습니까? 원컨대 속히 떠날 채비를 차려주십시오."

친정 부모는 그 말을 듣고 나이는 비록 어리지만 말이 바르고 이치에 맞아 그대로 하려고 하다가 혹시 자결할까 염려되어 망설이고 결정하지 못하였다. 그러자 절부가 말했다.

"의심하시지 마세요. 저는 이미 결심한 바가 있으니 자결하는 일은 절대로 없을 것입니다."

절부는 이렇게 말하고 나서 울기도 하고 애원하기도 하였다. 부모는 그 성의를 가상히 여기고 드디어 행장行裝을 꾸려서 보냈다.

묘령에 청상과부青孀寡婦가 된 그녀는 시가로 온 날부터 시부모를 효성으로 섬기고 제사를 정성껏 받들었으며, 집안일을 주관하고 노복을 거느리는 데에 매우 조리가 있었으므로 친척들은 모두 그녀를 현부賢婦라고 칭찬하였다.

3년이 지난 뒤에 그녀는 민씨 일가 중에서 양자를 구하였다. 몸소 찾아가 짚자리 위에 꿇어앉아 애걸하다시피 하여 비로소 양자를 얻어 온 다음, 스승을 맞아다가 열심히 공부를 시켰

신윤복申潤福 〈낟알 고르는 여인〉

다. 그리고 양자가 장성하자 신부를 맞아 들였다.

10여 년 뒤에 시부모는 모두 천수를 마쳤다. 그러자 절부는 몹시 슬퍼하였고 예를 갖추어 상을 치러 집 후원의 기슭에 묘를 쓰

고 석물石物을 갖췄으며, 3년 동안 제전을 모두 몸소 갖추어 올리면서 온갖 정성을 다하였다. 복服을 마치고 나서 하루는 새 옷을 지어 입고 그 아들 내외와 함께 묘역에 올라가서 성묘를 한 다음 집으로 돌아와서 시부모의 사당에 배알拜謁하고 집안을 깨끗이 청소하였다. 그리고 자기 방으로 돌아와서 아들 내외를 불러다가 집안일을 물려주면서 말하였다.

"너희 부부는 이제 이미 일가를 이루었고 또한 아들도 두었으니 족히 집안일을 주관할 만하다. 또한 제사를 받들고 손님을 대접하는 일까지 내가 간섭하지 않아도 모두 이미 익숙한 터라 이제부터 집안일을 너희 내외에게 전담시킬 것이니, 반드시 비용을 절약해서 쓰고 밤낮으로 게을리하지 말고 집안의 법통法統을 실추시키지 않도록 힘써주기 바란다."

아들과 며느리는 갑자기 이 말을 듣고 그 까닭을 알지 못한 채 밤이 깊어지자 각각 처소로 돌아왔다.

절부는 남편이 죽었다는 소식을 듣고 달려올 때 작은 병에 넣어 가지고 와서 남모르게 베개 곁에 감춰놓았던 독약을 꺼내었다. 그리고 깊은 밤 아무도 없는 틈을 타서 그 독약을 마시자 잠시 후에 목숨이 끊어졌다.

곁에서 모시고 시중들던 여종이 급히 달려가서 아들과 며느리에게 알렸다. 아들과 며느리가 허겁지겁 들어가 보았더니, 곁에 병 하나가 놓여 있고 그 병에서는 약물이 뚝뚝 떨어지고 있었다. 그리고 절부는 이불을 깔고 옷을 단정히 입은 채 누워 있었는데 이미 손을 쓸 수가 없었다.

아들 내외가 깜짝 놀라 통곡을 하다 종이 두루마리 하나가 침상 앞에 놓여 있는 것을 발견하고 펴 보았더니, 바로 유언遺言을 적은 것이었다. 한 장에 열 줄씩 작은 글씨로 썼는데, 맨 처음에는 남편이 죽었을 때 쓰라렸던 고통을 적고 그 다음은 사대부가 행해야 할 법도를 적었으며, 그 다음은 집안을 다스리는 규범을 기록하였다. 그리고 그 다음은 노비와 전답문서의 숫자를 기록하되 하나도 빠짐없이 상세하게 기록하였다. 그리고 맨 끝에는 이렇게 말하였다.

"내가 슬픈 소식을 듣던 날 죽지 않았던 것은 차마 민씨의 후사가 끊어지는 것을 볼 수가 없었고 또한 시부모가 의지할 데 없는 것을 염려하였기 때문이다. 이제는 모든 일을 부탁할 사람을 얻었으니 나의 책임을 다한 것이다. 어찌 구차하게 실낱같은 목숨을 연장시킬 수 있겠느냐? 장차 지하에 가서 가군家君을 만나볼 뿐이다."

아들은 초상을 치르고 선군의 묘소에 부장附葬하였다. 그리고 한결같이 유언을 준수하여 집안을 잘 다스렸다. 그러자 고을 사람들은 모두 그를 칭찬하였고 원근에 있는 사람들이 글을 써서 서로 통보하니 절부의 열행烈行이 임금에게까지 알려져서 정려문旌閭門을 지어주게 되었다.　　　　　　《동야휘집東野彙輯》

27. 처녀 과부의 사랑과 효심

남대문 밖 도저동桃楮洞에 사는 권사문權斯文은 성균관成均館에 글공부를 하러 다녔다. 하루는 성균관대사성成均館大司成이 주관하는 승보시陞補試를 보려고 새벽에 반촌泮村(성균관 근처의 마을)으로 들어가다가 도중에 소나기를 만났다. 마른 신에 갈모(비 올 때 갓 위에 쓰는 우장雨裝)가 없었기 때문에 위아래가 젖어 길을 갈 수가 없었다. 그래서 길가 어느 한 초가 추녀 밑에서 비를 피하고 있었는데 비가 오래 그치지 않아 이러지도 저러지도 못하고 있었다.

"불이 있으면 담배나 한 대 피울 텐데."

별 생각 없이 혼잣말로 중얼거렸는데 조금 후에 머리 위에서 들창 여는 소리가 났다. 머리를 들어 쳐다보니 한 젊은 부인이 불을 내주며 말하는 것이었다.

"어떤 양반이 담뱃불 걱정을 하셨나요? 지금 불을 내보내니 담배를 태우세요."

권사문은 불을 받아 담배를 피웠다. 잠시 후에 또 창문 안에서 부인이 말을 건네왔다.

"비가 이처럼 그칠 줄 모르니 축축한 땅에 오래 서 계실 필요 없이 주저 마시고 잠깐 안으로 들어와 앉으세요."

권사문은 매우 심란하던 참이었고 또 무방하다 싶어 그 말대로 문을 밀고 들어갔다. 부인은 나이가 스물너댓쯤 되어 보였는데 소복이 정결하고 용모가 단정하며 말씨나 행동거지가 공손하고 자상하였으며, 더불어 말하는 데 조금도 부끄러운 기색이 없었다.

조금 후에 비가 개어서 권사문이 몸을 일으켜 문을 나서자, 그녀가 권사문에게 말했다.

"이제 과장科場에 다녀오시자면 필시 날이 저물어 성문이 닫혀서 집에 가실 수가 없을 것이니 돌아가시는 길에 들르는 것이 어떠하신지요?"

"그러지요."

권사문이 과장을 다녀온 뒤에 그 집을 들렀더니, 과연 저녁을 차려놓고 기다리고 있었다. 권사문은 저녁을 들고 머물게 되었다.

권사문은 한창 젊은 나이로 밤에 젊은 미녀를 만난 데다가 주위엔 사람도 없고 풍정風情이 일어나는데 어찌 헛되이 보냈겠는가. 이내 동침同寢을 하게 되었다. 그런데 여자는 별로 기뻐하는 기색도 없고, 그저 쓸쓸히 한숨을 지을 뿐이었다.

권사문이 물었다.

"무슨 연고로 그런 인상을 하시오?"

그러나 그녀는 끝내 속내를 털어놓지 않았다. 그 뒤로 권사문이 그 집을 내왕한 지 몇 달이 되어갔다.

하루는 권사문이 그 집에 들어서려고 하는데 금관자에 창의氅衣를 입은 어떤 노인이 문턱에 걸터앉아 있었다. 권사문은 부쩍 의아스러워서 주저주저하며 감히 들어가지 못하였다. 그러자 그 노인이 그 모습을 보고는 몸을 굽혀 인사를 하고 말했다.

"행차께선 도저동 권서방님이 아니신지요? 왜 들어오지 않고 계시나요?"

노인은 권사문을 데리고 들어와서 말했다.

"서방님께서 우리 집에 왕래하시는 것을 알고도 저는 시장의 장사치로 생활에 매달리다 보니 집에 붙어 있을 수가 없었습니다. 오늘에야 비로소 문안을 드리게 되었으니 결례가 많습니다."

"그러면 주부와는 어떤 관계인가요?"

"제 며느리입니다. 제 자식이 15세에 혼인해서 미처 합궁合宮도 못하고 죽었지요. 저 애가 금년 나이 스물넷인데 비록 혼인은 했다지만 아직 음양陰陽의 이치를 몰라 늘 측은한 마음을 갖고 있었습니다. 무릇 천지간에 사는 만물은 제 아무리 미물微物이라 할지라도 모두 음양의 이치를 아는데 저 애만 유독 몰라 제가 항상 개가改嫁하기를 권했습니다. 그런데 권할 때마다 그 애 말이 만약 개가를 하면 늙은 이 몸이 의지할 데가 없다고 끝내 듣지 않더군요. 지금까지 8, 9년이 되도록 한결같이 수절守節해왔습니다. 서방님이 전일 왕래하시던 일은 저 애가 벌써 말하였습니다. 저 역시 소원을 이룬 것이 너무나 반가워서, 한번 뵙고자 한 지 이미 오래였습니다. 그런데 오늘에야 상봉하게 되었으니 만남이 너무 늦었습니다."

이후부터 권사문은 아무 거리낌 없이 왕래하였다. 권사문은 본부인이 죽었을 때 초상 치를 물건들을 각 시장에서 외상으로 가져다 쓰고 미처 갚지 못하고 있었다. 오랜 뒤에 돈을 마련해 가지고 직접 갔더니, 각 시전 상인들이 말했다.

"일전에 반촌 아무 동지同知가 돈을 가지고 와서 댁의 외상을 전부 갚고 갔습니다."

그 뒤 3년 만에 아무 동지란 그 노인은 병으로 죽었다. 염습殮襲 등 초상을 치르는 모든 범절을 권사문이 몸소 주관하여 유감이 없이 마쳤다. 교외에 장사하고 막 삼우제三虞祭를 마친 뒤 졸곡卒哭을 지났을 때, 그 여자의 안색이 갑자기 처참해 보였다. 권사문은 무척 수상쩍게 생각되어 조용히 캐물으니 그녀가 말했다.

"제가 이 세상에 태어나서 음양의 이치를 몰랐는데 시아버지께서 항상 권하셨습니다. 지난번 서방님을 맞아들이게 된 것은 시아버지 때문이었습니다. 이미 음양의 이치를 알았으면 그날로 죽어도 조금도 여한이 없습니다만 시아버지께서 다른 자녀가 없이 오직 제 한 몸만을 의지하고 계시는데, 만약 제가 죽고 나면 시아버지의 신세가 너무도 가련하시겠기에 오늘까지 참았었지요. 이제 시아버지께서 천수를 다해 별세하시고 장례도 이미 마쳤는데 제가 다시 무엇을 바라고 세상에 오래 머무르겠습니까? 이제 서방님과 영영 결별하려 합니다."

권사문은 깜짝 놀라며 백방으로 타일렀으나 끝끝내 마음을 돌리지 않고 결국 권사문이 없는 사이에 스스로 목을 매어 죽었다.

≪해동야서海東野書≫

28. 개돼지는 겨를 먹는 것이 마땅하니라

서울에 정鄭씨 성을 가진 부자가 있었다. 그는 문필文筆에 종사하였지만 성격이 활달하여 사소한 행실까지 조심하는 사람은 아니었다.

나이 50을 넘겨 아내를 잃고 크게 한숨을 내쉬며 푸념을 하였다.

"내 딸이 셋이고 또 부모 없는 조카도 있는데, 나이 50이 넘은 백발의 늙은이가 신랑 노릇을 하여 남의 비웃음을 살 수도 없는 노릇이고, 그렇다고 첩을 거느려 가정을 어지럽힐 수도 없는 노릇이니, 조카가 장성하기를 기다려 가사家事를 맡기는 것이 좋겠다."

세 딸들은 아버지의 의향을 짐작하고 서로 의논하였다.

"인仁이라는 녀석만 없으면 우리 집 허다한 재산이 저절로 우리들에게 굴러들 판인데, 공연히 남의 손에 넘어가게 생겼어. 그렇게 되면 우리는 국외局外 사람이 되고 말 것이니, 얼마나 억울한 노릇이야. 그놈을 내쫓을 방법을 생각하지 않을 수 없다."

인仁은 곧 그들 사촌 남동생의 이름이었다.

이런 말이 오간 뒤로 세 딸들이 번갈아 입방아를 찧어 인을 헐뜯으니 인을 대하는 정씨의 태도가 사뭇 달라져갔다.

인은 마음속으로 헤아렸다.

'나는 불행히 조실부모早失父母하고 숙부에게 의탁하였으니 아버지가 없는 놈이 아버지를 둔 것이다. 그런데 나를 사랑하는 숙부의 마음이 전만 못하니, 그것은 여러 누이들의 이간질 때문일 것이다. 누이들의 이간질은 재물이 내게 돌아갈까 두려워서겠지. 내가 만일 미련을 버리지 못하다가 끝내 생각지도 못한 화를 당할지 모를 것이다. 재산이 아무리 귀중하다지만 목숨만 하겠는가? 내 삼가 피신을 해서 동정을 살펴보리라.'

그리고 나서 숙부에게도 고하지 않고 도망하고 말았다.

정씨는 세 딸의 입방아에 말려들어 그 까닭도 알아보지 않고, '인이가 도망갔으니, 내 살림을 맡길 사람이 없다. 차라리 딸 셋에게 고루 분배해주고, 몸을 의탁하여 한가로이 여생을 마치는 편이 좋겠다.'고 생각하였다. 이에 딸 셋을 시집보내고 집과 토지를 전부 딸들에게 나눠주었다.

먼저 큰 딸에게 가서 의탁하니 몇 달 지나자, 큰 딸이 조용히 말하였다.

"아버지가 제게 와 계시는 게 좋지 않은 것은 아니오나, 위로 시부모가 계시고 밑으로 동서들 눈이 있어서 저 역시 자유롭지 못하니 실로 불편이 많습니다. 잠깐 동생집에 가 계시면 어떠실지요?"

정씨는 큰 딸의 마음을 짐작하고 힘없이 대답했다.

"네 말이 그러하니 안 갈 수 있겠느냐?"

두 딸네 집에 가서도 역시 얼마 못 가서 두 딸 입에서도 판에 박은 듯한 말이 나왔다. 정씨는 동서남북으로 떠돌아다니다 보니 의관이 남루해지고, 입에 풀칠조차 하기 어려웠다. 속에서 분통이 복받쳐 올랐다.

'내가 워낙 세상 일에 소활한 탓으로 이같이 궁지에 몰려서 정처 없이 떠도는구나. 살아서 무엇하랴. 차라리 죽는 것이 속 편하겠다.'

정씨는 비상砒霜을 숨겨 가지고 창의문彰義門 밖으로 걸어 나갔다. 이때 길에서 어떤 나무꾼이 절하며 안부를 묻는데 자세히 보니 인이가 아닌가! 정씨는 전혀 뜻밖이라 깜짝 놀랐다.

"아니 네가 웬일이냐? 어째서 여기서 이런 고생을 하고 있느냐?"

인이는 눈물을 흘리며 대답하였다.

"소질小侄이 아무리 돼먹지 않은 놈이기는 하지만, 어찌 자식처럼 사랑하시는 숙부님의 은혜를 몰랐겠습니까? 전날 제가 집을 나온 것은 누이들로부터 화를 입을까 두려워서였습니다."

인이는 사촌 누이들이 무함했던 일들을 이야기하고 나서 덧붙였다.

"요사이 아무 재상댁 하녀에게 장가들어 그댁 행랑에 붙어 있으면서 땔나무를 팔아 살아가고 있습니다. 처의 인품이 아주 양순하므로 몸은 비록 고되나 마음만은 편안합니다."

정씨는 이야기를 들으면서 눈물을 줄줄 흘렸다.

"네가 집을 나간 뒤로 나의 고생이 너보다 열 곱은 더 했단다."

정씨는 자결할 마음을 먹은 것까지 이야기했다. 조카는 눈물을 훔치며 숙부를 꼭 붙잡고 자기 거처로 모시고 와서 아내에게 절하고 뵙게 하였다. 그리고 그날부터 숙부를 자기들의 거처에 모셨다. 조카는 땔나무를 팔고 질부姪婦는 조석 시중을 들었는데, 여러 해가 지나도록 조금도 싫어하는 내색이 없었다.

정씨는 세월이 지날수록 차츰 주인 재상과도 친분이 생겨 그 집 일을 보살피게 되었다. 얼마 후 재상이 평안감사平安監司로 나가자 정씨에게 사무를 맡겼다. 정씨는 소임을 다하면서 막부幕府에서 생긴 것들을 꼼꼼히 모아서 조카에게 보냈다. 조카는 그때마다 하나도 축내지 않고 치부책에 적어서 간직해두고 숙부가 돌아오기를 기다렸다.

이때 세 딸은 비로소 아버지가 평양감영에 있다는 소식을 듣고 편지를 보내 각기 그곳 토산물을 요구하였으나, 정씨는 비웃으며 회답도 안 해주었다.

정씨가 서울로 돌아오는 날, 세 딸은 각기 진수성찬을 장만해 들고 교외로 아버지를 마중 나오고, 그 조카도 숙부를 맞이하기 위해 탁주를 받고 달걀을 안주 삼아 패랭이에 짤막한 두루마기를 걸치고 나와서 사촌 누이들과 만났다. 여러 누이들이 책망하였다.

"너는 무슨 일로 이유 없이 도망쳤다가 이 꼴을 하고 다시 무슨 면목으로 나타났니? 어서 으슥한 곳으로 피해서 남부끄럽잖게 하여라."

이윽고 정씨 행차가 당도했다. 세 딸은 아버지를 13년 만에 보는 것이었다. 서로 멀리 떨어져 내심 그리웠노라고 떠벌리며, 객지의 노고도 위로하고 술과 안주를 권하였으나, 정씨는 체증滯症

을 핑계로 젓가락도 들지 않았다. 이야기가 오가는 중에 조카가
와서 뵈었다. 정씨가 물었다.

"넌 무얼 가지고 왔느냐?"

그러면서 내놓게 하여 조카의 박주소찬薄酒素饌을 드는 것이었다.

"아버지, 왜 좋은 술은 마다하시고 탁주濁酒를 드셔요?"

"탁주가 먹고 싶구나."

정씨는 종자從者를 시켜 세 딸에게 고리짝 한 짐씩을 주면서 말
했다.

"너희들을 위해 구한 토산물이 이 안에 가득 들었다. 너희 친척
들에게 자랑하고 써라."

딸들이 받아들고 가서 열어보니 겨만 가득하였다. 책자 하나
가 위에 놓였는데 자식을 키운 수고로움을 쓰고, 끝에 가서 '너희
들은 진짜 개돼지이니 모름지기 겨를 먹는 것이 마땅하니라.'고
했다.

그 후 세 딸이 자기들의 허물을 뉘우치고 사죄했으나, 정씨는
세력이 있으면 아부하고 권세가 없어지면 푸대접하는 딸들의 염
량세태炎凉世態를 더욱 미워하여 끝내 상견하지 않고, 결국 조카
와 더불어 그 질부姪婦를 속량贖良시켜 가업을 일으키고 여생을
마쳤다.   ≪파수록罷睡錄≫

29. 초막草幕에 찾아든 첩자諜者

유거사柳居士는 안동 사람으로 영의정을 지낸 서애西厓 유성룡柳
成龍의 숙부였다. 못생긴 용모에 행동거지는 세상 물정을 몰랐으
며, 평소에 말도 잘 하지 않고 잘 웃지도 않았다.

그는 초막 한 채를 지어놓고 문을 닫고 들어앉아서 책만 보았
다. 그러므로 서애는 그를 한낱 어리석은 사람으로만 여길 뿐이었
다. 그런데 하루는 거사가 서애에게 말하는 것이었다.

"자네는 나하고 바둑이나 두며 소일消日하겠는가?"

서애는 바둑솜씨가 뛰어났고 일찍이 숙부가 바둑을 두는 것을
한 번도 본 적이 없었다. 그래서 선뜻 대답하였다.

"숙부께서도 바둑을 둘 줄 아십니까?"

그래서 함께 바둑을 두었는데, 서애가 연달아 세 판을 내리 지
자 놀라며 이상하게 여겼다. 그러자 거사가 말하였다.

"이제 그만두세. 오늘 저녁에 중 하나가 필시 자네 집으로 올
것이니 나의 초막으로 보내게."

서애는 그가 중이 올 것을 미리 안 것에 대해 마음속으로 괴상
히 여기면서 그저 건성으로 '그렇게 하겠다.'고 응답할 뿐이었다.
그런데 저녁 무렵 과연 어떤 중이 찾아 와서 스스로 '묘향산妙香
山에 머물고 있는데 하룻밤 자고 가기를 원한다.'고 말하는 것이

었다. 서애는 숙부의 말이 꼭 들어맞은 것을 괴상히 여기고 중에
게 저녁밥을 대접해서 초막으로 보냈다. 그 중이 오는 것을 본
거사는,

"나는 선사禪師가 올 줄 알았네."

하고 말하니, 그 중은 깜짝 놀라며 말했다.

"어떻게 알았습니까?"

"아까 내 조카집에 들어가는 것을 보았기 때문에 반드시 이 고
요한 곳으로 와서 잘 것이라는 것을 예측하였던 것이네."

그러고 나서 거사는 수작酬酌하지 않고 그대로 코를 골고 잤다.
그 중도 코를 골고 잠이 들었다. 거사가 몰래 그 중이 지고 온 바
랑을 열고 보니, 그 속에는 동국지도東國地圖 한 부와 관방關防의
요해처要害處며 진번鎭藩의 험하고 평이한 것이며 인물과 군량과
무기 등에 대하여 세세히 기록한 책이 있었고, 또 단검 한 쌍이
있었는데 매우 예리한 칼이었다. 거사는 그 칼을 가지고 중의 배
위에 걸터앉아서 중의 이름을 불렀다.

"청정淸正아! 너는 네 죄를 아느냐?"

중이 놀라 깨어보니 시퍼런 칼이 자기의 머리를 향해 내려오고
있는 것이었다. 그러자 중이 말했다.

"소승은 죄가 없으니 하찮은 목숨을 살려주시기 바랍니다."

"바랑 속에 동국지도를 넣어 가지고 다니는 것은 네 죄가 아니
며, 세 번이나 조선朝鮮에 들어온 것도 네 죄가 아니냐? 우리나라
를 마치 아무도 없는 것처럼 넘보는 것이 어찌 네 죄가 아니냐?"

거사가 죄를 따지자 그 중은 입을 다물고 말을 하지 못하였다. 그러다 결국은 애걸하는 것이었다.

"만일 실낱같은 이 목숨을 살려주시면, 곧 바다를 건너가 결초보은結草報恩을 도모할 것입니다."

거사는 길이 한숨을 내쉬며 탄식하였다.

"우리나라에 7년의 액운厄運이 있는 것은 천운이다. 내가 너 같은 무리를 죽이는 것은 마치 고추부서孤雛腐鼠(미천한 사람이나 천한 물건을 비유하여 이르는 말)를 죽이는 격이니 무익한 일이다. 내 지금은 네 목숨을 살려줄 것이나 후일에 왜인倭人이 안동安東 땅에 한 걸음이라도 들어오면 모조리 죽여버릴 것이다. 너는 서둘러 바다를 건너가거라."

그 중은 '네, 네' 하고 곧 일어나 가버렸다.

임진왜란 때 팔도八道가 유린을 당하였으나 안동만은 병화兵禍를 면하였으니, 그것은 곧 거사의 공이었다. ≪청구야담靑邱野談≫

30. 의기義妓 논개論介와 낙화암落花巖

논개는 진양晉陽(진주의 옛 이름) 기생이다. 임진년에 왜적이 진양성晉陽城을 칠 때 상락군上洛君 김시민金時敏이 성을 지키며 여러 차례 이겨 왜적 수만 명을 죽이니 왜적이 끝내 감히 호남湖南을 엿보지 못하고 돌아갔다.

이듬해 계사년 6월에 왜장 가등청정加藤淸正이 풍신수길豊臣秀吉의 지시를 받고 진양에서 당한 수치를 반드시 씻고자 군사 10만 명을 거느리고 와서 포위하였다.

이때 경상병사慶尙兵使 최경회崔慶會, 충청병사 황진黃進, 창의사倡義使 김천일金千鎰, 김해부사金海府使 이종인李宗仁, 복수장復讐將 고종후高從厚, 사천현감泗川縣監 장윤張潤 등의 제공諸公은 성안으로 들어가서 지켰는데, 홍의장군紅衣將軍 곽재우郭再祐만은,

"이 성은 왜적이 반드시 쟁탈을 노리는 곳으로 호남과 영남의 요충지인데, 고립된 군사가 강한 적을 만나면 반드시 패하고 말 것이다."

하고 끝내 성안으로 들어가지 않았다.

제공은 촉석루矗石樓에 모여서 생사生死를 함께하기로 서약하고 의기충천義氣衝天한 기백으로 일을 논하였다.

왜장이 명령을 내렸다.

"작년 참패에 대한 보복 기회는 바로 오늘이다. 이 성을 파멸시키지 않고서는 맹세코 발길을 돌리지 않을 것이다."

왜장의 명령에 따라 왜병들은 백방으로 성을 공략하였다. 10여 일 만에 성이 함락되어 성안에 있던 사람 6만 명이 같은 날 죽었으며 제공은 모두 남강南江에서 죽었다.

이때 논개가 곱게 단장하고 왜장 중에서 가장 걸출한 자를 찾아갔다. 논개가 거짓으로 갖은 애교를 부리자 왜장은 기뻐 어찌할 줄을 몰랐다. 왜장이 겁탈하려고 하자 논개는 따르지 않고 부드러운 말로 왜장을 유인하여 강가 바위 위로 걸어가서 함께 춤을 추었다. 이 바위는 강언덕에 솟아 있어 3면이 모두 깊은 연못으로 둘러 있었다. 논개가 드디어 왜장의 허리를 안고 강 속으로 떨어지자 왜적들은 크게 놀랐다.

난이 평정된 뒤에 논개를 '의기義妓'라 정표하고 강가에 사당을 지어 제사 지내며 그 바위를 '의기암義巖'이라 이름하고 '일대장강천추의열一帶長江千秋義烈'이란 여덟 글자를 새겼다. 그 바위를 또한 '낙화암落花巖'이라 이름하니, 대개 논개가 강물에 빠진 것을 떨어지는 꽃에 비유한 것이라 한다.　　　　≪청구야담靑邱野談≫

31. 임금과 세 신하의 대화

조선 영조英祖 때 세 대신이 말한 상쾌한 일은 오늘날까지 미담
美談으로 전해지고 있다.

어느 날 영조 임금이 편전便殿에 나가니, 세 대신이 입시入侍하
였다. 영조 임금이 세 대신에게 명하여 예전에 겪었던 상쾌한 일
을 하나씩 각각 이야기하게 하였다.

한 대신이 아뢰었다.

"신臣은 15세에 장가를 들었는데 혼인날이 바로 과거 보는 날
이었습니다. 동접同接에게 정권星券(시권을 시관試官에게 올리는 것)을
부탁하고 처가에 가서 혼례婚禮를 행하였습니다. 신방新房에 들어
가 신부와 함께 자고 있을 때 과거의 합격을 전하는 방군榜軍이
대문 밖에 와서 여종을 한없이 불러댔습니다. 안팎이 소란하여 잠
에서 깨어나지 않은 사람이 없었습니다. 처부모妻父母는 기쁨을
이기지 못하여 '새 사위가 과거에 뽑혔는데 어찌 기쁘지 않겠는
가. 신랑이 깊이 잠든 모양이니 깨워야 되겠다.' 하고 장인丈人이
신부의 방문 밖에 가까이 와서 '새 사위 자는가? 자네가 이번 과거
에 뽑혔네.' 하였습니다.

신은 알고도 모르는 척하며 잠자는 체했더니, 신부는 이미 잠
에서 깨었으나 체면에 구애되어 감히 말을 못하고 조급함을 견딜

수 없는 듯 몸을 요동하였습니다. 그러나 신이 꽉 껴안고 있었기 때문에 팔을 뺄 수가 없었습니다. 어찌할 수 없자 가냘픈 소리로, '낭군郎君님, 등과登科했대요. 일어나세요. 일어나세요.' 하는 것이었습니다. 신이 이 말을 들을 때의 그 쾌족快足함은 무어라 형언할수 없었으니 일생의 쾌락이 이보다 더한 것이 없었습니다."

그러자 영조 임금은 고개를 끄덕였다.

"과연 쾌족한 일이구면."

또 한 대신이 아뢰었다.

"신이 갓 벼슬한 뒤에 영남을 살피라는 어명御命을 받들고 허겁지겁 내려가다가 저녁에 어떤 촌가를 찾아들었는데 바로 사대부의 집이었습니다. 젊은 주인이 맞아 앉히고 다정하게 대해주었습니다. 그런데 저녁밥을 대접해준 뒤에 주인은 자주 드나들며 안절부절 몹시 걱정하는 기색이 역력하였습니다. 신이 의아해서 물었더니 주인은 '손님이 아실 바가 아닙니다.' 하며 곧 말할 듯하다가 말하지 아니하였습니다. 신이 재삼再三 물었더니 주인은 그저 탄식만 할 뿐이었는데, 이때 갑자기 벽장 속에서 '손님이 애타게 물으시는데 어찌 굳이 숨길 필요가 있겠어요?' 하는 여인의 가냘픈 소리가 들렸습니다.

신이 이 말을 듣고 더욱 답답해하였더니, 주인은 그제야 한숨을 쉬며 말하였습니다.

'이것은 손님에게 말할 수 있는 성질의 것이 아니오. 그러나 손님이 이미 애타게 묻고 또 오래지 않아서 어차피 목격하실 일이니, 내 마땅히 실토하리다. 저는 이 고을 사족士族으로 양반이란 이름을 보전하고 있습니다. 그런데 일전에 출타하였다가 돌아오는 길에 비를 만나 길가의 주점으로 비를 피해 들어갔는데, 그 주점은 바로 이 고을 이방吏房의 소실이 술을 파는 곳이었습니다. 저는 본래 주색酒色에 관심이 없는 사람인데, 부득이해서 그 주점에 들어갔고 비가 개지 않아서 그대로 유숙하게 되었습니다. 그런데 주점 여자가 추할 정도는 면하였던 터라 자연스레 관계를 하게 되었지요. 이때 그녀의 남편이 술에 취해 들어와서 저를 보고 욕하기를, 「너는 양반 이름을 가지고 이런 무례한 짓을 행하니 네가 무슨 양반이냐? 네가 이미 내 처를 범하였으니 내가 어찌 네 처를 범하지 않겠느냐? 아무 날 밤에 너의 집에 가서 바꾸어 올 것이다.」라고 하는 것이었습니다. 저는 힘이 약해 행패를 당할까 싶어서 온갖 욕을 참았지요. 그러나 집에 돌아와서 백방으로 아무리 생각해도 분을 풀 길이 없었습니다. 그런데 오늘 저녁이 바로 그놈이 온다는 기일입니다. 처는 자결을 맹세하고 벽장에 들어가 수건을 목에 두르고 앉았으니 이 일을 장차 어떻게 해야 하겠습니까? 몹시 걱정이 되어 그저 죽고 싶을 뿐입니다.'

신은 이 말을 듣고 몹시 화가 나서 '여기에서 가까운 읍내가 있는가?' 물었더니, 주인은 '아무 읍내가 10여 리 되지요.' 하였습니다. 신이 '자네 집에 건장한 하인이 있거든 불러오게.' 하니 주인이 불러왔습니다. 그래서 신이 곧 비밀문서를 작성하여 그 하인에게 주면서 '너는 이 문서를 가지고 아무 읍내로 달려가서 아전이

집무하는 곳에 던지고 오너라.' 하였는데, 그 비밀문서의 내용은
'교졸校卒과 노령奴令 몇십 명을 보내와 아무 집 안산案山(집터나 묏자
리의 맞은편에 있는 산) 근처에 매복해 있다가 놋그릇 소리가 들리거
든 달려오라.'는 것이었습니다. 하인이 지시대로 가서 그 비밀문
서를 전달하였습니다.

3경庚 무렵에 과연 그 이방吏房이 가마를 이끌고 와서 자기 하
인에게 '즉시 내당內堂으로 들어가서 주인의 아씨를 바꾸어 메고
가자.' 하고 마루에 올라가 고함을 지르고 패악한 말을 하는 등
못하는 짓이 없었습니다. 주인은 분하고 기가 막혔으나 묵묵히 있
을 뿐 한마디도 하지 않았습니다.

신은 그 패악한 말을 듣고 분을 이기지 못하여 사리를 들어 꾸
짖었더니, 그놈은 성을 내며 공갈을 치는 것이었습니다. '너는 어
떤 과객인데 당치 않은 일을 간섭하느냐?' 하는 등 언사가 몹시
패악스럽고 거만하였습니다. 신이 자주 안산 쪽을 바라보며 일부
러 오랫동안 힐책하면서 분을 참았더니, 이윽고 산마루에 불빛이
비쳤습니다. 이에 큰 소리로 호령하며 놋그릇을 뜰 아래로 떨어뜨
렸더니, 그 소리가 몹시 컸습니다.

그러자 갑자기 안산에서 수없는 관청 하인들이 각각 무기를 가
지고 쏜살같이 달려들어오기에 즉시 명령하여 '이놈을 끌어내려
결박하라.' 하였더니, 뭇 하인들이 명령을 따라 끌어내려 '필必' 자
형으로 꼭꼭 묶었습니다. 그놈은 갑자기 의외의 일을 당하였으므
로 영문을 모른 채 혼비백산魂飛魄散하여 감히 한마디도 내지 못하

였습니다. 이에 여인이 벽장 속에서 급히 뛰어 나와서 신을 부둥 켜안고 울면서 '오라버님께서 저를 살려주셨습니다.' 하였으니, 이 것이 어찌 상쾌한 일이 아니겠습니까? 이내 의남매를 맺었고 그날 밤에 바로 그 고을에 출도出道하여 그 이방을 때려 죽였으니 지금 까지 상쾌한 일입니다."

"그거 과연 상쾌한 일이구면."

영조 임금은 또 고개를 끄덕였다.

끝으로 한 대신이 아뢰었다.

"신이 일찍이 원임참판原任參判으로서 나아가 대동찰방大同察訪 에 보임되었는데, 도백道伯이 소론少論인지라, 신이 실세失勢한 것을 가지고 여러 면으로 모욕을 주고 능멸을 하였습니다. 신은 참고 갖은 모욕을 다 받았습 니다. 그때 아끼는 한 기녀가 있었는데, 그 기 녀가 항시 말하기를 '안 전案前께서 본도의 도백 이 되어서 묵은 분을 씻 기를 도모하소서……' 하 였습니다. 도백의 생일 날 신은 말석에 참석하 였습니다. 점심이 나왔 으나 입에 대기 싫어 부

김홍도金弘道 〈평양감사향연도平壤監司饗宴圖〉 일부

득이 젓가락을 쥐고만 앉았고 아끼던 기녀는 곁에서 수응酬應을
할 뿐이었습니다.

잔치가 아직 끝나기도 전에 갑자기 대동강 건너편에서 홍포紅
袍를 입고 말을 탄 손님이 크게 소리쳐 배를 불러 타고 쏜살처럼
달려들어와서 어명을 전하는 것이었습니다. 곧 '현 도백은 수갑을
차고 올라오고, 대동찰방은 죄를 탕감하고 도백에 제수除授하니
곧 그 자리에서 부임赴任하라.'는 어명을 받든 선전관宣傳官이었던
것입니다. 신은 기쁨을 이기지 못하여 어찌할 바를 모르고 즉시
부임하여 그 기녀를 찾았습니다. 그 기녀는 엉겁결에 놀라서 대청
밑으로 도망해 숨었다가 갑자기 나와서 신이 동헌東軒에 앉아 있
는 것을 보고 기뻐서 훌훌 춤을 추었으니, 이것이 참으로 상쾌한
일이었습니다."

영조 임금은 역시 말했다.

"그거 참으로 상쾌한 일이구려."　　　　　　　≪계압만록溪鴨漫錄≫

32. 세 가지 어려운 일 극복한 조삼난趙三難

조삼난은 충청도 명문대가名門大家의 아들이었으나, 대대로 가난했던 데다 어려서 부모까지 잃어 일찍 장가를 들지 못하고 있었다.

그 형 아무개는 글은 잘하지만 포부가 졸렬하여 스스로 생계를 도모하지 못하고 겨로 굶주린 배를 채우기를 마치 부잣집 고기 먹듯 하는 형편이었다.

조삼난은 나이 30이 다 되어 그 형이 친구들에게 도움을 청해 채단采緞을 마련하고 서로 비슷한 혼처를 구해 배필配匹을 택하였다. 역시 궁한 사람이 궁한 사람과 만난 것이다.

시집온 날 항아리에 좁쌀 한 톨조차 남은 게 없었고, 부엌은 싸늘하여 연기조차 나지 않았다. 그러자 신부가 말하였다.

"집안 살림이 이 모양이니 어떻게 살아가야 합니까?"

"내게 한 가지 계책이 있긴 한데, 당신은 따르겠소?"

"죽음도 피하지 않을 텐데 어찌 삶을 마다하겠습니까?"

"굶기를 밥 먹듯 하는 처지에 저 채단은 어디다 쓰겠소? 저걸 팝시다. 수십 꿰미는 받을 테니, 당신과 멀리 도망가서 대로변에 집을 사가지고 살아봅시다. 우선 술장사를 하여 그 이문으로 변리邊利를 놓고, 돈이 좀 벌리면 집을 늘려 안방을 깨끗이 꾸미고 술

집을 표시하는 주기酒旗를 걸고, 허름한 여관방을 널리 열어놓고 마구간을 연달아 지어 오가는 상인들을 받되, 나는 객주의 심부름꾼이 되고, 당신은 술청의 꽃이 되어 두 주먹 불끈 쥐고 10년을 기약해서 수만 냥의 재산을 모은 다음, 그때 가서 옛 가문을 회복하면 어떻겠소?"

"참으로 어려운 일입니다."

"어려운 일을 극복하지 않으면 어떻게 쉬운 일을 도모하겠소?"

"그럼 따르겠습니다."

드디어 채단을 팔아, 남편은 지고 아내는 이고 한밤중에 도망하였다. 그 형은 집이 가난하기 때문에 아우가 견디지 못하여 가문에 누를 끼친 것이겠거니 생각하여 책을 볼 마음도 내키지 않고 남을 대할 면목도 없었다.

그로부터 5, 6년이 지나는 사이에 그 형은 생계가 더욱 궁핍해져 굶주린 기색이 얼굴에 나타나고, 땟국이 온몸에 흘러 허름한 갓에 뒤축이 떨어진 신을 끄는 모양이 영락없이 걸인의 형상이 되고 말았다.

그는 동생의 종적을 찾으려고 팔방으로 떠돌아다니느라 실컷 고생을 하고 전주全州 만마관萬馬關(상관上關)에 당도했다. 관내에 큰 객점客店이 있는데, 한 미인이 술청에 앉아 있었다. 지팡이를 세우고 눈을 들어 바라보니, 바로 자기 제수였다. 혹 닮은 사람이 아닐까 싶어 행동거지를 유심히 살펴보아도 틀림없이 다른 사람이 아니었다. 그는 크게 한숨을 쉬고 탄식하며 술집 깃발을 걸고 들어갔다.

"제수씨, 이게 어찌 된 영문이오?"

"아주버님, 우리에게 따지러 오셨습니까?"

"내 행로에 시달려 목이 마르니, 우선 목이나 축이게 술이나 한
잔 주시오."

그는 술을 받아 쭉 들이키고는 물었다.

"아우는 어디 갔소?"

"장사일로 마침 가까운 장터에 갔습니다."

"내 이번 길은 아우 때문이오. 여기서 기다리다가 오거든 만나
보고 하룻밤 묵어가겠소."

"그럼 방으로 들어가시지요."

한참 기다리자 아우가 짧은 배자補子를 걸치고 행상들의 짐바
리 수십여 필을 줄줄이 몰고 들어와서 짐을 풀고 말을 매어 꼴을
먹이는데, 먼지를 잔뜩 뒤집어 쓴 모양이 취한 사람처럼 보이기도
하고 미친 사람 같기도 하였다. 그 형이 방에서 지켜보다가 일손
떼기를 기다려 아우를 불렀다.

"얘야, 네가 이게 웬 꼴이냐?"

동생이 눈을 들어 쳐다보니 자기 형이었다. 뜰에서 잠깐 허리
를 굽혀 인사를 하고 물었다.

"형님, 여길 무슨 일로 오셨수?"

그러더니 더 이상 집의 소식이나 노정路程이나 오래 떨어졌던
회포 등에 대해서는 물어보지도 않고, 밥상을 가지고 손님을 접대

하러 오가느라 가만히 있을 겨를이 없었다.

"형님도 다른 길손들과 똑같이 드시겠소?"

"그게 무슨 말이니? 내가 주는 대로 먹지."

"길손에게는 10전을 받는데 형님에겐 5전어치로 드립죠."

그 형은 냉대가 극심한 줄 알면서도 꾹 참고 그날 밤을 넘겼다. 아우는 밤에도 다른 방에서 자며 들여다보지 않는 것이었다.

그 이튿날 길손들은 전부 떠났으나, 그 형은 그대로 앉아 있었다. 아우가 말했다.

"형님, 왜 안 가고 머뭇거리시우? 얼른 밥값이나 셈하고 일어서우."

"내 너를 오래 보지 못하여 못내 마음이 울적하다가, 이제 너를 만나니 자연 발걸음이 무거워지는구나. 너는 무슨 마음으로 나를 이다지도 미워하며 내쫓으려는 거냐? 게다가 또 밥값까지 받으려 하는 거냐?"

"내 동기간同氣間을 생각한다면 이 지경이 되었겠소?"

"대체 값이 얼마냐?"

"내 미리 형님 주머니가 넉넉지 못한 줄 알고 저녁과 아침을 반상으로 두 차례 드렸으니 10전이오."

"넌 내가 넉넉지 못한 줄만 알았지 빈털터리인 줄은 몰랐구나."

"그럼 허다한 부잣집에 어디 묵을 곳이 없어 하필 여관엘 들었소? 돈이 없거든 수중에 든 물건이라도 대신 잡히시오."

"그건 참 어려운 일이다."

"어려운 일을 극복하지 않으면 어떻게 쉬운 일을 도모하겠소?"

그 형은 할 수 없이 떨어진 부채와 닳아빠진 수건으로 셈을 했다. 제수가 옆에서 한마디 거들었다.

"어제 술 한 잔 값이 있습니다. 그것도 갚으셔야죠."

그 형은 다시 주머니 속에서 헌 빗을 꺼내 땅에 던지고 눈물을 씻고 돌아섰다.

그 후로 심회가 편치 못하여 혼자 탄식하곤 하였다.

"마시면 탐학貪虐해진다는 광동廣東의 탐천貪泉과 진 후주陳後主가 그 비妃들과 숨었다가 수군隋軍에 붙잡힌 말릉秣陵의 욕정辱井이란 바로 이를 두고 말함이겠지. 우리 집안에 저런 패악한 동생이 나올 줄 생각이나 했으랴!"

그리고는 아이들을 훈계하여 부지런히 치가治家해서 이 부끄러움을 씻자고 다짐했다. 4, 5년 지내는 동안 추우나 더우나 아우를 원망하며 세월을 보냈다.

어느 날 한 손님이 준마를 타고 가벼운 갖옷을 입고 찾아왔다. 그 손님이 문전으로 들어오는데 어디서 온 귀한 손인지 모르겠으나 방 안으로 들어와 공손히 절을 하고 주저주저하는 양을 보니 자기 아우였다. 형은 발끈하여 성을 내어 꾸짖었다.

"너도 사람 노릇할 날이 있느냐?"

"죄송합니다. 우선 제 말을 들으십시오. 제가 집을 떠날 때 가난을 이기지 못해 집사람과 약속하여 몇 년 계획을 세웠지요. 남쪽 수백 리 관시關市로 가서 대로변 요지에 자리를 잡고 이득을 독점하는 일이나, 거간居間 노릇 등 닥치는 대로 손을 대어 가게를 열어 장사를 하고, 물건을 팔아 이문을 남기기에만 골몰하였습니다. 이런 판국板局에 어찌 동기간의 정을 염두에 두겠습니까? 전에 형님께서 들르셨을 때 원수처럼 대한 것은 사람답지 못하게 돈벌이를 하기 때문에 인정을 끊으려고 그렇게 했던 것이지, 무슨 다른 뜻이 있었겠습니까? 이제 저는 수만금數萬金의 재산을 모아 아무 고을 아무 마을에다 집터를 정하고 2천 석 필지筆地의 땅을 마련했지요. 1천 석은 큰집 장토庄土요, 나머지 천석은 작은집 장토로 몫을 정했고, 산기슭을 끼고 동서로 각기 50간씩 기와집을 지었는데, 몸채·사랑채·대청·마루부엌·창고 등이 똑같고, 가장기물과 의복, 서책도 서로 비슷한데, 다만 큰댁에 사당 3칸이 더 있지요. 지금은 노비들에게 지키게 하고 있습니다.

여기 땅문서 두 궤짝과 저녁과 아침거리로 먹을 정백미精白米와 반찬으로 쓸 어물을 약간 마련해가지고 왔습니다. 원컨대 형님은 우선 문서궤를 보시고 이 아우 노릇 못한 아우가 일으켜 세운 사업을 용서해주십시오. 내일 날이 밝거든 이 보잘것없는 집과 쓸모없는 물건들을 전부 버리고 식구들만 데리고 저리로 가서 부가옹富家翁이 되시면 기쁘겠습니다."

형은 이 말을 듣고 성냄이 웃음으로 바뀌고 예전처럼 화락하여 등불을 켜고 마주 앉아 정회情懷를 나누었다.

"집이 가난한데 재물을 모았으니 물론 가상한 일이나, 우리 같은 양반 가문에 흠이 아닐 수 없으니, 이를 어쩌면 좋으냐?"

그러면서 한편으로 위로하고 한편으로 마음 아파하기도 했다.

그 이튿날 교자轎子를 세내고 말을 빌려서 낡고 지저분한 것들은 버리고 온전한 것과 대대로 전해오는 문부文簿만 수습하여 아우가 앞서고 형이 뒤따라 일가가 이사를 하였다. 집을 지키던 비복들은 날을 잡아 기다려서 성대히 음식을 마련하고 맞이하였다.

그 형은 두 집의 꾸밈을 두루 둘러보고 그 규모의 웅대함을 극찬했다. 드디어 설비한 대로 각기 처소를 정하고 다시는 세상 근심이 없이 화식火食하는 신선이 되었다.

아우가 이에 형과 상의해서 빈객賓客을 초청하여 잔치를 벌였다. 그런데 며칠 즐기고 잔치가 끝날 무렵 아우가 크게 탄식하는 것이었다.

"내가 만약 여기서 그친다면 한갓 모리배謀利輩에 지나지 못할 것입니다. 이제부터는 집안일을 돌보지 않고 사서삼경四書三經을 읽어 명경과明經科에 급제하여 허물을 씻으려는데 어떻겠습니까?

빈객과 여러 벗들이 고개를 저었다.

"이미 부유한데 또 귀해지려고까지 하니 자네의 계획은 실로 어려울 듯싶네."

"어려운 일을 극복하지 않으면 어떻게 쉬운 일을 도모하겠는가?"

그는 드디어 일을 잘 보는 영리한 자를 큰집과 작은집의 마름으로 삼아 제반 출납과 빈객을 영송迎送하는 등의 모든 일들을 처리하도록 하고는, 경서經書를 싸들고 절로 들어가 제일 좋은 한적한 상방上房을 잡아 주야로 글읽기에 몰두했다.

5년 사이에 칠서七書를 통하여 외우고 뜻을 파악하는 데 막힘이 없었다. 3년마다 보이는 식년시式年試를 보아 33인에 방안榜眼으로 참여하여 이름이 홍패紅牌에 쓰이고 성은聖恩이 황봉黃封(임금이 하사한 술)에 넘치고 어사화御史花를 꽂게 되니 가문이 영화롭고 상서로운 빛이 났다.

그리고는 곧 6품으로 벼슬을 하여 사헌부司憲府·사간원司諫院을 거쳐 홍문관교리弘文館校理에 이르렀다.

세상에서 그를 조삼난趙三難이라 칭하는데, 사대부士大夫의 심지心地로서 부인과 함께 술장사를 한 것이 첫째 어려운 일이요, 오래 헤어졌던 형이 하룻밤 묵어가는데 밥값을 받아낸 것이 둘째 어려운 일이요, 치부致富한 뒤 집안 살림을 돌보지 않고 독서를 하여 공명功名을 이룬 것이 셋째 어려운 일이다.

그는 영조英祖 때 사람이었다. 자손이 지금도 부자로 살고 벼슬이 떨어지지 않는다고 한다.　　　　　　　≪차산필담此山筆談≫

33. 3형제의 10년 약속

옛날 여주驪州 땅에 허許씨 성을 가진 어떤 선비가 살고 있었다. 그는 집이 너무도 가난하여 살아갈 수가 없었지만 성품은 몹시 어질고 착하였다. 그에게는 세 아들이 있었다. 그는 그들에게 글 공부를 시키고 모처의 친지들에게 구걸하여 서량書糧을 떨어지지 않게 대주고 있었다. 아는 사람 모르는 사람 할 것 없이 모두들 그의 어질고 착함을 인정하고 그가 찾아오면 반드시 잘 대해주고 식량을 넉넉히 도와주었다.

그런데 몇 년 사이에 우연히 전염병으로 허씨 내외가 모두 죽자 세 아들은 밤낮으로 울부짖고 장례비용을 간신히 마련하여 겨우 초장草葬(시체를 짚으로 싸서 가매장함)을 하였다. 3년이 지나자 집안 형편은 더욱 말이 아니었다.

허씨의 둘째 아들인 홍䆖이란 자가 그 형과 아우에게 말하였다.

"전에 우리 3형제가 굶어 죽는 것을 면할 수 있었던 것은 선친께서 인심을 얻어 식량을 도움 받았기 때문입니다. 이제 3년이 벌써 지났으니 선친의 은택이 이미 고갈되어 호소할 곳이 없습니다. 이제 곤궁한 처지에 놓인 우리 형제는 죽는 수밖에 다른 도리가 없습니다. 우선은 제각기 살 궁리를 하지 않을 수 없으니, 오늘부터 각자 소질에 따라 살아가야 할 것입니다."

형과 아우가 말했다.

"우리는 어릴 때부터 종사해온 것이 글공부에 불과할 뿐이다. 그 밖의 농사짓고 장사하는 일 같은 것은 자본을 마련할 길이 없을 뿐만 아니라 또한 향방을 알지 못하니 어떻게 하겠는가? 굶주림을 참고 공부를 하는 것 외에는 다른 방도가 없다."

홍은 다시 말하였다.

"사람의 소견은 각각 같지 않으니, 각자 좋아하는 소질을 따르는 것이 좋겠습니다. 우리 3형제가 모두 글공부만 한다면 천수를 다하기 전에 모두 배고픔과 추위에 죽을 것입니다. 형님과 아우는 기질이 매우 약하니 다시 학업을 계속하십시오. 나는 10년을 기한으로 힘을 다하여 재산을 모아서 후일 우리 형제들이 생활할 수 있는 밑천을 마련하겠습니다. 오늘부터 파산破散하여 형수와 제수는 우선 각각 친정으로 돌아가고 형님과 아우는 책을 지고 절에 가서 중들에게 밥을 얻어먹으며 공부하여 10년 후에 서로 만나기로 기약하는 것이 좋겠습니다. 소위 세업世業이란 것이 단지 집터와 보리밭 세 두락과 그리고 어린 여종 한 명뿐인데, 이것은 종가宗家의 물건으로 일후에 의당 돌려드릴 것이니 제가 이 여종을 빌려서 재산을 경영하는 인력으로 삼겠습니다."

이날로 3형제는 눈물을 뿌리며 서로 이별하였다. 홍은 형수와 제수를 친정으로 보내고 형과 아우를 산사山寺로 보내고 나서 아내가 신혼 때 꾸몄던 물건들을 팔아서 돈 7, 8냥을 마련하였다.

때마침 면화棉花가 풍년이어서 그 돈으로 몽땅 미역을 사서 등에 지고 그 선친이 평소에 왕래하며 양식을 구걸하던 친지의 집을 두루 찾아다니며 미역으로 면폐面幣(대면할 때 내놓는 예물)를 삼아 면화를 구걸하였다. 모두들 그 뜻을 가엾게 여기고 넉넉히 주니 거둬들인 면화가 좋고 나쁜 것을 모두 합쳐 몇백 근이 되었다.

아내에게 밤낮으로 길쌈을 하게 하고 자신은 나가서 내다 팔았다. 또 귀리 10여 석을 사서 매일 죽을 쑤어 아내와 자신은 한 사발을 반으로 나누어 먹고 여종에게는 한 사발을 주면서 말했다.

"네 만일 춥고 배고픔을 참기 어렵거든 나가도록 하여라. 내 너를 나무라지 않을 것이다."

그러나 여종은 울면서,

"상전께서는 반 사발을 잡수시고 쇤네는 한 사발을 먹는데 어찌 감히 배고프다 할 수 있겠습니까? 비록 굶어 죽는다 하더라도 나가지 않을 것입니다."

하고 상전上典을 따라 부지런히 베를 짰다.

홍은 자리도 치고 신도 삼되 밤낮으로 조금도 쉬지 않았다. 더러 찾아오는 친구가 있으면 울 밖에 앉혀두고,

"자네는 이제 나를 사람의 도리로 따져 꾸짖지 말게. 10년 후에 서로 대면對面하세."

하고 한 번도 만나보지 않았다. 이와 같이 한 지 3, 4년 만에 재물이 약간 모였다. 마침 문전門前에 논 10두락과 밭 며칠갈이가 나서 값을 치르고 사들였다.

봄갈이 때가 되자 홍은 고심을 하였다.

"많지 않은 전답을 어떻게 사람을 사서 경작할 수 있겠는가? 자신이 노력하는 것만 못한데, 다만 농사일이 어떤 것인가를 모르겠으니 이 일을 어찌할꼬?"

드디어 이웃 마을에 사는 농사에 경험이 많은 노농老農을 초청하여 술과 음식을 풍성하게 대접해서 언덕 위에 앉히고 친히 쟁기를 잡고 노농의 지시에 따라 쟁기질을 하게 되었다. 갈고 김매는 일을 반드시 다른 사람보다 세 배나 하니, 추수한 곡식이 다른 사람보다 배나 되었다.

밭에는 담배를 심었는데 때마침 크게 가물어서 매일 아침저녁으로 물을 길어다 주었다. 그래서 온 경내의 담배가 다 말라 시들었으나 허홍의 담배만은 무성하게 자랐다. 서울의 담배 상인이 찾아와서 미리 수백 금으로 허홍의 담배를 사갔는데, 그 순이 무성하여 또 후한 값을 받으니 담배농사의 이득이 근 4백 금이나 되었다. 이와 같이 5, 6년을 하니, 재산이 점점 늘어서 노적의 곡식이 4, 5백 석이나 되었다. 백 리 안에 있는 전답들이 모두 홍에게로 돌아왔으나 그의 검소한 생활은 전과 다름이 없었다.

형과 아우가 절에서 처음으로 내려와 홍의 내외를 만나보았다. 홍의 아내가 쌀밥 세 그릇을 차려 들여가니, 홍은 불끈 눈을 부릅뜨고 꾸중하며 그 밥을 가져가고 다시 죽을 쑤어오게 하는 것이었다. 형이 성내어 꾸짖었다.

"너의 가산이 이처럼 부자인데도 나에게 밥 한 그릇을 먹이지 않는단 말이냐?"

"제가 이미 10년으로 한도를 정하였으니, 10년 전에는 밥을 먹지 않기로 마음속으로 맹세하였습니다. 형님도 10년 후에는 제 집의 밥을 잡수실 수 있을 것입니다. 형님이 비록 제게 화를 내신다 하더라도 저는 개의介意치 않을 것입니다."

형은 화가 나서 죽도 먹지 않고 도로 절에 올라갔다.

이듬해 봄에 형과 아우는 나란히 소과小科에 급제했다. 홍은 돈과 비단을 많이 가지고 상경하여 급제증서를 받는 데 따른 비용에 대비하였고 급제자를 따르는 광대들을 이끌고 집으로 돌아왔다. 그러나 바로 그날로 광대들에게 타일렀다.

"우리 형님과 동생이 지금 비록 소과에 급제했다 하더라도 또 앞으로 대과가 있으니, 또 절에 올라가서 공부를 해야 할 것이다. 너희들이 머물러 있는 것이 무익하니 너희들 집으로 돌아가는 것이 좋겠다."

그러면서 각기 돈푼씩을 주어 보내고는 형과 아우에게 말하였다.

"10년 기한이 아직 되지 않았으니 바로 절에 올라갔다가 기한이 차기를 기다려서 내려오면 좋겠습니다."

그리고는 형과 아우를 그날로 즉시 절로 올려보냈다.

10년 기한이 차니 홍은 엄연히 만석꾼이 되었다. 홍은 좋은 옷감을 끊어다가 새로 남녀의 의복 각각 두 벌씩을 짓고, 마부와 말을 형수와 제수의 집으로 보내서 약속한 날 데려오고 또 마부와 말을 절에 보내서 형과 아우를 맞아왔다.

이렇게 하여 3형제의 가족이 단란하게 한 집에 모여 며칠을 지 낸 다음 홍은 형과 아우에게 말했다.

"이 집은 좁아서 살 수 없습니다. 제가 마련해둔 곳이 있으니 그곳으로 가서 삽시다."

그러고 나서 이내 3형제 식구들은 모두 떠났다. 몇 리쯤 가서 고개 하나를 넘었더니 산 아래에 큰 동네가 있고 그 동네 속에는 큰 집 한 채가 있었다. 앞에는 긴 행랑行廊이 있어 노비와 마소가 그 속에 가득하였고, 안집은 세 채이고 바깥집은 한 채인데 매우 넓었다. 3형제의 처들은 각각 안집 한 채씩을 차지하고 3형제는 함께 한 방에 거처하며 긴 베개와 큰 이불을 사용하였는데 그 즐 거움이 끝이 없었다.

형이 깜짝 놀라며 홍에게 물었다.

"이게 뉘 집인데 이처럼 웅장하고 화려하냐?"

"이것은 제가 경영한 것인데 가족들이 모르게 암암리에 마련한 것입니다."

그리고 홍은 이내 노복을 시켜 나무상자 너댓 쌍을 들여와 앞 에 놓게 하고는 말하였다.

"이것은 바로 전답문서입니다. 이제부터 우리는 재산을 똑같이 나누어야 합니다."

또 말했다.

"가산을 이렇게 모은 것은 제 처가 고생을 한 결과이니 그 고생 에 대한 보상이 없을 수 없습니다."

홍은 스무 섬지기의 논문서를 처에게 주고, 3형제가 각각 50두 락씩 나누었다. 그래서 이후로는 의식이 극히 풍족하였다. 이웃 마을에 사는 일가 중에 가난하게 사는 자들도 알맞게 도와주었으 므로 사람들이 모두 칭찬하였다.

하루는 홍이 문득 슬피 우는 것이었다. 형이 괴상히 여기고 까 닭을 물었다.

"지금은 우리들 의식이 삼공三公과 바꿀 것이 아닌데, 무슨 부 족한 일이 있어서 이렇게 슬퍼하느냐?"

"형님과 아우는 이미 공부를 해서 다 소과에 급제하여 이미 출 신出身을 하였는데 저는 치산治産에 골몰하느라 학업을 묵혔으니 바로 보잘것없는 우준愚蠢한 사람에 불과합니다. 선친께서 기대하 신 것이 저에게는 모조리 없어졌는데 어찌 통탄하지 않겠습니까? 지금은 나이가 많으므로 유업儒業을 다시 시작할 수 없으니 붓을 던지고 무武에 종사하는 것만 못하겠습니다."

홍은 이날부터 활과 화살을 준비하여 활쏘기를 익혀서 몇 년 뒤에 무과에 올랐다. 홍은 상경하여 벼슬을 구한 끝에 내직을 부 여받았고 품계가 올라 안악군수安岳郡守에 제수되었다. 부임赴任할 기일이 정해졌는데, 갑자기 처의 상을 당하게 되었다. 홍은 한숨 쉬고 탄식하였다.

"내 이미 양친이 안 계시는 영감하永感下인 데다가 녹봉祿俸으로 봉양할 필요 없는데도 외임外任에 부임하려고 한 것은 노처老妻가 일생 동안 고생하던 것을 한 번이라도 영광스럽게 해주려고 하였던 것인데 처마저 또 죽었으니, 내 어찌 부임하리오."

　홍은 이내 사직을 올려 체직遞職을 도모하고 하향下鄕하여 여생
을 마쳤다.　　　　　　　　　　　　　　　≪청구야담靑邱野談≫

34. 오성鰲城과 한음漢陰

(1) 상전上典과 하인下人의 역할극

오성 이항복李恒福과 한음 이덕형李德馨은 어릴 적부터 형제처럼 다정하여 서로가 우스갯소리나 짓궂은 장난 등 가리는 일이 없었 다. 하루는 이들이 마침 동행하게 되었는데 다음과 같이 서로 약 속을 하였다.

"우리 두 사람이 번갈아 가면서 상전과 하인이 되도록 하세."

이리하여 첫날은 한음이 상전이 되고 오성이 하인이 되었다. 오성은 말을 끌고 가다가 날이 저물자 한 여관에 들어갔는데 숙 소를 정하고 저녁밥을 시키는 일 등을 시원스럽게 하였다. 오성이 밤에 한음에게 들어가서 말했다.

"소인이 여쭐 일이 있사옵니다."

"무슨 일인고?"

"소인이 상처喪妻를 당한 지 몇 해가 되었는데 홀아비의 고통을 견디기가 어렵사옵니다. 또다시 장가들 능력도 없으니 사정이 딱 하옵니다. 듣자오니 이덕형의 어머니가 혼자 산다고 하오니 분부 하여 소인과 짝을 지어주시기를 삼가 바라옵니다."

한음은 미처 답할 말이 떠오르지 않아 그저 묵묵히 있을 뿐이었다.

다음날은 오성이 상전이 되고 한음이 하인이 되었다. 여관에 들어가서 거행하는 일을 일체 오성이 한 대로 하였다. 밤에 들어가서 여쭈는 것도 오성처럼 말하였더니 오성은 얼른 응답하였다.

"그것은 안 될 일이니라. 이항복의 모친은 돌아가신 생원님께서 일찍이 사랑하신 분이니 너는 마음을 품지 말라."

한음은 다시 입을 열지 못하고 나가버렸다. 대개 임기응변臨機應變의 민첩성은 오성이 한음보다 나았던 것이다.

≪계압만록溪鴨漫錄≫

(2) 얻은 아들과 주운 아들

선조 때의 일이다. 어느 날 오성과 한음이 대궐에 들어가서 선조宣祖 임금을 알현謁見하니 선조 임금은 내시內侍에게 아버지 부父자와 아들 자子자를 종이쪽지에 각각 쓰게 하여 오성과 한음의 앞에 던지면서 하교下敎했다.

"줍는 글자에 따라 부父, 자子를 정하리라."

한음이 얼른 아버지 부父자를 주워가지고 크게 기뻐하며 우러러 아뢰었다.

"신臣이 갑자기 아들 하나를 얻었는데 어찌 기쁘지 않겠습니까?"

오성은 아들 자子자를 주워가지고 역시 크게 기뻐하며 아뢰었다.

"신이 아들 하나를 주웠는데 어찌 흔쾌하지 않겠습니까?"

임금과 신하가 크게 웃었다. 오성은 권도勸導로 말한 것이나 역시 일리가 있는 말이었다.

하루는 선조 임금이 궁노宮奴를 시켜서 마당에 함정陷穽을 파놓게 하고 오성을 부르니 오성이 살피지 않고 걸어오다가 함정 속으로 빠졌다. 여러 사람들이 웃어대자 오성은 우러러보며 나무랐다.

"너희 아버지의 하관下棺에 곡哭은 하지 않고 도리어 웃는 거냐? 불효막심하구나."

그러자 선조 임금은 크게 웃었다. ≪계압만록溪鴨漫錄≫

35. 월사月沙와 거지 친구

월사 이공李公(정귀廷龜)이 이조참의吏曹參議를 맡았을 때 허생이라는 친구가 있었다. 그런데 그는 너무도 가난하여 굶어 죽을 지경에 이르게 되었다. 월사가 민망히 여겨 추천하여 부참봉部參奉에 제수除授되자 허생은 찾아와서 감사하였다.

"다행히 공 덕분에 이름이 관적官籍에 오르고 녹祿으로 생활하게 되었으니 나를 생각해주신 그 은혜는 말로 다 표현할 수 없네. 그러나 벼슬에 종사하는 자는 반드시 장복章服과 복마僕馬를 가져야 하는데 다 갖추기가 하늘의 별따기만큼이나 어려우니 공의 은혜를 헛되게 만들 것 같네."

월사는 종 한 명과 말 한 필로 그 친구를 도와주었다. 몇 달 뒤에 허생이 또 월사를 찾아와서 탄식하는 것이었다.

"공은 꼭 나를 살리려 하는데 하늘은 꼭 죽이려 하니 어찌할꼬?"

영문을 물었더니 말이 죽었다는 것이다. 월사는 또 말 한 필을 빌려주었다. 몇 달 뒤에 그는 또 와서 월사에게 말했다.

"내가 벼슬에 종사하여 오늘에 이르게 된 것은 모두 공 덕분일세. 그런데 이제 종이 또 죽었다네. 이것은 하늘이 망하게 하는 것이니 도저히 지탱할 수 없다네. 공은 비록 생각해주려 하나 하늘에 대하여 어이할꼬? 나는 이미 벼슬을 포기하고 집을 나가 사방을 떠돌며 입에 풀칠하기로 결심하였네."

월사는 몹시 놀라서 당황하였다. 그러나 계속 대줄 수가 없어 단지 말로만 위로하여 보냈다.

그 친구는 간 지 며칠 만에 다시 와서 작별인사를 하는 것이었다. 손에는 쪽박을 들고 어깨에는 자루를 멘 것으로 보아 멀리 떠날 기미幾微였다. 월사는 속이 상했지만 어떻게 할 도리가 없어 입을 다물고 작별하였다. 이후로는 영영 소식이 없었다.

수십 년 뒤에 월사가 사각당상史閣堂上의 직분으로 오대산五臺山에 옥첩玉牒을 봉안한 후 일을 마치고 다시 대관령大關嶺 아래에 이르렀다. 그때였다. 한 늙은 선비가 길가에 서서 월사를 향하여 손을 들고 읍揖을 하는 것이었다.

"대감 무양無恙하오? 소생이 여기에서 기다린 지 오래라오."

월사가 교자 속에서 자세히 보니 바로 허생이었다. 용모며 하인들이 말을 타고 따르는 품이 엄연한 재산가였다. 월사가 깜짝 놀라며 물었다.

"자네가 어찌 여기에 있는가?"

그러자 허생이 청했다.

"잠깐 길가에 앉아서 정담 좀 나누세."

월사가 말을 멈추고 땅에 앉아서 물었다.

"그대를 보니 옛날의 모습이 전혀 없군. 그런데 어떻게 여기에 왔는가?"

"옛날의 은혜를 마음에 새겨두었거늘 어느 때인들 잊을 리가 있겠는가? 지금 다행히 다시 존안尊顏을 뵙게 되었는데 그동안 쌓인 회포를 잠시 동안에 다 풀 수 없거니와 거듭 만날 기회도 없네. 내 집이 여기에서 멀지 않으니 왕림하여 오늘밤을 지새웠으면 하네."

월사는 기쁘게 여기고 이내 추종하는 하속들을 간단히 데리고 따라갔다. 여러 산을 넘고 가파른 비탈을 내려가 어느 한 곳에 이르렀다. 높은 산이 사방을 둘러싸고 중간에는 휑하니 평야가 펼쳐졌는데 촌가가 즐비하였다. 허생의 집에 이르니 대문에서 영접하며 절하는 자가 장정과 어린이를 합하여 백여 명이나 되었다. 월사가 깜짝 놀라며 물었다.

"이 웬 사람들인고?"

"다 내 자식들일세."

허생의 대답이었다.

"어찌 그렇게도 많은가?"

"아직 반도 다 안 나왔네."

대문에 들어서니, 마루 아래에서 맞이하며 절하는 어린아이가 또 백여 명이나 되었다.

"이들도 자네의 자식들인가?"

"이 밖에도 아직 강보襁褓에 싸인 것들도 있다네."

좌정한 뒤에 월사가 또 물었다.

"자네는 어떻게 부자가 되고 이처럼 자녀를 많이 두었는가?"

"간단히 얘기하기 어려우니 조용히 설명해주겠네."

　이내 술상이 나왔다. 산중의 음식 솜씨 또한 꽤 풍성하고 깨끗하였다. 밤이 되어서 월사가 또 물었더니 허생은 비로소 말을 꺼냈다.

　"처음 내가 공과 작별하고 곧바로 동성東城을 나가니, 당시 나라에 심한 흉년이 들었는데 영동에만 풍년이 들어 이곳으로 모여드는 7도의 거지들이 길을 가득 메웠더군. 그래서 거지들 속에서 남자들은 다 놓아두고 젊은 여인들만 유인하여 백여 명을 모아가지고 10여 일에 걸쳐 돌아가며 날마다 열 명씩을 거느렸다네.

이형록李亨祿 〈설중향시도雪中向市圖〉

　그런데 이때부터 모두 나를 남편으로 삼고 따라다니는 거야. 아침에는 사방으로 흩어져 나가고 저녁에는 돌아왔는데 구걸한 곡식이 한 말이 되기도 하고 적어도 몇 되는 되었으며 한 사람도 빈 자루를 들고 돌아오는 적이 없었네. 나는 가만히 앉아서 그녀들의 공대恭待를 받고 배불리 나날을 보냈지. 이곳저곳을 떠돌다 여기에 당도하니 인가人家가 없이 땅이 비어 있더구먼. 그래서 덤불을 베어내고 나무를 잘라 따비를 만들어 여러 여인들에게 파게 한 다음 각종 씨앗을 뿌리고 가을에 가서 거두어들이니 메벼며 기장이며 팥과 콩이 1년을 지내기에 충분하였네. 해마다 개간하여 모두 큰 밭이 이루어져 지금은 해마다 수천 섬의 곡식을 수확한다네. 그리고 여러 여인들이 경쟁적으로 번갈아 자녀를 출산해 1년에 출생한 자가 30에서 40명에 이르네. 장성하면 모두 농사를 지어 어버이를 봉양하게 하니 지금 이 골짜기의 큰 마을이 다 그들일세."

월사는 웃으며 말했다.

"사람마다 각기 한 가지 재능이 있는 법인데 자네의 재능은 특별히 여느 사람과는 다르니 참으로 기이하네."

그러고는 이튿날 돌아왔는데 그 뒤로 다시는 소식이 없었다 한다. ≪잡기고담雜記古談≫

36. 임금님도 이[虱]가 있을까

성종成宗 때 영남嶺南 사는 어느 세 선비가 같은 해에 진사과進士科에 급제하였다. 나이도 서로 같고 어릴 때부터 공부도 함께하였으므로 교분交分이 아교나 칠보다 끈끈하였다.

"우리 세 사람은 다 함께 대과大科에 급제하기를 원하고 혼자 출세하는 것을 원하지 않는다."

그들은 서로 서약을 하고 과거의 초시初試에 합격하여도 세 사람이 동시에 합격되지 않으면 회시會試를 보지 않았다. 나이는 서른이 되고 성균관成均館 생활을 한 지 10여 년이 넘어 객지에서의 고생은 갈수록 심해지고 의복은 남루하였다.

하루는 달밤에 세 친구가 난간에 의지하여 달을 구경하노라니 고향 생각이 너무도 간절했다. 해진 옷에 이[虱]가 생겨서 서

조영석趙榮祏 〈이 잡는 노승〉

로 이를 잡다가 한 친구가 물었다.

"임금님의 몸에도 이가 있을까?"

한 친구가 답했다.

"이는 사람의 몸에 항상 있는 것이니, 임금님의 몸이라 하여 어찌 없겠는가?"

"이는 대부분 해진 옷에 있는 것이다. 임금님은 항상 비단옷을 입고 또 자주 옷을 갈아입으시니 반드시 없을 것이다."

두 친구는 계속 논쟁하다가 소리가 점점 높아져서 한바탕 큰 싸움을 벌였다. 이때 성종 임금이 미행微行으로 성균관 담 밖을 지나다가 그들이 논쟁하는 소리를 듣고는 크게 웃고 궁궐로 돌아왔다.

세 친구가 밤이 깊어 방으로 들어가 취침하려고 할 때 방문이 갑자기 열리더니 앞에서 붉은 보퉁이 하나를 던져 넣는 것이었다. 세 친구가 깜짝 놀라 일어나 촛불을 밝히고 보퉁이를 열어보았더니, 그 속에는 흰 솜 조각으로 열 겹이나 싼 것이 들어 있었다. 차례로 열어보니, '어슬과삼개御虱裹三介(임금의 이를 세 개 싸서 주다)'라고 쓰여 있었다. 세 친구는 크게 놀라 이상히 여기었다.

이튿날 성균관에서 베푸는 과거시험 날짜가 내일로 정해졌다는 소식이 들렸다. 세 친구가 과장에 들어가서 임금이 친히 낸 글제를 우러러보니 '영남유생사사어슬전嶺南儒生謝賜御虱箋(영남 유생이 임금의 이를 받은 것에 대해 감사하며 지어 올리는 글)'이라 하였다. 과장에 가득 찬 유생들은 글제의 뜻을 알지 못하여 거의 모두가 글을 짓지 못하고 흰 종이인 채로 가지고 나왔다.

세 친구는 서약한 일과 간밤에 서로 다툰 말을 가지고 조리 있게 배치하여 지어 올렸다. 그래서 함께 과거에 급세하였다.

≪파수록罷睡錄≫

37. 자라탕과 세 친구

이제신李濟臣과 김행金行과 김덕연金德淵은 소싯적부터 친한 친구였다. 이들은 한 곳에서 함께 별시別試를 보기 위해 과거 공부를 하였고, 세 사람이 지은 책문策文을 한 책으로 만들어서 ≪분주탑시책焚舟榻試策≫이라 이름을 지었는데 세상에 행해지고 있다. 김행과 김덕연이 자라탕을 즐겨 먹으므로 이제신이 침을 뱉으며 나무랐다.

"그같이 흉측한 것을 어찌 선비가 입에 가까이할 수 있겠는가? 선비 집안에 태어난 사람으로서 자라를 먹는 놈은 사람이라 할 수 없거늘, 어째서 꼭 오랑캐가 되려고 하는가?"

행과 덕연은 눈짓하며 별렀다.

"두고 보자. 반드시 곤욕을 당하리라."

덕연의 별장이 성산城山의 호숫가에 있었다. 아무 날 성산에서 낚시질도 하고 연꽃도 구경하자고 약속하자 두 사람은 그날 일찌감치 왔고, 다른 손님들도 많이 참석하였다. 덕연이 손님들을 위해 점심을 마련하여 무르녹게 삶은 닭국에 생강과 후추를 타서 큰 그릇으로 한 그릇씩 내오니 구수한 냄새가 코를 찔렀다. 제신과 행과 덕연 세 사람은 모두 맛있게 그릇을 비웠다. 덕연이 제신에게 말을 건넸다.

"집이 가난하여 다른 반찬은 없고 암탉이 기장을 쪼아먹고 살이 쪘기에 닭국을 끓였는데 자네가 맛있게 드시니, 참으로 고맙네."

"내 평생 먹어본 닭국 중에 이만큼 맛있는 것은 없었네."

"더 자시게."

"한 그릇 더 주게."

덕연이 한 그릇 더 내오도록 명하였다.

"정말 맛있군."

제신은 또 그릇을 비웠다. 행과 덕연이 물었다.

"그 맛이 자라탕과 어떠한가?"

제신이 눈살을 찌푸렸다.

"진미珍味를 이미 배불리 먹었는데 어찌 감히 추한 말을 하는가?"

"자네가 든 두 그릇이 자라탕이 아니던가?"

덕연의 말에 좌중은 손뼉을 치며 크게 웃었고 제신은 깜짝 놀라 거짓으로 땅에 대고 '왝왝' 거리며 토하는 시늉을 하였다.

≪어우야담於于野談≫

38. 한밤중에 시험한 우정友情

조 아무개는 아우와 한 집에서 살고 있었다. 그런데 아우는 친구 사귀기를 좋아하여 날마다 밖에 나가서 친구들을 만나고 다녔다. 혹은 밤을 지내고 돌아오지 않기도 하고 심지어는 며칠을 묵고 돌아오지 않기도 하였으며 어쩌다 나가지 않으면 친구들이 사방에서 몰려와 신발이 널려 있고 담소하는 소리가 요란하였다. 하루는 형이 물었다.

김홍도金弘道 〈군현도群賢圖〉

"이들은 다 어떤 사람들인고?"
"모두 저의 절친한 친구들입니다."

"친구는 천하에 지극히 사귀기 어려운 것인데 어찌 이처럼 많은가? 저들이 다 너의 지기지우_{知己之友}이냐?"

아우는 자신 있게 대답하였다.

"정의가 매우 두터워 없는 것을 서로 도와주고 재난을 당하면 서로 구제하는 사이입니다."

그러자 형이 말했다.

"그러냐? 내가 장차 시험해보리라."

그리고는 곧 돼지 한 마리를 사다가 잡아 끓는 물에 튀겨 털을 벗겨서 희게 한 다음 멍석으로 싸서 하인더러 짊어지게 한 후 아우에게 말했다.

"너의 가장 친한 친구에게 가자."

그 친구의 집에 가서 문을 두드렸더니 한참 후에 주인이 나와서 물었다.

"무슨 일로 이 밤중에 찾아왔는가?"

아우가 말했다.

"내가 불행히도 사람을 죽였어. 너무도 다급해서 지금 시체를 짊어지고 여기에 왔으니 나를 위하여 잘 처리해주기 바라네."

주인은 겉으로 놀라는 기색을 보이며,

"알았네. 안에 들어가서 생각해봄세."

하고는 들어가버렸다. 한 식경을 서 있어도 나오지 않고 불러도 응답하지 아니하였는데 나 몰라라 하는 뜻이 역력히 보였다. 그러자 형이 아우에게 말했다.

"너의 절친한 친구는 다 이와 같으냐?"

다른 집으로 가서 또 친구에게 아까처럼 말하였더니 그 친구 역시 집에 금기禁忌가 있다는 이유를 들어 거절하는 것이었다. 또 다른 친구의 집에 찾아가서 앞서처럼 말하였더니 그 친구는 크게 꾸짖었다.

"자네는 화禍를 나에게 전가하려고 하는가? 잔말 말고 속히 가게."

그와 같이 서너 집을 찾아갔으나 모두 받아주지 않았다. 형은 말했다.

"네 친구는 이 정도이냐? 나에게는 친구 한 사람이 있다. 곤궁하고 연로하여 아무 마을에 살고 있는데 만나보지 못한 지 오래다. 아무튼 찾아가보자."

드디어 그 집을 찾아가서 아우가 친구에게 말했듯이 그 이유를 이야기하였더니 그 사람은 깜짝 놀라면서 말하는 것이었다.

"이 사람아, 날이 새어가네."

그리고는 급히 서둘러 집안으로 끌고 들어가서 삽과 괭이 등속을 가지고 안방 구들을 파서 감추려고 하면서 돌아보며 재촉했다.

"자네도 나를 도와 힘을 쓰게. 만일 지체하면 남들이 곧 볼 걸세."

그러자 조 아무는 명석으로 싼 것을 가리키며 말했다.

"괜히 놀라지 말게. 구들을 헐 필요가 없네. 이것은 돼지네. 사람이 아닐세."

그리고 이내 그 사유를 자세히 설명하니 그 친구도 웃었다. 그리고 서로 손을 이끌고 방으로 들어가서 술을 내와 돼지고기를 안주 삼아 먹으며 오랫동안 쌓인 회포를 푼 다음 조금 후에 작별하고 아우를 데리고 집으로 돌아왔다. 그 아우는 크게 부끄러워하고 감히 다시는 친구 사귀는 일을 말하지 않았다.

≪동야휘집東野彙集≫

김홍도金弘道 〈고사인물도故事人物圖 취후간화醉後看花〉

39. 이토정李土亭을 유혹한 여인

　토정土亭 이지함李之菡은 한산세족韓山世族으로 조선 선조 때에 활약한 사람이다. 가문이 혁혁하여 부친·숙부·아우·조카 모두가 재보宰輔의 반열에 오른 당세의 명사들이었다.

　토정은 태어나면서부터 정신이 맑고 기질이 특이하였다. 한서寒暑와 기갈飢渴을 잘 견디어, 겨울에 맨몸으로 매서운 바람 속에 앉기도 하고, 혹은 열흘 동안 음식을 끊기도 하였으나 병이 나지 않았다.

　어릴 때부터 욕심이 적어 물건에 인색한 일이 없었다. 천성이 효도하고 우애하여 형제간에 사유물私有物을 두지 않았고, 재물을 가벼이 여기고 베풀기를 좋아하여 남의 어려움을 잘 구제하였으며, 공명을 달갑게 여기지 않고 항상 무릎을 안고 앉아 오래도록 읊조려 속세를 벗어난 태도가 있었다.

　토정은 꽃다운 나이에 화담花潭 서경덕徐敬德의 문하에서 수학하였는데, 화담은 그의 뛰어난 자질을 한 번 보고 대번에 보통 사람이 아님을 알고서 바로 뜻이 심오한 이기理氣에 관한 책을 주었다. 토정은 깊이 그 책을 탐구하여 그 원리를 다 깨달았다. 화담은 크게 기뻐하면서 이웃집에 거처를 정해주고 조석朝夕으로 가르쳤으며 토정은 열심히 글을 읽었다.

이웃집 부인은 나이 스물로 자색姿色이 매우 뛰어났는데, 토정의 용모가 단아하고 풍채風采가 출중함을 보고, 속으로 몹시 연모하여 한번 정을 통하려는 생각을 품고는 매일 머리에 기름을 바르고 얼굴에 분을 칠하는 등 몸매를 곱게 단장하고 토정의 좌우를 맴돌았다. 그러나 토정은 조금도 동요하지 않았다.

부인은 자기 남편이 집에 있으므로 수작酬酌하기가 불편해서인가 의심하고 바로 남편을 다그쳤다.

"인가人家의 생활방편은 농사가 아니면 장사인데, 당신은 농사도 짓지 않으면서 어찌 행상行商을 하여 생계를 돕지 않소?"

그러나 남편은 대답만 하고 집을 나갈 생각을 하지 않았다. 그러자 부인은 몹시 답답해서 조석朝夕으로 바가지를 긁으며 잔소리를 늘어놓는가 하면, 충돌하여 치고받기도 하고 혹은 원망하고 비방하기도 하는 등 못하는 짓이 없었다.

남편은 괴로움을 견디지 못하고 또 그녀가 무단히 행상을 권하는 것을 괴상히 여겨, 거짓으로 대답하고서는 드디어 행장行裝과 약간의 돈을 챙겨가지고 고별하고 문을 나섰다.

부인은 기뻐서 웃으며 남편의 옷소매를 끌면서 말했다.

"길 다닐 때 몸조심하고 꼭 큰돈을 벌어 오시오."

말끝마다 몸조심하라고 하면서 이별하였지만, 남편은 더욱 괴상히 여기고 속으로 생각하였다.

'저 여자가 반드시 우리 집에서 글을 읽고 있는 소년과 정을 통할 생각을 품은 것이다. 그러나 내가 집에 있어서 시시덕거리기

불편하기 때문에 나를 다그쳐 행상을 내보내는 것이리라. 그러니 내 멀리 갈 필요가 없다. 내 장차 그 동정動靜을 엿보고 있다가 과연 소년과 정을 통하면 나는 반드시 두 사람을 죽여 나의 울분을 씻으리라.'

근처에서 머뭇거리다가 남편은 드디어 밤중에 도로 자기 집으로 가서 담을 넘어 들어가 동정을 살폈다. 소년은 등불을 밝히고 글을 읽고 부인은 그 곁에 앉아서 음란한 말로 시시덕거렸지만 소년은 끝내 돌아보지 않았다. 부인이 계속 시시덕거리자, 소년은 이치를 들어 호되게 꾸짖었다.

"예禮에 남녀는 한 자리에 앉지 않는다 하였다. 지금 내가 네 집에 거처를 정하고 글을 읽으니, 너는 비록 사대부집 여자가 아니라 하더라도 의당 혐의를 피하고 멀리 떨어져 서로 가까이하지 말아야 옳은 일이다. 또한 너의 남편이 행상하러 집을 떠났으니 너는 마음을 바르게 하고 몸을 깨끗이 하여 조용히 신명神命에게 가호가 있기를 비는 것이 바로 집사람 된 당연한 도리이거늘, 이것은 하지 않고 망령되이 음란한 생각을 내어 외간남자를 희롱하다니, 이것이 무슨 도리인가? 이런 음란한 부인은 안존安存할 수 없으니, 마땅히 경계시켜야 하겠다."

그리고는 드디어 서첨書籤을 들어 그 부인을 두세 번 때리니, 그 부인은 부끄러움을 이기지 못하고 곧 머리를 떨구고 울었다.

남편은 이 광경을 지켜보고 자신도 모르게 탄복하고서는 즉시 몸을 돌이켜 담을 넘어 달려가서 화담에게 고하였다.

"여기 온 학사學士는 참으로 성인聖人입니다."

화담이 물었다.

"왜 그러는가?"

남편은 그 이유를 자세하게 이야기하였다. 화담은 믿지 않고 그와 함께 그 집에 가서 가만히 들어보니, 과연 그자의 말과 같으므로 자신도 모르게 머리카락이 꼿꼿이 섰다.

이튿날 화담은 토정을 대하고 말했다.

"자네의 조예造詣가 이처럼 숙성한 것은 장자長者라도 능히 할 수 있는 것이 아닐세. 이는 바로 나의 스승이지, 나의 벗이 아니네."

그 뒤에 토정은 학문에 전념하여 드디어 큰 선비가 되었다. 벼슬이 아산현감牙山縣監에 이르렀고 기적奇蹟을 많이 남겼다.

홍주洪州의 한진漢津이 바다가 될 것을 미리 알고, 한진에 가까운 주민들을 대피시켜서 빠져 죽는 사태를 면하게 하였으니, 호서湖西 사람들은 지금도 그 공을 칭송하고 있다.

또 《토정비결土亭秘訣》을 남겼다. 괘를 지어 풀이하면 사람의 당년 길흉화복吉凶禍福을 알 수가 있는데 지금 세상에 성행하니, 사람들은 그것을 믿는다. 대개 신년 초를 당하면 사람마다 《토정비결》을 펴놓고 점을 쳐보지 않는 자가 없는데 드디어 풍속이 되었다.

그의 명감明鑑과 이적異蹟은 3백 년을 내려오도록 인멸되지 않으니, 참으로 이인異人이었다.　　　　　《양은천미揚隱闡微》

40. 장부丈夫의 죽음과 삶

김공 여물金公汝吻은 승평부원군昇平府院君으로 영의정을 지낸 김유金瑬의 아버지였다. 그 집에는 밥을 무척 많이 먹는 노복이 한명 있었다. 여러 노복들에게는 모두 7홉의 요미料米를 지급하였으나, 이 노복에게만은 특별히 한 되의 요미를 지급하였으므로 여러 노복들이 모두 원망하였다.

김공은 의주목사義州牧使로 있다가 서인西人인 정철鄭澈의 당으로 몰려서 임소任所로부터 끌려와 의금부義禁府에 갇혀 있었는데, 임진왜란을 당하자 왕이 특명으로 백의종군白衣從軍하여 공을 세워 속죄贖罪하게 하였다.

김공이 순변사巡邊使 신립申砬의 종사관從事官으로 행장을 꾸려 가지고 떠나려 할 때에 여러 노복들을 불러 뜰 아래에 세워놓고 말했다.

"누가 나를 따라 출전하겠느냐?"

한 되의 요미를 받아먹던 노복이 따라가기를 자청하고 나섰다.

"소인小人이 평소에 한 되의 요미를 받아먹었는데 난을 당하여 어찌 남의 뒤에 있을 수가 있겠습니까?"

나머지 노복들은 모두 진사進士님의 피난길을 따라가기를 원하였다. 이때 승평부원군이 진사과에 급제하였기 때문에 진사님이라 했던 것이다. 김공은 드디어 말에 채찍을 가하여 앞장서서 마치 낙원을 달려가듯 하였다.

김공은 신립과 함께 충주忠州의 탄금대彈琴臺 아래에 달천㺚川을 등지고 진을 쳤다. 이때 왜병들이 마치 개미가 모이듯 조수가 밀려오듯 떼를 지어 몰려왔는데, 모두들 짤막한 막대기 하나씩을 가지고 있었다. 그 막대기는 무엇인지 알 수는 없었으나 푸른 연기가 '펑' 하고 잠깐 일어나면 그 막대기 끝이 향한 쪽에서 선 채로 죽지 않는 자가 없었다. 관군들은 비로소 그것이 조총鳥銃임을 알았다. 순변사는 전에 북관北關에 있을 때 이탕개尼湯介를 토벌하였는데 철기鐵騎로 짓밟기를 마치 마른 나무를 꺾듯 썩은 등걸을 자르듯 만만하게 하였었다. 그런데 이제 갑자기 조총의 공격을 당하니 영웅이 무력을 쓸 땅이 없게 되어 결국 패전하고 말았다.

이때 김공은 군복을 입고서 왼쪽 팔뚝에는 활깍지와 팔찌와 각궁角弓을 걸고 옆구리에는 칼을 차고 등에는 화살통을 짊어진 채 오른손으로 장계狀啓를 쓰되 초안도 잡지 않고 그대로 써 내려갔다. 붓 끝에서 바람이 쌩쌩 날 정도로 빨리 써 내려갔으나 말뜻이 모두 아름다웠다. 이렇게 쓴 장계를 즉시 봉함하여 발송하였고, 또 다음과 같은 편지를 써서 그 아들 승평부원군에게 부쳤다.

"3도道에 군사를 불렀으나 한 사람도 이르지 않으니 우리들은 오직 죽음만이 있을 뿐이다. 남아가 나라를 위해 죽을 장소는 본래 정해져 있는 것이다. 다만 나라의 은혜를 갚지 못한 채 장렬한 마음이 재가 되었으니 하늘을 우러러 한숨을 지을 뿐이다. 집안일에 대해서는 오직 네가 있으니 나는 다시 말하지 않겠다."

편지를 다 써서 부치고 나서 김공은 칼을 빼들고 말을 달려 왜
적과 싸우다가 결국 싸움터에서 죽었다.

따라간 노복이 난리통에
김공을 잃어버리고 달천 가
로 퇴각하였는데, 탄금대 아
래를 돌아보니 날아온 탄환
이 마치 비 오듯 하였다. 그
노복은 탄식하였다.

"내가 생명을 아끼고 공
의 은혜를 저버린다면 이
것은 장부가 아니다."

그렇게 외치면서 단창短
槍을 가지고 적진을 헤치고
들어갔다가 왜병에게 쫓기

변박卞璞 〈동래부순절도東萊府殉節圖〉

었다. 세 번 후퇴하고 세 번 전진하였는데 몸에 수십 곳의 상처를
입었다. 그 노복은 결국 김공의 시체를 탄금대 아래에서 찾아내어
지고 나와 으슥한 산골에 안치해두었다가 결국 선영先塋에 반장返
葬하였다.

아! 슬프다. 노복이 주인을 위하는 의리에 어찌 한정이 있을까
마는 어찌 이 노복처럼 충성스럽고 용맹스러운 자가 있었겠는가?
선비는 자신을 알아주는 자를 위하여 죽고 여자는 자기를 사랑하

는 자를 위하여 단장하는 것이다. 그 노복이 죽을 곳을 마치 평지처럼 여긴 것은 어찌 한 되의 쌀 때문이었겠는가. 김공의 의기에 감격해서 그랬던 것이다. 무릇 노복을 거느리는 방법은 의리로써 결속하고 은혜로써 감격시키는 것이다. 평소 죽을힘을 얻은 연후에야 급난을 당하였을 때 그를 믿을 수 있는 것이다. 김공이 바로 그 방법을 얻은 분이다. 무릇 조정에서 백 년 동안 군사들을 길렀으나 어지러운 때를 당하여 적개심을 품은 자가 없으니 김공의 노복에 부끄러움이 없을 수 있겠는가? ≪청구야담靑邱野談≫

41. 적을 섬멸한 옷깃의 서신書信

이기영李基榮은 평안도 박천군博川郡의 지인知印(지방관아에서 잔심 부름을 하던 구실아치)이었는데, 사람 됨됨이가 외모는 순박하고 근신 하는 듯하였으나 내심은 담력과 지략이 있었다.

순조 신미년(1811), 홍경래洪景來가 난을 일으켰을 때 박천군수博 川郡守 임성고任聖皐가 적에 항거하고 굴복하지 않다가 적에게 붙 잡혀 목숨이 경각에 달리게 되었다.

이때 기영이 분기하여 몸을 돌보지 않고 밤을 틈타 임군수를 찾아가서 적을 칠 계책을 말했으나 임군수는 그가 적의 간첩인가 의심하고 응하지 않았다.

"나는 목숨이 경각에 달렸는데 어찌 적을 칠 계책이 있겠느냐? 또 네가 지인의 반열에 있을 때 평소 너를 신임하지 않았었는데 어찌 적을 두려워하지 않고 와서 나를 만난 것이냐?"

기영은 분개하며 말했다.

"나라를 위하여 적을 치는 것은 사람의 본성이거늘, 평소 신임 하고 안한 것을 어찌 따질 수 있겠습니까?"

또 기영이 음식을 올리고 울면서 강개한 뜻을 보이므로 임군수 는 그의 진정을 알고 안주 병영安州兵營에 서신을 보내어 구원병을 요구하려 하였다. 기영이 주머니 속에서 필묵筆墨을 꺼내어 드리면서 말했다.

"입고 계신 옷을 찢어 거기에 글을 써 군수께서 쓰신 것임을 알리고 글의 내용은, '포수砲手 4, 50명을 급히 보내 이 고을의 적을 섬멸할 수 있게 하라.'고 적어주십시오."

임군수가 그의 말과 같이 써서 주었다.

기영은 그 서신을 품속에 숨겨가지고 단신으로 안주 병영으로 달려갔다. 이때는 경계가 삼엄하여 성안으로 들어갈 수 없었고 기밀 또한 누설되기 쉬웠기에 기영은 동북 토성土城 쪽으로부터 산을 의지하고 들어가 밤새도록 급히 달렸다. 5경更이 지나 곧장 병영에 들어가니 등불만 환하고 내부는 조용하였다. 기영은 드디어 소리쳤다.

"시급히 아뢸 일이 있습니다."

병사兵使는 깜짝 놀라 적군이라 생각하고 잡아다가 영문을 물었다. 기영이 말했다.

"좌우에 있는 사람들을 잠깐 물리쳐주십시오. 앞으로 가서 서신을 드리겠습니다."

병사가 좌우에 있는 사람들을 물리치고 장검長劍을 어루만지며 기영을 불러 앞으로 가까이 오게 하자, 기영이 비로소 옷 속에서 서신을 꺼내 바쳤다. 바로 포수를 청하는 박천군수의 서신이었다. 진위를 자세히 캐본 뒤에 곧바로 우수한 포수 50명을 뽑아 한 장교에게 딸려 보냈다. 박천과 안주와의 거리는 50리가 되므로 병사는 박천이 함락되었다는 것만 알고 자세한 소식은 듣지 못하던 참이었다.

병사가 기영에게 후한 상을 내렸으나 기영은 사양하고 받지 않고서 답서를 받아가지고 사잇길로 먼저 돌아와서 임군수를 만나니 때는 아직 오시午時가 못 되었다. 갑자기 대포 소리가 크게 나므로 적군은 졸지에 당하여 교전할 겨를이 없이 놀라 도망하였다. 박천고을이 수복되고 드디어 임군수의 구금이 풀렸다.

뒤에 임군수는 적군이 박천을 함락했을 때 스스로를 소인小人이라 칭했고 인부印符를 빼앗겼다는 등의 이유로 붙잡혀 감옥에 갇히게 되었다. 임군수는 적에게 잡혔을 때 적을 향해 말했다.

"나는 국토를 지키는 신하로서 능히 고을을 보존하지 못하였고 노모가 계시는데 능히 편히 모시지 못하여 불충하고 불효하였으니, 실로 국가의 죄인이다. 살아서 무엇하겠느냐? 속히 나를 죽이고 노모를 살려주기 바란다."

그러나 적은 일찍이 임군수의 치적治績을 들었기 때문에 차마 죽이지 못했다 한다. 일이 이렇게 된 까닭은 죄인과 소인은 발음이 서로 비슷하기 때문에 공문 전달하는 배지陪持 한 사람이 적에게 잡혀 가까운 곳에 있다가 잘못 듣고 전하였던 것이다. 인부印符는 힘이 모자라서 빼앗긴 것이니, 비록 가산군수嘉山郡守 정공鄭公이 적을 꾸짖다가 죽은 것에는 부끄러울지라도 이것으로 죄를 얽음은 어찌 원통하지 않겠는가? 임금의 통촉洞燭 아래 결국 사실이 밝혀져 특별히 석방되었다.

기영은 처음부터 끝까지 임군수를 따라다니고 잠시도 곁을 떠나지 아니하였다. 훈련대장訓鍊大將이 이 소식을 듣고 특별히 기영을 도감교련관都監敎鍊官에 임용하여 신임할 것을 생각하였다. 그런데 기영은 임군수가 석방된 뒤에 이내 사직하고 본토로 돌아왔다. 그리고 기영은 적을 평정한 일을 평소에 입으로 말하지 아니하였다.

아! 먼 지방의 하찮은 관동官僮이 강개한 마음으로 죽음을 각오하고 적을 쳤으니 어쩌면 그리도 충성스러운가! 서신을 전해 구원병을 빌려서 뭇 적을 하루아침에 소탕하였으니 어쩌면 그리도 지혜로운가! 임군수가 체포되어 충忠이니 역逆이니 하는 평가가 엇갈릴 때 평소 친하고 믿던 사람들은 모두 피했는데, 그는 홀로 지키고 떠나지 않았으니 어쩌면 그리도 의로운가! 공을 숨기고 말하지 않아 공명功名을 멀리 피하였으니 어쩌면 그리도 위대한가!

≪청구야담靑邱野談≫

42. 대덕大德은 반드시 얻음이 있다

옛날 김공 번金公璠이란 선비가 있었는데, 본관이 안동安東으로 서울 남산南山 밑에 살았으며 문학과 덕행으로 서울에 이름이 알려졌다. 부인 역시 현숙賢淑한 사람이었다.

김공은 항상 책상 앞에서 책만을 대하고 생업에는 소홀했다. 선대先代부터 내려오던 토지와 노비 등을 차례로 팔아서 생계를 꾸려가던 끝에 부인이 삯바느질을 업으로 삼아 손을 쉴 새 없이 밤낮으로 골몰하여 근근이 입에 풀칠을 해가는 형편이었다.

어느 날 평소 잘 알고 지내던 손님이 식전 아침에 김공의 문 앞에 이르러서 그 집 어린 종이 쇠갈비를 등에 지고 들어가는 것을 보고 뒤따라 들어와 주인을 보았다. 인사를 마치자, 이내 주객의 조반상이 나왔는데 고기는 한 점 없고 채소만 놓인 것이었다.

손님이 수상해서 물었다.

"자네 집에 무슨 연고가 있는가? 쇠갈비를 사오더니 조반상에 한 점도 안 보이네."

주인은 눈이 휘둥그레지며 의아해했다.

"나는 모르는 일일세."

그리고는 안 창문을 열고 손님의 말대로 하녀에게 물어보았더니 답이 이러했다.

"마나님께옵서 오늘이 대주大主(바깥주인나리) 생신이시라고 쇠고기 한 칼을 사다가 막 회치고 구우려고 부뚜막에 올려두었는데 집의 개가 훔쳐 먹고는 즉사했습니다. 마나님께서 보고 놀라시며 말씀하옵길 '이 고기에 독이 있다.' 하고, 아이놈에게 '네가 이걸 사올 때 혹시 너보다 먼저 사간 사람이 있었느냐?'고 묻자 아이놈이 '없었지요.' 하고 대답하니, '사람들이 이 고기를 먹고 죽는 것을 내가 구해야겠다.' 하시고 삯바느질값으로 모아둔 돈 30꿰미를 꺼내어 그 쇠고기를 전부 사다가 방금 후원 못 속에 던졌답니다. 개 때문에 진지상에 그 고기가 오르지 않음이 다행인가 하옵니다."

주인이 듣고는 일어나 안으로 들어가서 부인에게 재배하고 찬탄했다.

"부인, 참 어진 일을 하셨소. 이런 음덕蔭德이 있으므로 우리 집이 반드시 뒤에 창성昌盛하리다."

손님이 듣고는 주인에게 재배하며 역시 놀라워했다.

"이런 음덕은 세상에 드문 일이네. 옛날 손숙오孫叔敖는 다른 사람을 위해 양두사兩頭蛇(머리 둘 다린 뱀이 뱀을 보면 사람이 죽는다 함)를 죽이고 음덕을 받았거니와, 이 같은 일은 돈을 쓴 연후라야 행할 수 있으니 어찌 쉬운 일이겠는가? 주인의 복록福祿은 손숙오보다 백 배는 더할 것이네."

그 뒤 집이 더욱 곤궁해지고 흉년을 만나 양식 그릇이 종종 비었으나 배고픔을 잊은 채 항상 책상을 대하고 단정하게 앉아 있었다.

하루는 부인이 나와서 고하였다.

"큰애가 여러 날 굶주리다가 필경 살릴 길이 없게 되었습니다."

부인은 눈물이 글썽글썽하여 말을 맺지 못했다.

"죽었으면 염을 하여 묻을 수밖에 없지."

김공은 바로 늙은 하인을 불러 안으로 들어가 보았다.

아이는 몸에 실오라기 하나 걸치지 못했고, 방바닥에는 자리 한 닢 없었다. 책고리짝에서 묵은 두루마리를 꺼내 싸서 염을 하여 늙은 하인에게 밤을 타 메고 나가 산 언덕에 묻게 한 다음, 태연히 돌아와서 다시 책상을 대하고 앉았다.

앙리쥐베르(Jean Henri Zuber) 〈선비의 방〉

부인이 말했다.

"지금 모두 굶어서 죽어가는데 책은 읽어 무엇하시겠소? 세 아이 중에 하나는 벌써 죽었고 남은 것들도 언제 죽을지 모르는 판에, 독서를 하시고 수신修身을 하심이 훌륭한 일이긴 하옵지만, 앞

아서 아이들이 죽는 것을 보고 부부도 따라 죽으면 무슨 빛을 후
인에게 전하시겠습니까? 바라옵건대 잠깐 공부를 놓아두시고 살
아갈 방도를 찾아 뒷날이 있도록 하십시오."

"꾀가 모자라니 어찌하겠소?"

"듣기로 아무 정승, 아무 판서와 사이가 자별하시다니, 가서서
급함을 말하면 도움이 있지 않겠습니까?"

"내 만약 남에게 아쉬운 소리를 하면 나를 지기知己로 허락할
사람이 있겠소?"

"또 들으니 아무 양반이 평안감사로 계시는데, 막역한 사이라
지요? 왜 행장을 차리고 가서 보시지 않습니까?"

"그 역시 심히 난처한 일이오만, 부인께서 이와 같이 견디기 어
려워하니 우선 가보기나 하겠소."

김공은 일찍부터 안면이 있던 시정市井 사람에게 노자로 40꿰미
를 빌려달라는 편지를 써서, 늙은 하인을 시켜 시전市廛으로 보냈다.

시전에는 주객 서너 명이 있었는데, 주인은 마침 문서를 정리
하고 손님들은 한창 내기바둑을 두고 있었다. 바둑 두던 사람이
편지를 집어보고는 말했다.

"이건 김공께서 평양 가시려고 돈을 빌려달라는 기별일세. 김
공이 평안감사와 절친하시다던데……. 집이 가난하되 고결하여
왕래하지 않으시던 터에 이번 행차가 있으신 걸 보면 필시 급한
일이 계신 모양이지."

그리고 즉시 자기 노름밑천에서 내주려 했다. 그 집 주인이 그

사람을 말리며 나섰다.

"김공께서 기왕 나에게 빌려달라고 하셨으니 내가 마땅히 드려야 할 것 아닌가?"

그러면서 서둘러 40꿰미를 꺼내 빌려주었다.

김공은 열 꿰미를 남겨 가족의 생계를 꾸리게 하고, 30꿰미로 말을 세내어 평양으로 떠났다.

감영까지 50리도 안 되는 거리에 벌써 사람이 음식을 가지고 마중 나와 있었다. 평안감사를 만나니 그 환대가 한량없었다.

"자네가 온다는 소식은 이미 시정객들을 통해서 들었네. 자네 같은 조행操行으로 이렇게 왕림하시니 얼마나 큰 영광인가. 그런데 자네의 어려운 생활을 생각해보면 아무래도 한가하게 내려오신 건 아닌 듯싶네."

김공은 이에 오게 된 까닭을 이야기했다. 그러자 평안감사는 슬픈 기색으로 아쉬워했다.

"처음엔 못 가게 만류하고 기생을 모아 풍악을 벌이고 한 열흘 성대하게 놀 계획이었는데, 지금 자네의 말을 들으니 오래 만류하지 못하겠군."

평안감사는 5일 동안 깨끗한 향연으로 정성껏 대접하고, 작별할 때가 되자 노자 50꿰미에 따로 7천 관貫짜리 어음을 주면서 말했다.

"이걸 가지고 시정 아무개의 집에 들러 찾아서 생계를 도모하게."

김공이 돌아오는 길에 임진강臨津江 언덕에 이르렀을 때였다.

어떤 남자가 물에 빠져 죽으려 하고 한 부인이 통곡하며 만류하는 광경을 보았다. 몇 번 이러다가 문득 두 사람이 얼싸안고 함께 물속으로 들어가려는 것이었다. 김공은 급히 만류하고 그 까닭을 물었다.

"무슨 사연이 있길래 이렇게 죽으려 하시오?"

그 사람이 대답했다.

"가르치지 못한 아우가 제 딴엔 소금을 무역하여 돈을 벌겠다고 몇 해 전에 개성 상납전上納錢 몇천 관을 끌어다 쓰더니 몽땅 날리고, 작년에 다시 몇천 관을 갖다가 또 죄다 날렸는데 아우는 이미 죽고 빚만 전후 7천 관이나 남았지요. 천지간에 이런 큰돈을 마련할 길이 없거늘 저 혼자 갚아야 합니다. 제 쓰러져가는 세간을 깨끗이 쓸어 내다 판다 해도 십분의 일도 감당할 수 없는데, 어찌 온전히 살기를 바라겠습니까? 제 몸이 내일 붙잡히면 이내 칼끝의 혼이 될 터인데 형벌로 죽임을 당하는 것보다야 스스로 물에 빠져 죽는 것이 낫지 않겠습니까? 제 안사람은 아무 사정도 모르고 붙들고 말리다가 안 되어 같이 죽을 지경에 이르게 된 것이지요."

김공은 드디어 평양 감영의 어음을 내주며 말했다.

"이걸 가지고 상경하여 시정에서 찾아서 당신 아우 빚을 청산하시오."

김공은 그리고 나서 유유히 돌아왔다.

부인은 주인이 먼 길을 다녀왔다고 하여 음식으로 위로하고 이어서 이번 걸음에 노정이 어떠했으며, 대접은 어떻고, 노자를 얼마나 주던가 등을 물었다.

김공은 이에 그동안에 있었던 너그러운 대접과 후하게 받음을 일일이 들려주고, 임진강에서의 일에 대해서는 사람을 구하려고 어음을 내준 일은 숨기고 다만 사람이 물에 빠져 죽는 것을 보고도 도움을 못 준 신세를 한탄했다.

"집이 구차한 까닭에 재물을 가지고 언덕에서 바라보다가 돌아오니 마음에 심히 걸리오."

그리고는 이내 사랑으로 나와 피곤하여 누워 잠이 들었는데, 문득 안에서 어린애가 나와 다급히 아버지를 부르는 것이었다.

"지금 어머니가 돌아가셔요. 지금 어머니가 돌아가셔요."

깜짝 놀라 일어나서 들어가보니 부인이 방금 시렁에 목을 매달아 입에서 거품이 나오고 있었다. 얼른 끈을 자르고 편히 뉘었더니 깨어났다. 김공은 괴상히 여기어 물었다.

"무엇 때문에 부인은 죽으려 하오?"

"이처럼 부덕하신 줄은 정말 몰랐습니다. 넉넉히 사람을 구할 재물을 얻으시고도 마침 사람을 구해야 할 때를 당해 구하지 못하고 돌아오시니, 집안 사람이 죽을 지경에 있는 까닭으로 마음이 타인에게 미치지 못한 줄 알겠사오나, 이같이 마음을 쓰신다면 비록 7천 관이라도 오래도록 먹고 살 돈은 못 됩니다. 만약 환난患難에 쓰지 않으면 필시 도적에게 잃을 것이니, 우리 부부가 늙어 더욱 궁해져서 자손의 경사를 볼 희망이 없는데 내가 살아 무엇하겠습니까? 차라리 눈을 감아버릴 수밖에요."

김공은 껄껄 웃으며 말했다.

"장하오, 부인의 말씀이여! 내 벌써 어음을 주어 살렸다오. 부인에게 짐짓 숨겼던 것은 부인이 혹시 낙심하실까 염려한 때문이었소."

부인이 처음에는 믿으려 하지 않았다. 그런데 데리고 갔던 종의 어미가 들어와서 한탄하는 것이었다.

"이번 서방님께서 평양 갔다가 오시는 길에 이러이러한 일이 있었답니다. 사람을 구하심이 실로 좋은 일이지만 재물을 얻기는 어디 쉽습니까? 그렇게 어설퍼서야 어떻게 살아가실 수 있겠습니까?"

부인은 그제야 믿게 되었다.

김공은 이에 50꿰미 노자의 나머지로 시전 상인에게 빚을 갚고, 다시 살아갈 계책이 없이 그저 팔짱을 끼고 앉아 책상만 대하고 있었다.

몇 달이 채 지나지 않은 어느 날이었다. 어떤 벙거지 쓴 하인이 돈을 지고 와서 섬돌에 부리는 것이었다. 김공이 의아해하며 물었다.

"이게 웬 물건이냐?"

"평양 지장전支掌錢입지요. 공께서 지금 산정散政(도목정都目政 외에 임시로 벼슬을 임명함)으로 평양 서윤庶尹이 되셨습니다."

그 하인은 이렇게 말하고는 유지有旨(왕명서王命書)를 바치는 것이었다.

임진강에서 물에 빠지려던 사람이 시전에 어음을 찾으러 가자,

시전 상인이 바로 내어주지 않고 평양 감영으로 급히 통지하였는데, 과연 남산 밑 김공에게 은혜로 베푼 어음이 사람을 구한 일에 쓰여졌던 것이다. 이 사실을 안 평안감사는 생각하였다.

'7천 관으로 정다운 벗을 도왔는데, 그 벗이 자기 생계는 돌보지 않고 사람을 구제했으니, 그 덕이 실로 조정에 천거할 만하구나.'

이에 전관銓官(인재선발을 맡아보던 이조와 병조의 관원)에게 편지를 썼다.

"김번은 몸을 닦고 행실과 품행을 깨끗이 하며 글을 읽고 덕을 기른지라, 가히 원헌原憲·안연顔淵 등과 짝할 만합니다. 그가 선善을 행하고 인仁을 쌓은 일은 옛사람도 따르기 어려운 바입니다. 이 사람을 만약 굶어 죽게 한다면 이 어찌 성대聖代의 한 흠이 아니겠소?"

이에 전관이 임금에게 아뢰어 이같이 초야의 인물을 뽑아 쓰는 특명이 있었던 것이다. 이것이 어찌 ≪중용中庸≫에서 말한 '대덕大德은 반드시 얻음이 있다.'는 것이 아니겠는가?

김공 번과 같은 분은 천고에 없는 위대한 사람이다. 그 부인은 또 어찌 그리도 큰 덕이 있는가! 당초 쇠고기를 전부 사다가 못에 던진 일도 이미 이전 책에 없던 음덕蔭德인데, 하물며 남편이 남을 구했다는 사실을 숨기자 목숨을 끊으려고 하지 않았던가! 사람의 집에 복상福祥이 있는 것은 재물이 아니고 바로 덕德이라는 것을 더욱 믿겠다. 이후로 공경公卿이 배출되고 대대로 권세를 누렸으니 어찌 훌륭하지 않겠는가?

≪차산필담此山筆談≫

43. 가난뱅이의 저승 나들이

어떤 가난뱅이가 있었다. 집은 가난했으나 친구를 좋아하여 새벽에 일어나기가 바쁘게 세수를 하고 머리를 빗고 곧장 청계천 장교長橋에 사는 부잣집으로 달려가서 어정거리기가 일쑤였다.

그 부잣집은 8, 9명의 사람들이 늘 모여 노는 곳이 되다 보니 가객歌客과 무기舞妓에 술이며 안주 등의 음식이 떨어질 날이 없었다. 가난뱅이가 불청객으로 날마다 자리에 끼어 음식을 축내자 모두들 얕잡아보고 번번이 틈만 나면 그를 조롱했다. 가난뱅이는 꾹 참고 놀림을 받았으며 저들은 그를 놀리는 것으로 소일거리를 삼았다. 그래서 혹시 가난뱅이가 일이 있어 나타나지 않으면 저들이 오히려 왜 오지 않을까 하며 기다리게 되었다.

비가 오는 어느 날이었다. 그날도 여러 손님들은 흩어지지 않고 가난뱅이와 한담閑談을 지껄였다.

"자네는 집도 곤란한 사람이 나이가 50줄에 들어섰구먼. 돌아갈 날이 멀지 않은 터에 우리가 지금 이렇게 각별히 지내는 정의로 보건대, 부음을 듣고 누군가는 곧장 달려가서 문상을 하고 상치르는 것을 도와야 하지 않겠는가? 그런데 그때 누구 집에 우환이나 어떤 연고가 생길지 모를 일이거든. 가령 며느리가 아이를 낳는다거나 손자아이들이 홍역을 치른다거나 하면 세속이 꺼리는 바인데 그때에는 우리라고 어떻게 꼭 가서 시신을 어루만지며 애통해할 수 있겠는가? 그러니 아예 지금 우리 여럿이 이 자리에서 자네와 약조하여 아무개는 장례의 비용을 대고, 아무개는 입관할 물건을 맡고, 아무개는 산역山役의 경비를 부담하기로 하세. 그런데 다만 관의 치수를 미리 잴 수 없으니 어찌한담?"

"나중 일이지만 좌우간 자네들 뜻이 이러하니 감사할 따름일세."

가난뱅이가 좋아라 하자 한 사람이 나서서 말했다.

"대개 관목棺木은 단 몇 치 차이로도 값이 매우 차이가 나더군. 지금 치수를 모르고 그냥 긴 관목을 마련해두어서는 안 될 일이야. 또 만약 값이 덜한 것으로 준비해놓았다가 뜻밖에 송장이 길면 그때 어떡하겠어? 지금 대강대강 염歛을 해가지고 치수를 재두는 것이 옳지 않겠는가?"

모두들 '그도 그렇겠다.' 하며 달려들어 가난뱅이를 붙잡아 억지로 눕혔다. 가난뱅이는 짐짓 가만히 있었다. 모두들 둘러서서 수건과 끈 따위를 마루에다 늘어놓고 홑이불을 편 뒤 가난뱅이를 들어다가 그 위에 눕히고 밑에서부터 염을 하여 위에까지 이르렀을 때 그는 숨이 막혔다. 그러나 여러 사람들은 저마다 입을 가리고 손가락질을 하며 깔깔거리느라 풀어주는 것을 잊어버려 그는 그만 숨이 넘어갔다.

저들이 그가 아무 말이 없음을 수상히 여겨 염을 풀고 들여다보았을 때는 벌써 죽어 있었다. 아홉 사람은 기겁을 하여 수족을 주무른다 입에 약물을 떠 넣는다 하면서도 저마다 발뺌하며 변명하기에 급급했다.

"아무개가 목을 매는 것이 지나친 것 같더라니."

"애초에 아무개의 발론이 해괴했지."

모두가 와자지껄하는 틈에 가난뱅이는 정신이 조금 돌아왔다. 그러나 꼼짝달싹 않고 일부러 죽은 척하고 있었다.

여러 집 하인들이 각기 저희 주인집에 알리자, 아홉 집의 부녀자들은 안절부절하며 뻔질나게 사람을 보내 동정을 살펴오게 하는 것이었다.

한 사람이 소견을 내어 조심스럽게 말했다.

"이 사람에게 노모와 처자가 있으니 불가불 기별을 해야겠지?"

가난뱅이는 이 말을 듣고 겉으로는 죽은 척하면서도 마음속으로 '늙으신 모친이 놀라 애통해하실 텐데 딱해서 어찌하나?'라는 생각을 하게 되자 결국 숨을 들이키며 달싹거려보았다.

죽은 이에게 비로소 살아날 기미가 보이자, 아홉 사람은 일제히 달려들어 손을 잡고 물었다.

"자네, 나를 알아보겠나?"

"금방 잠을 잤단 말인가?"

호들갑스럽게 제각기 한마디씩 위로를 하자 희색이 방 안에 가득했다.

가난뱅이는 아홉 사람을 둘러보고 목을 놓아 통곡을 하였다. 그러자 저들도 덩달아 울었다.

"나 같은 빈 털털이 신세로 오늘날까지 연명해온 건 모두 자네

들 은덕일세. 늘 자네들의 수고로움을 대신하여 언젠가 결초보은
結草報恩하겠다는 마음은 있었네. 그런데 오늘 도리어 자네들에게
재앙을 끼쳤으니, 차라리 영영 죽었더니만 못하네."

가난뱅이는 흐느끼다가 금방 숨이 넘어가려 하자 저들이 다시
술이며 차를 떠넣어 정신을 차리게 했다. 이에 가난뱅이는 훌쩍거
리며 말을 꺼냈다.

"풍도酆都(지옥地獄)의 일을 내 믿었던 것은 아니나, 아까 순식간
에 염라국閻羅國에 들어갔다네. 귀두鬼頭와 나찰羅刹이 좌우에 늘어
섰고, 쇠갈퀴와 끓는 솥이 뜰에 벌여져 있는데, 차꼬와 수갑이며
형구形具 등이 의금부義禁府나 형조刑曹와 다르지 않더군. 집사執事
와 같이 생긴 자도 있고, 나졸羅卒같이 생긴 자도 있던 걸. 높은
전각殿閣 안에 화려한 일산을 받고 임금처럼 보이는 분이 탑 위에
앉아서 나를 불러들여 '너는 무슨 죄목으로 들어왔느냐?' 하고 묻
기에, 내가 우러러보고 '얼결에 잡혀온 죄인이 그 까닭을 알겠소
이까?' 하고 아뢰었더니, 옆에서 노랑 수건의 야차夜叉(염라국)의 졸
개가 나와서 고하기를 '소인이 다른 일로 출장을 나갈 때 마침 귀
문관鬼門關에서 우왕좌왕하는 자가 있기에 데리고 같이 들어왔을
뿐이옵니다. 그 연유는 모르옵니다.' 하더군.

이때 전상에 있던 어떤 분이 불쑥 나와서 아뢰는데, 이분이 판
관判官인 모양이야. 그분이 아뢰는 말이, '요새 부민들의 교만驕慢이
갈수록 더욱 심합니다. 살리고 죽이는 걸 저희들 마음대로 합니다.
저 아홉 사람이 강제로 이 사람을 묶어 죽게 하였나이다.' 하자,

염라대왕이 진노하여 귀졸 27명을 따로 뽑아 '저들을 풍도酆都 이설옥犁舌獄(혀를 빼서 쟁기질한다는 감옥)으로 잡아들여 쇠수갑·돌차꼬를 채운 뒤, 철옹성장鐵甕城將으로 하여금 삼라문森羅門(지옥)에 보고하게 하라.'고 분부하고 누누이 다짐하시더군. 그래서 내가 통곡을 하며 애걸하였다네.

'저 아홉 사람은 본디 인간 세상에서 마음씨 착하고 자비로운 사람입니다. 소인은 지금까지 전부 저 아홉 사람의 도움으로 살아왔나이다. 이번은 우연히 장난을 하다 소인의 숨이 막힌 것이옵고, 저들에게 피살된 것이 아니옵니다. 삼가 관대히 처분해주옵소서.'

그러자 염라대왕이 좌우를 돌아보며, '아홉 사람이 만약 평상시 가난한 벗과 궁색한 친지들에게 못할 노릇만 일삼고 한 번도 측은한 마음으로 구휼救恤한 바 없다면, 저 사람 말이 저러 하리오? 아직 잡아들이지 말고 두고 보는 것이 좋겠다.' 하자 좌우에서 아뢰는 것이었네.

'저 아홉 놈으로 하여금 자기들 재산을 균분均分하여 이 사람에게 주어도 저들이 지은 죄의 만에 하나인들 속죄贖罪가 되겠습니까?'

그러자 염라대왕이 '그렇다면 역사力士와 야차夜叉 등에게 아직 명을 거두지 말고 기다리고 있게 하다가 수일 후에 보내도록 하는 것이 옳겠다.' 하더군.

그때 옆에 있던 집사가 내 등을 떠밀어 공중으로 떨어지게 하기에 내가 바람을 타고 표표飄飄히 내려와서 여기 당도하고 보니 자네들이 내 곁에서 지켜보고 있구먼. 반갑기도 하고 슬프기도 하네. 나의 죽음이 기이한 일이로되, 무슨 면목으로 여러분들을 대면할지?"

가난뱅이는 눈물을 줄줄 흘리며 말을 맺지 못하는 것이었다.

이러는 동안에 아홉 집 하인들이 득달같이 저희들 주인집에 이 사실을 알리자 여러 집 부녀자들도 모두 놀라 기절할 지경이 되었다.

요사이 부잣집 부녀자들이 가끔 무당을 불러 푸닥거리를 하고 소경을 불러 독경讀經하는 데에 쓸데없이 재물을 축내어 파산 지경에 이른 일이 허다했다.

이 아홉 사람은 본래 무식하고 소견이 얕은데 이같이 그럴싸한 지옥 이야기를 듣고 아무렇지도 않은 듯 마음이 흔들리지 않을 재간이 있었겠는가? 서로들 돈자루를 모아 보내는데, 혹은 3백 냥 혹은 4백 냥을 내놓으니 며칠 사이에 가난뱅이 집 뜰에 3천 냥이 쌓이게 되었다.

가난뱅이는 여덟 사람 집의 것만 받고, 그중 한 사람이 보내온 것은 물리자, 그 집에서 매우 의아하게 여겼다.

수일 후 가난뱅이는 장교의 모임에 고별을 하고 시골로 이사하여 그들과 다시는 상종相從하지 않았다.

여러 부자들은 여전히 뻔질나게 먹고 노는 일만 일삼고 적선積善하는 데 한 푼도 쓰지 않고 무당과 소경에 미혹되어 절약하고 아끼는 법이 도무지 없었다. 재물이 물 솟듯 솟아나지 않는 바에야 물처럼 쓰고서 오래 갈 수 있겠는가? 세 해, 다섯 해도 지나지 않아 기와집이 초가로 바뀌고, 옷은 변변히 몸도 가리지 못하고, 음식은 배를 채우지 못하는 지경에 이르렀다. 그러나 지난날 좀먹었다고 내버린 비단옷과 쓰다고 뱉어낸 간장을 어디선들 다시 얻으리오.

아홉 사람은 각기 사방으로 흩어져 다시는 모이지 못했고, 더러 길에서 만나더라도 서로 부끄러워 낯을 돌리며 피해 갔다.

그중 한 사람은 가장 먼저 파산하고 부부가 모두 죽어 대가 끊겼는데, 이 집이 곧 지난번 가난뱅이가 돈을 돌려보냈던 그 집이었다.

10년 후에 가난뱅이는 많은 금은金銀을 가지고 서울로 와서 동네방네 수소문한 끝에 여덟 집 사람들을 만나 본전을 갚고, 거기에 다시 그 배를 얹어주고 돌아왔다.

가난뱅이가 한 집의 돈을 받지 않았던 것은 대체 무슨 이유에서였을까? 아마도 그 사람이 먼저 죽어서 보상할 수가 없으리라는 것을 알고 그랬을 것이리라. 고대광실高臺廣室에서 고기반찬에 비단옷으로 호사하는 자들이 제멋대로 장난칠 때에 가짜 시체에게 그와 같은 신통한 꾀가 숨어 있을 줄 어찌 생각하였으리오?

≪어수신화禦睡新話≫

44. 영남嶺南 거부巨富와 양산박梁山泊 무리

손孫씨 성을 가진 선비 아무개는 영남 거부였다. 밀양密陽에 사
는데 그 집은 산을 등지고 물을 굽어보며 한 골짝을 차지하고 있
었다. 대문 밖에는 큰 강이 동쪽으로 흐르고 거느린 노복의 집은
2백여 호나 되었다.

손선비는 비록 재물은 산더미처럼 쌓았으나 여러 대를 시골에
서만 살아왔으므로 인척들이 모두 시골 토박이 백성들이었다.

그래서 그는 늘 명사名士나 재상宰相과 사귀어 출세할 계획을
세웠으나 그 대상을 만나지 못하였다. 그런데 이때 마침 양산군수
梁山郡守가 작고하여 그 생질인 박교리朴校理가 운구運柩하기 위하
여 서울에서 내려오다가 강가에서 쉬고 있다는 소식을 들었다. 손
선비는 그를 사귀기 위하여 즉시 달려가서 뵙기를 청했다. 그 손
님은 흔연히 허락하였다. 드디어 인사를 나누고 그 손님의 모습을
보니 준수하고 아름다워 바로 명사의 풍채가 배어나왔다. 그래서
이내 넌지시 자기 뜻을 알렸다.

"명성을 듣고 한번 사귀기를 원하였습니다."

손님은 겸손해 마지않았다. 손선비가 또 말했다.

"제 집이 근처에 있으니 잠깐 들러주신다면 누추한 저의 집에
영광이 될 것입니다."

손님은 응낙하였다. 드디어 그 손님을 이끌고 집으로 와서 술과 음식을 성대하게 준비하여 정성껏 대접하였다. 손님이 살림형편을 묻자 손선비는 대충 알려주었다. 그러자 손님은 눈에 띄게 부러워하는 기색을 비치더니 곧 말을 꺼냈다.

"갈 길이 몹시 바빠서 지체할 수가 없습니다. 돌아오는 길에 다시 뵙겠습니다."

그리고는 이내 작별하고 급히 달려갔다.

며칠이 지난 뒤에 어떤 사람이 와서 편지 한 장을 전하면서 박교리의 편지라고 말했다. 그 편지 속에는 다음과 같은 말이 적혀 있었다.

"양산의 운구 행렬이 며칠 후에 댁의 동네를 지나갈 것이오. 일행이 매우 많으니 하인의 집 대여섯 채를 좀 빌려주어 자고 갈 수 있게 해주시오."

손선비는 편지를 보고는 즉시 노복들을 불러서 그중 조금 큰 집 다섯 채를 골라 청소하고 자리를 깔되 최고로 화려하게 하고, 또 집 사람들에게 대접할 술과 음식 등을 많이 준비하고 기다리도록 하였다.

약속한 그날이 되자 어둑어둑해질 때 운구 행렬이 물길을 따라와서 배에서 내려 뭍으로 올라왔다. 인부와 말이 연이어 모여들고 등불과 촛불이 휘황찬란하였다.

그리고 방울을 흔들며 해로가薤露歌(만가輓歌)를 부르는 군인들, 상여줄을 잡고 곡하며 따르는 이민吏民들, 장사에 관한 일을 보살

피는 감·병영監兵營의 군관軍官들, 상여를 전송하는 이웃 고을의 수령들이 질서 정연하고 위의가 성대한 가운데에 인산인해人山人海를 이루며 연속으로 상여를 옹호擁護해 오는 것이었다.

박교리가 대여섯 명의 추종들을 거느리고 먼저 달려 들어와서 주인에게 허리 굽혀 읍揖을 하였다.

"후의厚意를 입어 운구 행렬이 잘 쉬어 가게 되었으니 그 은혜를 어떻게 갚아야 할지 모르겠습니다."

"급한 일을 도와준 것이 무슨 수고라 하겠습니까?"

미처 말을 다 주고받기도 전에 안에서 급하게 '주인 좀 들어오라.'고 청하는 것이었다. 주인이 즉시 들어가보았더니 집사람이 발로 땅을 굴렀다.

"큰일 났습니다. 지금 비복들의 말을 들으니 '이른바 상여라는 것은 모두 무기를 실은 것이고 양산상행梁山喪行이란 것은 바로 양산박梁山泊의 무리'라 합니다. 이 일을 장차 어떻게 하겠습니까?"

주인은 '아차' 하며 깨달았다. 그러나 일이 이미 이 지경에 이르렀으니 또한 어떻게 할 수가 없었다. 억지로 참고 나왔더니 손님 적장敵將이 물었다.

"주인장의 양미간에 근심빛이 가득한데 무슨 일이 있습니까?"

"어린애의 급병이 있었는데 다행히 나았습니다."

적장이 웃으면서 말했다.

"주인장은 그릇이 좁구려. 지금 내가 가지고 싶은 것은 가벼운 재물에 불과하오. 토지나 가축, 가옥이나 양곡 같은 것은 하나도 손을 대지 않기로 이미 마음에 결정하였으니, 잃는 것이 비록 적지는 않을 것이나 수년 내에 저절로 보충이 될 것인데 어찌 깊이 근심할 필요가 있겠소? 또 재물이란 것은 천하의 공기公器이니, 쌓는 자가 있으면 반드시 쓰는 자가 있고 지키는 자가 있으면 반드시 취하는 자가 있는 법이오. 당신 같은 사람은 쌓는 자와 지키는 자라고 할 수 있고 나 같은 자는 바로 쓰는 자와 취하는 자라고 할 수 있소. 증가시키고 감축시키며 사라지게 하고 자라나게 하는 것은 바로 조물造物의 상도常道요. 주인장도 조화 속의 한 물건인데 어찌 늘 증가시키기만 하고 감축시키지는 않으며 늘 자라게만 하고 사라지게 하지 않을 수 있겠소? 일이 이미 일찍 탄로났으니 굳이 심야에 소란을 피워 혹 사람과 물건을 상해되게 할 필요야 없으리다. 바라건대 주인장은 먼저 내실에 알려 부녀들이 모두 한 방에 모여 있게 하시오."

주인은 얼굴빛이 흙빛이 되어 그의 말대로 조처하였다.

적장은 또 말했다.

"주인이 응당 아끼는 물건이 있을 것이니 그것일랑 일찌감치 말씀하여 함께 잃는 일이 없게 하시오."

주인은 3백 금을 들여서 새로 산 푸른 나귀를 말하였다. 어느새 일행들이 모두 군복으로 바꾸어 입고 무기를 가지고서 바깥마당에 빽빽이 들어섰다. 몇천 명인지 알 수 없었는데 모두들 신체가 건장하였다.

적장은 명령을 내렸다.

"너희들은 안채에 들어가서 의복衣服·기명器皿·체계髢髻(다리)·
차천釵釧(비녀)·팔찌·은전銀錢·주패珠貝·금기錦綺 등속을 모두 가
지고 나오되, 단 부녀가 모인 방에는 비록 억만금 재물이 있다 하
더라도 절대 근접하지 말도록 하라. 재물이 비록 중하나 명분이
지극히 엄하니 만일 명령을 어긴 자가 있으면 반드시 군법에 처
할 것이다."

적장은 또 부하들에게 푸른 나귀를 취하지 말도록 당부하고 또
주인에게 말했다.

"주인장이 저들을 데리고 들어가서 난동을 부리지 않게 하는
것이 좋겠소."

주인이 드디어 그들을 데리고 갔더니 방이며 다락 등 뒤지지
않는 곳이 없었다. 물건을 마음대로 찾아내서 바깥 마당에 쌓은
다음 3백 필의 건장한 말에 실어서 일시에 나는 듯이 달려 강을
건너갔다.

적장은 뒤에 처져 주인과 마주 앉아서 새옹득실塞翁得失을 가지
고 비유한 다음 허리를 굽혀 길게 읍하고 고별하였다.

"나 같은 불청객不請客은 한 번 본 것만으로도 징그러운데 불행
하게 두 번 만나는 것은 더욱 원할 바 아닐 것이오. 지금 한 번
작별하면 뒤에 만날 기약이 없으리니, 오직 원하건대 주인께서는
이치에 통달하여 천금 같은 몸을 보중하고 절대로 다시는 서울
사대부와 교분을 맺을 생각일랑 하지 마시오. 금번 소위 박교리란
자가 무슨 보탬이 되었습니까?"

그는 말에 올라탄 뒤에 또 주인을 돌아보고 말했다.

"물건을 잃은 사람은 으레 추적하는 일을 하는데, 조금도 보탬이 없을 것이오. 주인께서는 세속의 습관을 따르지 마시어 후회를 끼치는 일을 면하시기 바라오."

주인은 힘없이 대답했다.

"어찌 감히 그럴 리가 있겠습니까?"

적장은 드디어 아무 일도 없었다는 듯이 표연히 떠나갔는데 그가 간 곳을 알지 못하였다.

조금 후에 수백 집의 노복들이 다 모여서 앓는 소리로 위로하고 혀를 차며 탄식하였다. 그리고 추적해야 한다고 뜻을 모아 말을 전했다.

"그들은 필시 해적일 것입니다. 육지로 갈 리가 없으니 여기서 해문海門(바다의 통로)이 멀지 않습니다. 우리들 6, 7백 명이 좌우로 대열을 나누어 빨리 추적하면 미치지 못할 것이 없습니다. 더구나 아무 해구海口에는 큰 마을이 있고 아무 갯가에는 큰 농막이 있으니 만일 힘을 합쳐 추적한다면 저들이 비록 수천의 무리라 하더라도 어떻게 감히 대항하겠습니까? 잃은 물건을 거의 추심할 수 있을 것입니다."

그러자 주인은 크게 꾸짖어 금지시켰다. 그러나 그중에서 노성하여 사리를 아는 10여 명이 번갈아 뵙고 다시 고하였다.

"적장이 '추적하지 말라'고 신신당부한 것은 바로 위협한 말이나 역시 자신도 겁이 없지 않다는 뜻입니다. 소인들 6, 7백 장정이 일심으로 힘을 합친다면 반드시 패배당할 이치가 없을 것입니다. 아무튼 가보겠으니 처분을 바랍니다."

주인이 주저하고 미처 결정하지 못하고 있을 때 갑자기 집 뒤의 대숲 속에서 천여 명의 건장한 사람들이 고함을 지르며 돌출하여 마당 가운데로 모여들었다. 그리고는 주먹으로 치고 발로 차는 등 모여 있던 6, 7백 명의 노복 장정들을 추풍낙엽秋風落葉처럼 무너뜨리고 고추부서孤雛腐鼠처럼 엎어버렸다. 적들은 순식간에 쉽게 해치우고 나서 곧 일시에 강을 건너가버렸다.

김홍도金弘道 〈군선도群仙圖〉

구타를 당한 노복들은 쓰러지지 않은 자가 없었다. 한참 뒤에 붙들어 일으키니 모두 중상을 입었으나 다행히 한 사람도 죽은 자는 없었다.

이튿날 아침에 잃은 물건을 점검해보니 한 가지도 남은 것이 없었고 마판馬板의 푸른 나귀도 잃었다. 며칠 뒤에 갑자기 강가에서 나귀 우는 소리가 들렸다. 주인이 하인을 보내 살펴보니 바로 그 푸른 나귀였는데 은안장에 수놓은 언치를 얹고 홀로 강가에서 있었다. 선혈이 뚝뚝 떨어지는 물건이 가죽 주머니에 담겨 안장 위에 걸려 있고 또 편지 한 통이 있었다. 그 편지는 나음과 같다.

"일전에 두 번 찾아가 뵌 것은 오랫동안 계획한 끝에 이루어진 것인데 사세가 너무도 급박해서 조용하게 토론하지 못하였으니 얼마나 서운한지 모르겠소. 혹시 놀란 나머지 몸이 손상되지나 않으셨는지 모르겠소. 재물을 잃은 일에 대해서는 가만히 집사의 큰 그릇을 헤아리건대, 어찌 혹시라도 개의하시겠소? 그런데 작별 당시 당부 말씀을 드리지 않아서 결국 노복들을 다치게 하였소. 그러나 그것은 스스로 취한 것이니, 누구를 원망하겠소? 마음속에 새기어 사례할 것은 댁에서 실어온 3백 바리의 가벼운 보화로 섬속의 1년 양식을 하게 된 일이오. 귀댁의 나귀는 돌려보내옵고 주머니 속의 물건은 바로 명령을 어기고 나귀를 도둑질해온 자의 머리이니, 양지하시기 바라오. 이만 줄이오. 모년 모월 모일 전 교리 박 아무는 절을 올림."

주인은 이 편지를 보고 물건을 잃은 데 대한 분노가 얼음이 녹고 눈이 사그라지듯 가셨다.

"요즘 세상에 최고로 기걸奇傑한 남자를 보았도다."

주인은 이렇게 감탄했다고 한다.　　　　　≪동야휘집東野彙集≫

45. 미녀의 환상을 깬 조남명曹南冥

　조남명은 젊었을 적에 기질이 호방하여 얽매임이 없었다. 그는 천하에서 제일가는 보검寶劍과 준마駿馬와 명희名姬를 기어코 가지고야 말겠다고 작정하였다. 그리하여 보검과 준마는 몇 년에 걸쳐 수중에 들어왔지만, 명희는 그때까지 발견하지 못하고 있었다.

　하루는 말 등에 몸을 싣고 안장 위에 칼을 걸고서 멀고 가까운 곳을 두루 다니다가 관동關東의 서쪽 산골짜기를 지나게 되었다. 한 마을이 산을 등지고 물을 굽어보는데, 크고 화려한 초가집들이 홰나무와 버드나무가 덮인 가운데로 비치는 풍경이 사랑스러웠다.

　이때 소복을 입은 한 미인이 마을에서 물동이를 이고 나오더니 시냇가 돌 위로 가서 빨래를 하는 것이었다. 그녀는 얼굴이 청수淸秀하고 살결이 눈처럼 희었다. 남명은 버드나무 가지에 말을 매고 칼을 짚고 나가서 오랫동안 눈이 뚫어지게 쳐다보며 날이 저문 것도 깨닫지 못하였다.

　그녀가 괴상히 여기고 물었다.

　"서방님께선 무엇 때문에 행차를 멈추고 날이 저물어도 가시지 않습니까?"

　남명이 사실대로 말하였다.

"나는 평생 세 개의 제일가는 물건을 내 손에 넣기로 작정하였었다. 첫째는 보검이요, 둘째는 준마요, 셋째는 국색國色인데, 준마와 보검은 이미 얻었으나 국색은 보기가 어렵더니 이제 다행히 너를 만났다. 그래서 거의 숙원宿願에 부합되기 때문에 내 차마 버리고 가지 못하는 것이다."

그녀가 웃으면서 말했다.

"서방님이 그리 보시니 부끄럽습니다. 만약 국색을 보고 싶으시면 쇤네를 따라오셔요."

그녀는 이내 빨래하는 일을 중지하고 도로 마을을 향해갔다. 남명이 뒤를 따라갔다. 다른 사람은 없고 그녀 혼자 살고 있었다. 그녀는 부엌에 들어가더니 조금 후에 저녁밥을 내왔는데 밥과 찬이 정결淨潔하여 입에 맞았다.

초경 말에 이르자 그녀는 남명을 이끌고 중문重門으로 들어가 후원의 담 밑에 이르러 남명에게 말하였다.

"서방님이 여기 앉아서 기다리시면 저 누대樓臺에 미인이 나와 앉을 것이니 잘 보십시오."

그러고 나서 그녀는 도로 나갔다. 이때 밝은 달은 막 떠오르고 후원의 나무에 바람은 맑으며 밤은 낮과 같이 밝고 누대의 그림자는 들쭉날쭉하였다. 조금 후에 한 미인이 짙은 화장에 성대하게 꾸미고 선녀 같은 자태로 방에서 천천히 걸어나와 난간에 기대어 앉았는데 사람을 기다리는 듯하였다.

남명은 비로소 그녀의 말이 거짓이 아닌 것을 알고 눈여겨보았다. 구슬 빛은 눈을 어지럽히고 특이한 향취는 코를 찔렀으며, 마치 연꽃이 금당金塘에 빼어난 듯, 달이 요궁瑤宮에 나온 듯 황홀하였다. 남명은 눈이 부시고 정신이 현란하여 마음을 진정할 수가 없었다. 그래서 혼잣말로 중얼거렸다.

"천하국색天下國色은 과연 이와 같구나!"

그런데 이때 북쪽 담 밑에서 돌이 구르는 소리가 갑자기 들렸다. 남명이 놀라 일어나서 가보았더니, 머리에는 고깔을 쓰고 몸에는 가사를 걸친 어떤 놈 하나가 얼굴은 용감하고 사나우며 눈빛은 번쩍번쩍하였는데, 높은 담을 뛰어 넘어왔다. 미인은 방긋이 웃고 일어나서 난간머리에 서고, 중은 다락마루로 뛰어 올랐다. 그들은 서로 허리를 껴안은 채 입을 맞추고 이마를 비비면서 빙빙 돌아 방 안으로 들어갔다.

남명은 그걸 보고서 자신도 모르게 머리털이 서고 눈이 찢어질 정도로 분노하던 끝에, 칼을 짚고 창밖으로 다가가 시종 그들의 소행을 지켜보았다. 미인이 큰 탁자를 중 앞에 내와 커다란 주발로 술을 따라 중에게 권하자, 중은 얼른하게 취해 탁자를 밀치고 음란한 짓을 하더니, 밤중이 되자 두 남녀는 깊은 잠에 곯아떨어졌다.

남명은 분노를 이기지 못하고 방 안으로 뛰어들어 칼로 내리치자 남녀의 머리가 일시에 다 잘려나갔다. 그러자 여비가 울면서 들어와 놋쇠소반에 그 남녀의 머리를 담아 영궤靈櫃의 앞에 갖다 놓고 한참 동안 슬피 곡한 다음 눈물을 거두고 나와서 남명에게 말했다.

"서방님 나오세요."

그리고는 남명을 이끌고 제 집으로 가서 절을 백 번이나 하고 울며 사례하였다.

"서방님께서 여기에 오신 것은 하느님이 시키신 것입니다. 쇤네의 상전上典은 본래 서울 사대부로서 5, 6년 전에 시끄러운 세상이 싫어서 이곳에 터를 잡아 집을 지었습니다. 저 중은 그 당시 도목수였고, 저 여자는 바로 쇤네의 작은 상전입니다. 여러 달 동안 공사를 하던 끝에 중과 작은 상전은 우연히 눈이 맞아 감히 음탕한 마음을 품고 상전을 해칠 것을 꾀하였습니다. 수년 동안에 상전 부자와 행낭의 비복婢僕들 중에 그들과 사이가 나쁜 자는 저 중에게 살해당하고, 남은 비복들은 쇤네 한 사람 외에는 모두 그들에게 살해될까 두려워 억지로 복종한 자들입니다. 쇤네는 항상 하늘에 기도하며 상전의 원수를 갚을 수 있도록 애원하였는데, 오늘 다행히 원수를 갚게 되었으니 죽어도 여한이 없습니다."

말을 마치고 그녀는 더욱 슬피 울어댔다.

남명은 소름이 끼쳐 마치 구렁텅이에 떨어진 듯하였다. 그래서 그 잘못을 크게 깨닫고 황망히 부질없는 깊은 잠에서 깨어나 스스로 꾸짖었다.

"나는 외물에 유혹되어 거의 평생을 그르칠 뻔하였다."

그리고 앉은 채로 새벽을 기다려 굴레를 벗겨 말을 놓아주고 칼을 부러뜨려 땅에 던져버렸다. 그리고 걸어서 잠향岑鄕으로 돌아가 이를 악물고 글을 읽었다. 다닐 적에는 방울을 차고, 앉을 적에는 칼을 짚었다. 때문에 걸음이 일정하지 못하면 방울소리가 어지럽게 울리고 몸이 조금이라도 치우치면 칼끝이 살을 찔렀다. 각고의 노력으로 공부하기를 이와 같이 하였으므로 후에 큰 선비가 될 수 있었다.　　　　　　　　　　≪동패집東稗集≫

부 록

출전해설

□ ≪계서야담溪西野談≫

이희평李羲平(1722~1839)이 편찬한 문헌설화집文獻說話集으로 ≪청구야담靑邱野談≫·≪동야휘집東野彙輯≫과 더불어 3대 설화집으로 지칭한다. 편찬 연대는 1833~1839년 사이로 추정된다. 주요 이본으로는 서울대 규장각奎章閣본·고려대高麗大본·성균관대成均館大본·보성고普城高본·정명기鄭明基 소장본·일본 천리대天理大본이 있다.

□ ≪계압만록溪鴨漫錄≫

조선 말기에 편찬된 편저자 미상의 문헌설화집이다. 편찬연대는 수록내용을 통해볼 때 1884년에서 1892년으로 추정된다. 내용상 ≪어우야담於于野譚≫·≪천예록天倪錄≫·≪동패낙송東稗洛誦≫·≪계서야담溪西野談≫을 모범으로 한 것으로 보인다. 여기에 수록된 작품은 일화와 야사가 주를 이루고 있으며, 일부 저작자의 견해도 포함되어 있다. 현재 한문 필사본인 서울대 규장각본이 전한다.

□ ≪금계필담錦溪筆談≫

서유영徐有英(1801~1874)이 1873년 저술한 문헌설화집이다. 서

유영은 전대 문헌을 채록하고, 민간에 떠돌아다니는 이야기를 기록하였으며, 자신의 경험담도 서술하였다. 주요 이본으로는 서울대 상백문고본·국립중앙도서관본·한국학중앙연구원 장서각본·고려대본이 있다.

❏ ≪동야휘집東野彙集≫

1869년 이원명李源命(1807~1887)이 편찬한 문헌설화집이다. ≪동야휘집≫은 ≪청구야담靑邱野談≫·≪계서야담溪西野談≫과 더불어 3대 야담집으로 지칭된다. 내용상 ≪어우야담於于野譚≫·≪기문총화記聞叢話≫ 등을 모범으로 삼고, 민간에서 채록한 것을 더한 것으로 보인다. 등장인물의 신분을 기준으로 13개 대항목을 설정하고, 제재를 기준으로 84개 소항목으로 분류한 것이 특징이다. 이는 현재까지 알려진 한국 최고最古의 설화 분류법으로 평가된다. 주요 이본으로는 서울대본·연세대본·성균관대본·숙명여대본·국립중앙도서관본·김상기金庠基 소장본·김일근金一根 소장본·일본 대판大阪시립도서관본이 있다.

❏ ≪동패낙송東稗洛誦≫

조선 후기 노명흠盧命欽(1713~1775)이 편찬한 문헌설화집이다. 편찬 연대는 1773년에서 1789년 사이로 추정된다. ≪동패집東稗集≫과 제목과 성격이 유사하나, 수록된 이야기와 체제가 일치하지 않아서, ≪동패집≫을 이본으로 보지 않는 견해가 지배적이다.

내용상 ≪청구야담靑邱野談≫·≪동야휘집東野彙輯≫을 모범으로 삼은 것으로 보인다. 그러나 문장 구성과 표현이 탁월하여, 이전 설화집들이 이야기를 단순 전재하기만 했던 것과는 대비된다. 주요 이본으로는 연세대본·이화여대본·임형택林熒澤 소장본·일본 천리대본·동양문고본이 있다.

❏ ≪동패집東稗集≫

편저자와 연대가 미상인 문헌설화집이다. 내용상 ≪천예록天倪錄≫·≪계서야담溪西野談≫·≪청야담수靑野談藪≫·≪파수록罷睡錄≫을 모범으로 삼은 것으로 보인다. ≪동패집東稗集≫은 18, 9세기의 야담집 형성에 직접적 영향을 주었을 뿐만 아니라, ≪천예록≫ 이후 이인異人설화와 같은 신이神異하고 환상적 내용을 담은 야담집의 계보를 이었다고 평가된다. 주요 이본으로는 고려대본·연세대본·정명기 소장본·일본 천리대본·동양문고본이 있다.

❏ ≪삽교만록霅橋漫錄≫

조선 후기 안석경安錫儆(1718~1774)의 필기류를 모아놓은 잡록집雜錄集이다. 1786년 그의 동생인 안석임安錫任(?~?)이 서문을 쓰고 간행한 것으로, ≪삽교집霅橋集≫과는 별도로 필기류들을 수록하였다. ≪삽교만록≫의 특징으로는 각 책을 오행五行인 금金·목木·수水·화火·토土로 분류한 것인데, 이 중 금은 1권과 2권으로 되어 있다. 내용상 1770년부터 1773년까지 기록한 것들이 주류를 이루며, 340여 편의 글이 수록되어 있다. 일본 동양문고에 6권 5책으로 된 필사본이 소장되어 있다.

❏ ≪양은천미揚隱闡微≫

조선 후기 편저자 미상의 문헌설화집이다. 편찬 연대는 〈김연광동방재회기처金演光洞房再會其妻〉의 시대적 배경인 '임오군란壬午軍亂'과 고종高宗황제(1852~1919)를 '태왕太王'으로 언급한 것을 근거로, 고종황제가 순종純宗황제(1874~1926)에게 양위한 1907년에서 고종황제가 승하한 1919년 사이로 추정하고 있다. 총 36편의 이야기가 수록되어 있으며, 단국대 도서관에 소장된 한문 필사본이 유일본으로 전한다.

❏ ≪어수신화禦睡新話≫

조선 후기에 장한종張漢宗(1768~1815)이 편찬한 문헌설화집이다. 이본 중 ≪어수록禦睡錄≫으로 되어있는 것도 있다. 편찬 동기는 서명과 같이 잠을 쫓게 할 목적으로, 야어고담野語古談과 자신이 실제 경험한 일 총 130편에 담아 수록하였다. 현재 국립중앙도서관본이 전한다.

❏ ≪어우야담於于野談≫

조선후기 유몽인柳夢寅(1559~1623)이 편찬한 문헌설화집이다. 내용상 유몽인이 살던 시대의 인물이나 사건을 주로 다루었으며, 다

양한 제재로 되어 있다. 조선 후기에 야담류가 성행하게 되는데 시대한 영향을 준 것으로 평가된다. 주요 이본으로는 서울대 규장각본·서울대 고도서본·국립중앙도서관본·영남대본·시화총림詩話叢林본·만종재萬宗齋본·낙선재樂善齋본·미국 UC버클리대본이 있다. 이 중 한글번역본인 낙선재본과 한문인쇄본인 만종재본을 제외한 나머지 대부분은 한문필사본이다. 만종재본은 1964년 유몽인의 방계傍系인 유제한柳濟漢(?~?)이 재편집한 것으로, 이본 중 가장 많은 522편이 실려 있다.

❑ ≪잡기고담雜記古談≫

조선 후기 임매任邁(1711~1779)가 편찬한 문헌설화집이다. 임매는 ≪천예록天倪錄≫을 편찬한 임방任埅(1640~1724)의 손자로, 1754년에서 1767년 사이에 ≪잡기고담≫을 편찬하였다. ≪천예록≫과 달리 ≪잡기고담≫에는 사실적인 이야기가 주류를 이루고 있는데, 이는 조선 후기 야담이 현실 반영을 중시하는 방향으로 변모하는 예라고 할 수 있다. 현재 일본 천리대에 소장되어 있다.

❑ ≪차산필담此山筆談≫

조선 후기 배전裵婰(1843~1899)이 편찬한 문헌설화집이다. 편찬 연대는 대원군(이하응李昰應, 1820~1898) 집정기 때의 이야기가 수록되어 있는 점으로 미루어 볼 때 19세기로 추정된다. ≪차산필담≫은 각 이야기마다 제목이 제시되어 있고, 제목에 설說·녹錄·전傳

등의 문체를 구체적으로 분류한 것이 특징이다. 현재 서울대 규장각본이 남아 있다.

❏ ≪청구야담靑邱野談≫

조선 후기 편저자 미상의 문헌설화집이다. ≪계서야담溪西野談≫ · ≪동야휘집東野彙輯≫과 더불어 3대 설화집으로 지칭한다. 편찬 연대는 ≪계서야담≫과 ≪동야휘집≫의 사이인 19세기 중엽에 나온 것으로 추정된다. 내용상 ≪학산한언鶴山閑言≫ · ≪계서야담溪西野談≫ · ≪기리총화綺里叢話≫를 모범으로 삼은 것으로 보인다. 주요 이본으로는 서울대 규장각본 · 서울대 고도서본 · 국립중앙도서관본 · 일본 동양문고본 · 미국 UC버클리대본이 있다. 이중 규장각본은 유일하게 한글본으로 262편이 실려 있다.

❏ ≪파수록罷睡錄≫

김연金淵이 편찬한 문헌설화집이다. ≪조선왕조실록朝鮮王朝實錄≫에 등장하는 심기원沈器遠(1587~1644)의 모반과 연루된 김연의 일화를 근거로, 1682년 편찬된 것으로 추정된다. ≪파수록≫에는 세태世態를 주제로 하여 변모하는 인정에 대한 이야기들이 많이 실려 있다. 특히 성性에 관한 골계적인 이야기가 많이 실려 있어서, 이후에 강희맹姜希孟(1424~1483)의 ≪촌담해이村談解頤≫ · 서거정徐居正(1420~1488)의 ≪태평한화골계전太平閑話滑稽傳≫ · 송세림宋世琳(1479~?)의 ≪어면순禦眠楯≫ · 성여학成汝學(?~?)의 ≪속어면순續禦眠

楢≫·장한종張漢宗(1768~1815)의 ≪어수신화禦睡新話≫ 등 대표적인 골계집 편찬에 직간접적으로 영향을 준 것으로 보인다. ≪고금소총古今笑叢≫에 수록된 것을 비롯하여 고려대본·국립중앙도서관본·보성고본·서울대 규장각본·미국 하버드대 옌칭도서관본·UC버클리대본 등 다양한 이본이 있다.

❏ ≪한거잡록閑居雜錄≫

조선 말기 학자인 신재철愼在哲(1803~1873)의 문집 ≪송암유고松菴遺稿≫에 들어 있는 잡록雜錄이다. ≪한거잡록≫에는 보고 들은 것에 대한 내용이 수록되어 있다. 한편 ≪송암유고≫는 손자 신종봉愼宗鳳이 편집한 것을, 1963년 증손 신문성愼文晟이 간행하였으며, 현재 연세대본이 전한다.

❏ ≪해동야서海東野書≫

조선 후기 편저자 미상의 문헌설화집이다. 편찬 연대는 책에 기재된 '갑자유월일취월필서甲子流月日取月畢書'를 근거로, 1864년(갑자년甲子年)에 필사된 것으로 추정하고 있다. 내용상 ≪청구야담青邱野談≫를 모범으로 삼은 것으로 보이며, 현재 한국학중앙연구원 장서각본이 남아 있다.